EL HONOR DE LOS DECENTES

PURIFICACIÓN PUJOL

EL HONOR DE LOS DECENTES

PLAZA JANÉS

Papel certificado por el Forest Stewardship Council®

Primera edición: junio de 2024

© 2024, Purificación Pujol
© 2024, Penguin Random House Grupo Editorial, S. A. U.
Travessera de Gràcia, 47-49. 08021 Barcelona

Penguin Random House Grupo Editorial apoya la protección de la propiedad intelectual. La propiedad intelectual estimula la creatividad, defiende la diversidad en el ámbito de las ideas y el conocimiento, promueve la libre expresión y favorece una cultura viva. Gracias por comprar una edición autorizada de este libro y por respetar las leyes de propiedad intelectual al no reproducir ni distribuir ninguna parte de esta obra por ningún medio sin permiso. Al hacerlo está respaldando a los autores y permitiendo que PRHGE continúe publicando libros para todos los lectores. De conformidad con lo dispuesto en el artículo 67.3 del Real Decreto Ley 24/2021, de 2 de noviembre, PRHGE se reserva expresamente los derechos de reproducción y de uso de esta obra y de todos sus elementos mediante medios de lectura mecánica y otros medios adecuados a tal fin. Diríjase a CEDRO (Centro Español de Derechos Reprográficos, http://www.cedro.org) si necesita reproducir algún fragmento de esta obra.

Printed in Spain – Impreso en España

ISBN: 978-84-01-03322-3
Depósito legal: B-7039-2024

Compuesto en Mirakel Studio, S. L. U.

Impreso en Black Print CPI Ibérica
Sant Andreu de la Barca (Barcelona)

L033223

La libertad dijo un día a la ley: «Tú me estorbas».
La ley respondió a la libertad: «Yo te guardo».

Pitágoras

Primera parte

1

Poco antes de acostarse, rememorando los hábitos de madre, Bertha esponjó con delicadeza su almohada, como si se tratara de una escultura necesitada de toques finales. Luego, pasó con suavidad la mano por encima para alisarla. Además, comprobó la ausencia de motas o briznas, por si alguna, durante la noche, captaba su interés. Vamos, un calco de una de las buenas manías de madre. Porque, cuando menos, no incordiaban a nadie. A ella le podía incomodar un cúmulo de situaciones. «Me molesta el prójimo», solía decir. No había más que observarle el rictus y la mirada dirigida a quien osara acercarse en demasía en el metro, en la misa de doce de los domingos o incluso en unos grandes almacenes. Los niños le gustaban siempre y cuando fueran muy educados; detestaba que los padres, ante el mal comportamiento del hijo, pusieran como excusa su niñez. «¡Eso no! —decía—. Son niños, pero mal educados». Como si no existieran niños con una educación exquisita a cualquier edad. De todos modos, los niños dejaban de agradarle cuando empezaban a opinar, repetía.

Dos años antes de aquella fatídica noche, madre, su lazarillo, había dejado de existir. Tuvo un derrame cerebral mientras dormía. Falleció así, sin molestar, sin importunar, tal y como había vivido.

Pero la verdadera historia comenzó de madrugada, cuando madre ya no estaba. Ni un alma por la calle, solo los serenos; la mayoría comisarios políticos, pululaban y controlaban a los vecinos asignados. Daban cuenta de cualquier incidente. Que si regresó a su domicilio borracho, que si entró en una vivienda de doncella algún amigo inconveniente, que si apareció algún panfleto crítico con el régimen y están en proceso de identificar al delincuente. En resumidas cuentas, cualquier persona sensata y ahuyentadora de conflictos lo sabía: una tarea eficaz era ganarse al sereno, tenerlo de tu parte, como un amigo o, en el caso de Bertha, como un protector. Porque al sereno también, de tarde en tarde, se le cruzaban los cables y una simple apariencia subjetiva la trasformaba en verdad irrefutable.

La insurgente Barcelona era una ciudad de contrastes, donde el padre Ayala vaticinaba que el cine, la calamidad más grande que ha caído sobre el mundo, acabaría con la humanidad. Así rezaba el comunicado del Ministerio de Información y Turismo, en concreto, de la Dirección General de Cultura Popular y Espectáculos de ese mismo mes de marzo de 1969, donde se decía de la película *Fuga sin fin* en el rollo cuarto: «Suprimir íntegra secuencia de cama», y en el noveno: «En la escena erótica del coche suprimir el mordisco», instrucciones cumplidas a rajatabla antes de su estreno. De contrastes, digo, porque a esos mismos cines acudían a diario los integrantes de los movimientos estudiantiles antifranquistas, jóvenes pertenecientes al PCE, unos condenados por propaganda ilegal y otros recién regresados de un duro exilio. Todos ellos lectores del *Mundo Obrero*, rotativo desde 1930. Bertha, desde su posición de funcionaria, alejada de actividades clandestinas, simpatizaba con ellas hasta el punto de alegrarse y regocijarse en silencio cuando se enteraba de alguna hazaña llevada a cabo contra el régimen.

Bertha había ganado su plaza en la primera convocatoria y bien orgullosa estaba de ello. Aprobó las oposiciones a auxiliar de la Administración de Justicia a los veintiún años, cuando llevaba solo un año y medio de preparación, circunstancia, sin duda, relacionada con su instrucción prusiana, herencia de un padre breve, fallecido demasiado temprano, pero firme, severo, disciplinado y con frases rimbombantes articuladas una y otra vez hasta la saciedad. Convencido de que la reiteración haría mella en la mente de su hija y dejaría asentados principios, valores o, simplemente, el germen de la decencia, decía: «Debes hacerte una señorita de bien», y le daba a ese «bien» un énfasis global que incluía todas las bondades por imaginar.

Obtuvo un buen número entre los mil quinientos aspirantes para trescientas plazas. Siempre madura, responsable y perspicaz, el día anterior al examen había hecho el recorrido en metro para comprobar cuánto se tardaba, pues no conocía Madrid. Al llegar al Tribunal Supremo saludó y entabló conversación con el primero con el que se topó, un ujier. Así consiguió uno de los mejores consejos de su vida: «Señorita, cómprese un cojín; sin él no llegará bien a la mesa para hacer su examen». Al día siguiente se puso al final de la larga cola, cargada con su Hispano Olivetti, sus cojines y su carnet de identidad localizado. Esperó con tranquilidad su turno. Iba segura, se sabía bien los treinta temas que había repetido cientos de veces y, además, superaba con creces las trescientas cincuenta pulsaciones por minuto, fruto de practicar cada día una media de cuatro horas. Y qué razón llevaba el ujier, menos mal que le hizo caso. Los almohadones consiguieron elevarla los diez centímetros que le faltaban para usar cómodamente la máquina de escribir. Bertha no era bajita, su metro sesenta estaba en la media, pero las mesas del salón de procuradores del Tribunal Supremo eran demasiado altas.

Desde su remota consciencia Bertha estuvo marcada por sus progenitores. El principal, padre: más por lo escuchado que por lo vivido, siempre añoró no haber disfrutado más tiempo de su presencia. Era un hombre peculiar, marino de profesión. Antes del nacimiento de su hija ya tenía el nombre seleccionado. «Se llamará Bertha», decía a quien le quisiera oír —oficialmente en los papeles, «Berta», ya que nuestra santa se escribe sin hache y el Registro Civil no aceptaba nombre alguno que no figurara en el santoral—. Muchas veces Bertha, de niña, se preguntó el porqué de su nombre y de la insistencia de padre en escribirlo, siempre que podía, con hache. Hay que reconocerle a padre cierta originalidad en la elección. Entonces era raro encontrar un nombre de pila modificado en algo distinto al mote, al apodo, al alias o al tan utilizado diminutivo familiar cariñoso. Rosas transformadas en Rositas, Genovevas mudadas a Genovitas, Lupes cambiadas a Lupitas. Y eso era todo; a pocos mortales se les pasaba por la cabeza hacer uso de otra mutación. Ni la ocasión ni el entorno social digerían un nombre políticamente incorrecto.

Pero padre era la excepción. Él era él y sus circunstancias. Como gran apasionado de su trabajo, hasta sus glóbulos rojos, e incluso los blancos, estaban impregnados de la enjundia castrense: a cualquier presencia en su vida le encontraba su correspondencia con el ejército. Así, a su hija le tocó el honor de encomiar al «Gran Bertha», imponente cañón alemán que lanzaba proyectiles de ochocientos kilos a más de diez kilómetros. A esos obuses se los conoció con el nombre de la esposa de Gustav Krupp, su fabricante. Pero a Bertha, lejos de amedrentarla o atemorizarla —para una niña asimilarla a un cañón puede resultar traumático de por vida—, esa historia le generaba buena mella; crecía más robusta, más trascendental. Además, le permitía, por añadidura, cuando alguien le preguntaba o corregía a los amigos con la repetitiva frase «con hache», provocar alguna intriga, lo que producía en los otros un reguero de preguntas que se afanaba en contestar una a una y, en definitiva, le ponían en bandeja alardear de nombre. Entonces, con aura de estoicismo, se regodeaba presumiendo de padre, de la original elección y de sus raíces prusianas.

Esa noche, en la que aún dormía a pierna suelta, el sonido del teléfono interrumpió de forma abrupta su sueño. Sobresaltada, encendió la luz. El reloj marcaba las cinco y cuarto. Alarmada, sujetó el auricular al tiempo que articulaba un temeroso «Dígame». Al otro lado, sonó una voz entrecortada:
—Bertha, tu herma… —Bertha reconoció de inmediato la voz de su cuñada Carmina.
—Cuñada, ¿qué dices?, ¿Cesáreo?
—Sí, Bertha, Cesáreo ha… —El llanto no le permitió terminar la frase.
—¿Qué, Carmina? Dime, ¿qué ha ocurrido? —insistió Bertha en un aullido tan impetuoso que hizo retumbar toda la habitación.
—Tu hermano ha muerto…
Bertha sintió un profundo mareo y temió perder el sentido. Sacó los pies de la cama y se quedó quieta en la penumbra del cuarto. El resplandor de las farolas de la calle atravesaba las persianas, casi bajadas del todo. De pronto fue como si la oscuridad se hiciera más grande.
—¿Muerto?
—Por favor, Bertha, ven; el juez ha preguntado por ti —suplicó Carmina.
Apoyó los pies en el suelo y parpadeó.
—¿El juez?, ¿qué juez? Dios mío, cuñada, no te muevas. Voy a… Voy a vestirme y en menos de una hora estoy ahí.
Así empezó todo.

Jamás hubiera imaginado un suceso semejante. El fallecimiento de Cesáreo, su hermano mayor, a una edad tan prematura y, además, en una peculiar coyuntura, al estar, según le señaló Carmina, presente un juez. Bertha conocía bien el significado de una actuación judicial unida a un cadáver. Ella misma había acompañado como auxiliar al juez y al secretario del juzgado en más de una ocasión, aún recordaba cuando vio al primer precipitado.

Si la causa del fallecimiento hubiera sido un infarto, un derrame cerebral o cualquier, el médico de guardia habría firmado la autorización para la sepultura. Como buen hermano mayor, Cesáreo siempre fue su defensor, de Bertha y de cualquier causa justa con la que se tropezara.

Santo Dios, ¿no era suficiente atrocidad soportar la muerte de Cesáreo, de educación exquisita, tranquilo y sereno en apariencia, con solo veintinueve años, para encima padecer el calvario de una instrucción judicial?

Con la imagen de su hermano clavada en la mente, Bertha se quitó el camisón empapado de sudor y se puso a toda prisa la ropa del día anterior. Sin poder controlar las lágrimas, bajó las escaleras trotando. En el rellano y el portal reinaba un sigilo sepulcral, todos los vecinos disfrutaban del mejor de sus sueños, o, al menos, esa apariencia daba el edificio. El pasaje estaba vacío, solo muy a lo lejos se divisaba una figura esbelta, uniformada, con andares impávidos y seguros, aunque lentos y expectantes; era Antonio, el sereno. Atolondrada, cruzó la calle Aragón en busca de un taxi.

—Buenas noches. A la calle Amílcar número 45, por favor. Lo más rápido que pueda. ¿Podría apagar la radio, si es tan amable? No me encuentro bien.

—Claro, señorita. Tardaremos unos quince minutos. A estas horas no hay tráfico. Espero que las prisas no sean por nada grave —dijo el taxista, quien, mirando de reojo por el retrovisor, vio a una chica joven, de buen aspecto pero despeinada, con los ojos enrojecidos, desencajada y que gesticulaba e inclinaba la cabeza hacia abajo, tapándose la cara con ambas manos, como si quisiera ocultar la realidad tras ellas, y suspirando sin control.

—Sí, es grave. Mi hermano ha tenido un accidente —balbuceó, con el propósito de contentar una migaja la curiosidad del afable taxista.

—Vaya, lo siento. Los accidentes siempre lo pillan a uno por sorpresa...

Si el taxista esperaba alguna explicación adicional, Bertha no le dio el gusto. Se sacó un pañuelo del bolso y se frotó la cara. Se aplastó el pelo, alborozado por la madrugada. Miró su reflejo en la ventanilla; un resquicio de su rostro se mezclaba con un fantasmagórico paisaje. Al otro lado, Barcelona aún dormía.

Las tenues farolas iluminaban las motos, los coches particulares y los taxis negros con las puertas amarillas que pululaban desperdigados, cruzando fugaces los ojos de Bertha, junto con las persianas de las tiendas cerradas a cal y canto y los peatones disgregados en las aceras. Apenas había nubes. La luna llena resplandecía sobre las paredes grises de los grandes edificios del Ensanche, la mayoría en reposo. La mudez interrumpida a su paso por algún camión de la basura, lento, estrepitoso, tornaba luego a su lugar.

Sin duda se podía decir que Cesáreo era un hombre singular. En tercero de carrera ya recitaba con soltura el temario de las oposiciones a notarías. Ya desde niño tenía muy clara su vocación y con veinticinco años tomó posesión de su primer destino: la notaría de Ribadavia, en Orense. Fue allí donde conoció a Carmiña —Carmina para él—, la hija del farmacéutico del pueblo. En seis meses se casaron en la iglesia de San Juan, la más hermosa de Ribadavia. Y esa fue la razón para juntar a las familias. Algunos de sus miembros se veían por primera vez, el medio año de noviazgo no había dado para más, tan solo una visita a los padres respectivos. Por ese motivo la mirada reticente de madre a su recién estrenada familia política no se hizo esperar. Madre, en esa inspección, se preguntaba: «¿Se merecen estas personas un esposo, yerno y cuñado como mi Cesáreo?». Bertha, en quien reposaba de tanto en tanto el ojeo de madre cómplice y sereno, se apresuraba a manifestar en voz alta, a la mínima ocasión, como queriendo publicitar el acontecimiento y abrazando a Carmina: «La mejor cuñada que mi hermano me ha podido dar. Cuánto te queremos, Carmina». Luego, miraba sonriente a madre, cuyas dudas disipaba.

¿Qué pensaría padre de esa boda? ¿La habría aprobado? ¿Habría sido Carmina de su agrado? Madre y Bertha tenían la seguridad de que padre la hubiera recibido como a una hija. Solo un detalle, no percibido por nadie más, llamó la atención a Bertha. Ni antes de la ceremonia, ni tan siquiera cuando el cura autorizó a besar a la novia, Cesáreo pasó más allá del casto beso en la frente, como queriendo alejar las bocas, evitar el simple roce, aun casual. Bertha conocía muy bien a su hermano y ese gesto la sorprendió; en ese momento, presintió algo más, pero no pudo describir ni captar de qué se trataba hasta algunos años después.

Pero Cesáreo, aun disfrutando del espléndido y opíparo banquete, invitación íntegra del farmacéutico, padre de la novia, tuvo unos minutos para llevarse a Bertha y a madre a un rincón oculto del salón y, mientras las abrazaba con fuerza, decirles: «Madre, hermana, hoy me he casado con una buena mujer. Tened por seguro que me dará paz y felicidad, pero vosotras sois y seguiréis siendo las mujeres más importantes de mi vida, siempre. Y, cuando digo siempre, es siempre. Pase lo que pase y esté donde esté». Ninguno de los tres pudo evitar las lágrimas.

En cuanto obtuvo la plaza, Cesáreo pidió traslado a Ripollés, su último destino antes de dejar este mundo. Se los veía felices. Carmina compensaba su imposibilidad para concebir hijos con alegría y bondad. Con una ligera sonrisa, rememoró también, durante el trayecto, el cumpleaños en el que su hermano le regaló un collar de perlas. «Son pequeñas, hermana. Mi presupuesto no da para más; te prometo aumentar su tamaño en cuanto tenga una notaría más boyante», le dijo mientras se lo colocaba en el cuello. Ensimismada en sus pensamientos, de repente, oyó la voz del taxista.

—Señorita, señorita. Ya estamos...

Bertha le pagó la carrera con dos duros. Sin esperar el cambio, salió a toda prisa musitando un «Buenas noches».

El barrio delataba la humildad con la que vivía Cesáreo. La mayoría de sus compañeros ocupaban lujosas viviendas en la zona del Ensanche: en el paseo de Gracia, la Rambla de Cataluña... Él, en cambio, prefería un barrio más popular, más afín a sus ideas. Bertha se dirigió al portal a la vez que se santiguaba pidiéndole a Dios que todo fuera un mal sueño. Pero la realidad es tozuda y enseguida se vio rodeada de los mismos extraños imaginados minutos antes y otros más: policía, comisión judicial, funeraria... Carmina, abatida, salió a su encuentro y, tras abrazarla, le susurró:

—No lo veas, Bertha. Recuérdalo vivo. No entres —insistió al tiempo que intentaba tirar de ella.

Bertha no le hizo caso y entró en el piso como un tifón. Mientras atravesaba pasillos y puertas, camino de la habitación principal, preguntó:

—¿Ha tenido un accidente?, ¿qué ha ocurrido?

O Carmina ignoraba el carácter de Bertha o el shock del momento la aturdió tanto como para, conociéndola, pedirle un imposible. Bertha vería a su único y querido hermano, aunque esa visión implicara el contagio de la más terrible de las enfermedades; es más, necesitaba un testigo: sus propios ojos, solo ellos podrían disipar la leve esperanza que aún albergaba.

—Le han dado una paliza. Lo han matado a palos —contestó Carmina, cabizbaja, tragando saliva con dificultad, a unos pasos de la puerta del dormitorio.

En ese momento, Bertha contempló la escena más horrenda de su vida. Se llevó las manos a la cara, cerró los ojos y permaneció así. Entre sollozos, con un hilo de voz, farfulló:

—Pero ¿quién? ¿Cómo ha sido? ¿Qué persona podría querer mal a Cesáreo? ¿Ha sido un robo?

A Carmina, enfundada en una sencilla falda de punto azul con el jersey de cuello alto a juego, unos discretos zapatos planos que se asemejaban a unas zapatillas de estar por casa y su particular coleta alta y tirante, le seguía temblando la boca y le parpadeaban en exceso, sin control, los ojos. Y pese a todo estaba bastante entera. Solo si uno hundía la mirada en sus pupilas palpaba el pánico.

—No lo sabemos, Bertha. Se marchó de casa después de cenar. Serían las diez. Me comentó que pasaría primero por la notaría para recoger el testamento de una persona a la que ya habían dado la extremaunción; debía ir al domicilio del enfermo para formalizar la escritura. Y me dijo: «En cuanto termine regreso a casa». Era algo rutinario, como había hecho tantas veces. Ya sabes, con frecuencia el notario debe ausentarse de su notaría, en ocasiones de forma imprevista: que si un requerimiento urgente, que si un acta de presencia inaplazable... Esta vez fue el testamento de un moribundo y, caprichos del destino, probablemente murió antes el notario que el otorgante. Ay, Bertha, qué desgracia tan grande.

Bertha, absorta, sentada en una esquina de la cama donde yacía su hermano y cogiéndole la mano ya fría y sin vida, oía a Carmina a lo lejos, como si se tratara de una resonancia al fondo del inmueble. Y Carmina proseguía con su relato, abstraída, sin dar crédito a la crónica que ella misma estaba narrando.

—Más tarde, ya de madrugada, lo vi en la penumbra, tambaleándose, ensangrentado. Le pregunté, intenté que me dijera qué había pasado. No contestó. Trató de tenderse en la cama, pero no dejaba de vomitar sangre... En cuestión de segundos perdió el conocimiento y cayó al suelo. Llamé a urgencias y pedí una ambulancia...

Carmina hizo un mohín y se tomó unos segundos antes de continuar.

—Cuando llegó el médico de guardia con la ambulancia, ya era inútil, había muerto minutos antes. No me dio tiempo a llamarte, enseguida me vi rodeada por la policía, el forense, la comisión judicial… Qué sé yo la de gente que se juntó en casa…

Bertha aguantó la angustia y agarró más fuerte la mano de Cesáreo.

—Hay una cosa más —continuó Carmina, vacilante—. La policía examinó sus pertenencias y el contenido del maletín. Allí no había ni rastro del testamento del moribundo, ni un borrador, ni la escritura sin firmar, nada de nada. Lo que sí portaba Cesáreo era una carta manuscrita con tu nombre en el sobre. Al encontrarla, la policía, sin abrirla, la entregó al juez. ¿Tienes idea de qué puede tratarse, Bertha? ¿Por qué llevaría mi Cesáreo una carta para ti en un momento como este?

—¿Con mi nombre? —musitó ella, estupefacta.

Carmina hizo una seña al juez, que se acercó a ambas. Los cuatro ojos se posaron en él. Era un hombre de unos cincuenta años, no más; canoso; de expresión seria; con un bigote corto, pequeño, con apariencia de haber tocado ese día demasiada cuchilla; voz calmosa; traje impecable gris; camisa blanca, y corbata oscura, sin dibujos ni ninguna estridencia que pudiera evitar la solemnidad del momento. En cuanto sus miradas se cruzaron, se presentó a Bertha.

—Buenos días, soy Germán Arroyo, el juez de guardia. Imagino que es usted Bertha, la hermana del difunto, ¿se encuentra con fuerzas para hablar?

Estaba anonadada, como si el relato de su cuñada le resultara incomprensible. El tranquilizante que minutos antes le había suministrado el forense aún no había hecho su efecto. Pero en su mente asomaba una convicción. Cesáreo se había ido. A partir de ahora, la presencia de su hermano se convertía en historia. Tragó saliva y se recompuso; no tenía más remedio.

Ante esas situaciones madre le había inculcado el estoicismo. La asunción de la realidad, sin aspavientos ni numeritos propios de personas con otra educación o, mejor dicho, sin ella. Guardar la compostura en los momentos más terribles, cuando la coyuntura es adversa, aciaga, casi insoportable. Solo en la intimidad experimentaría el desgarro de todo su ser.

—Claro, señoría. Vayamos al despacho de mi hermano...

Ambos tomaron asiento en el pequeño sofá, rodeados de estanterías llenas de libros, archivadores y carpetas. Bertha vio de reojo las bellísimas colecciones de novelas y clásicos que decoraban algunos estantes, así como los diccionarios y manuales de derecho, las enciclopedias y los álbumes de fotos. Al fondo, frente a la ventana que daba a la calle, y por la que entraba la luz de las farolas, estaba el escritorio huérfano de Cesáreo. Ya nunca más se sentaría en él, algo que a Bertha le costaba asumir.

—Lamento mucho lo ocurrido, señorita. Es usted funcionaria, ¿verdad?

—Sí, don Germán, lo conozco bien. Soy Bertha Berzosa, auxiliar en el Juzgado de Vagos y Maleantes.

—Eso facilita mucho mi labor. De momento, no sabemos qué le ha sucedido a su hermano.

—¿No han averiguado nada?

Bertha intentó que su tono no pareciera impaciente, demandante, pero no lo consiguió.

—Aún no. En ello estamos. Por lo que parece, según las primeras pesquisas, a su hermano le han dado una paliza brutal con el resultado que todos sabemos.

—Nadie que conociera a Cesáreo le desearía mal alguno.

—La policía encontró en uno de los bolsillos esta carta con su nombre. Léala, por favor.

La mano insegura de Bertha extrajo el contenido del sobre: una hoja de papel impoluta, delicadamente doblada y con la letra inconfundible de su hermano.

—La dejo sola, estará usted más tranquila —dijo el juez mientras con afecto apoyaba la mano en el hombro de Bertha.

Ella, agradecida, lo siguió con la mirada hasta que salió de la habitación y entornó con suavidad la puerta. Bajó la vista al papel y se sintió desolada. Le vinieron al pecho unas ganas inmensas de llorar. La idea de que su hermano nunca volvería a estar allí, donde lo recordaba siempre rodeado de documentos, con su pluma en la mano, tomando las notas que luego el oficial repetiría a máquina, la angustiaba. Aún imaginaba verlo así, trabajando, con un cigarrillo entre los dedos, con el pelo negro perfectamente peinado y una sonrisa segura pero pícara en los labios.

Y ahí estaba ella, a punto de empezar a leer no sabía qué. Las lágrimas le entorpecían la visión: «Querida hermana...». Y volvía a deletrear, despacio, deteniéndose en esa exquisita caligrafía que tanto admiraba: «Querida hermana...». Antes de seguir, olió el papel y se lo llevó al corazón. No podía demorarse, supuso que estarían esperándola al otro lado de la puerta. Debía aunar fuerzas y enfrentarse a las últimas palabras de su hermano. Y eso fue lo que hizo.

Al terminar, el llanto brotaba hacia su interior y su cuerpo se llenaba de una congoja tan inmensa que le cortaba la respiración; se quedó quieta, paralizada. Recostada en el sofá, miraba sin pestañear los dibujos de escayola del techo. Con mucho empeño, viró el sentido de su mirada hacia los primeros rayos de sol, cerró los ojos y pasó así un rato esperando el efecto de la medicina. Luego abandonó la habitación en busca del juez, pero no lo encontró; le preguntó a Carmina, quien, sin dejarle terminar la frase, indagó:

—¿Has leído la carta?, ¿qué dice? Dime qué pone, por favor, Bertha, no me dejes así. Voy a enloquecer, te lo suplico.

Pero Bertha tiró con fuerza del brazo de su cuñada hasta desasirse y se escapó a la calle. Allí se encontraba el juez, con un cigarrillo en la mano, junto al forense. Contempló la escena desde el umbral de la puerta. Cuando el juez apagó la colilla y se disponía a regresar, lo abordó.

—Don Germán, necesito hablar con usted. Quería pedirle un gran favor.

—Cómo no. Lo que precise. Volvamos al despacho.

El juez le cedió el paso y cerró la puerta. Sentados de nuevo en el sofá, Bertha sujetó la carta con las dos manos, después la apoyó en su regazo y, cuando por fin iba a proferir la primera palabra, el juez se llevó el índice a la boca y con un «chis»… hizo enmudecer a Bertha.

—No se preocupe, ya he leído la carta. No le voy a hacer ningún favor. Cualquier persona de bien haría lo mismo. Como sabe, es un asunto delicado, y lo vamos a tratar como tal. Esta carta —decía mientras tomaba con delicadeza el papel de las manos de Bertha— formará parte de una pieza separada y permanecerá bajo llave en mi despacho. Solo el secretario, el fiscal, usted y yo conoceremos su contenido, y así será mientras las diligencias estén bajo mi responsabilidad.

Bertha asintió, consternada, entretanto el juez le estrechaba la mano.

—Le prometo, señorita Berzosa, que utilizaré todos los medios a mi alcance para encontrar a los responsables de esta atrocidad. Se lo prometo —repitió mientras se llevaba la mano al corazón.

Bertha le devolvió una mirada agradecida.

2

Dos años después, Cesáreo seguía siendo para Bertha el último pensamiento de la noche y el primero del día. Como de costumbre, aquella mañana el despertador no llegó a sonar. Ahí estaba con antelación la mano firme de Bertha para cambiar el sentido de la clavija. Con ánimo germánico, una hora después, su paso ágil, seguro y desenvuelto la llevaba hacia la boca de metro del Clot. A hora tan temprana, las calles tenían un halo fantasmagórico, solo se oía silencio; cualquier ruido, por pequeño que fuera —la caída de unas llaves, una voz más alta que otra, un andar apresurado—, atraía la atención. Ningún viandante sorteaba el análisis íntegro de Bertha si su vista lo alcanzaba. En esas caminatas miraba y se sentía además plácidamente observada. Contenía la risa cada vez que recordaba el día en el que uno de esos encuentros se produjo desde lejos. Al contemplar la silueta de una joven aproximándose, le ofreció un aprobado, qué digo aprobado, un sobresaliente. Luego, al examinar sus andares, su cabeza erguida, sus elegantes movimientos, prosiguió su estudio hasta caer en la cuenta de que se estaba viendo a sí misma reflejada en el escaparate de una tienda.

Así, día tras día, entretenida con sus fiscalizaciones, iba probando atajos, senderos, cronometrando nuevos vericuetos, y llegó a tal dominio del detalle que hizo suyo el trayecto más corto hasta su trabajo. Incluso, una vez en la estación de metro, su examen pasó a ese emplazamiento y después de un minucioso estudio llegó a una conclusión: el camino más corto era acceder al primer vagón —el más cercano a la boca de salida—, pues el resto implicaba un mayor número de pasos. Solo con esa simple elección, calculando tanto a la ida como a la vuelta, arañaba tres minutos al día que, multiplicados por los seis días de la semana, sumaban una hora y diez minutos al mes o, lo que es lo mismo, catorce horas al año. Bertha se tomaba la molestia de calcular lo que para cualquier mortal sería una pérdida de tiempo, sin percatarse —los otros, no Bertha— de que eso era precisamente lo que ocurría al no caer en hacer esa cuenta.

Una vez en el vagón dejaba en manos de otros su destino; ya le hubiera encantado ocupar, en ese momento, el asiento del conductor, pero comprendía la imposibilidad de erigirse en maquinista del trayecto. Entonces, se resignaba y se dejaba llevar. Los asientos se distribuían en cada vagón de dos en dos en hilera, separados por el pasillo central, donde se localizaban las barras de sujeción. Pero Bertha también era de ideas fijas, no variaba; según el sentido de la marcha elegía el segundo asiento de la fila izquierda: ese era el suyo, ese y no otro. Solo en una ocasión, al ir a sentarse, encontró a una intrusa, una desconocida a la que miró con desdén. El atrevimiento le pareció inadmisible y el recorrido se le hizo incómodo.

Mas su rutina diaria, con lluvia, sol o nubes, tanto daba, se imponía a cualquier otro impulso. No podía evitarlo, cualquier obligación Bertha la transformaba en devoción. Tenía la virtud de mutar los deberes en placer, y esa práctica formaba parte del ocio del viaje. Cuando estaba en el metro examinaba a todos los pasajeros hasta que llegaba a su asiento. De paso, había atisbado con disimulo qué libro, periódico o folletín sostenían. Uno de sus juegos favoritos era adivinar el título de la obra con la simple lectura de una línea o varias palabras. Su vista de lince y la distracción del lector le permitían, en ocasiones, leer unas cuantas líneas y descifrar el enigma —conocía bien las novedades del mercado—. Cuando lo conseguía, satisfecha, inspeccionaba al lector y ponía a prueba su imaginación. «Esta señora es maestra, la historia de los Austrias la delata; va a impartir sus clases en algún colegio o tal vez en la universidad», decía para sus adentros. Luego, si la persona resultaba interesante o si era de los habituales, ahondaba en su condición: cómo sería su carácter, su estado civil, si tendría hijos. Y así en cada viaje hasta llegar a su destino. Un día y otro, de lunes a sábado; solo el domingo prescindía de ello, pues era el día de libranza.

La mañana de aquel miércoles 19 de marzo de 1969 permanecería siempre en la memoria de Bertha. Una vez concluidos los habituales prolegómenos, fue cuando, sentada en su asiento y con la imaginación puesta en sus quehaceres como funcionaria, un desconocido pasó por su lado y la miró con insistencia; en cuanto ella levantó la vista tomó el asiento de delante. De inmediato, como un acto reflejo, clavó los ojos en él: movimientos elegantes, lentos, delicados, de porte distinguido y una belleza inusual, nuca larga y delgada, acorde con su tez morena. A Bertha le sorprendió la prominencia de sus cervicales, las podía contar de una en una. Desde su posición no se apreciaba la cara, pero intuía una persona joven, de unos veinticinco años, más o menos, dijo para sí. Ese cuello tan cercano llamaba a su mano, y tentada habría estado de acariciarlo si hubiera tenido la certeza de pasar inadvertida.

El viajero giró levemente la cabeza, y Bertha pudo distinguir su perfil, acentuado por una nariz angulosa, varonil y atractiva. El estilo —traje gris oscuro, corbata discreta, camisa blanca, zapato tipo Oxford— contrastaba con el desaliño de los jóvenes de su edad. Bertha miró con agrado al desconocido, a quien de inmediato bautizó como el *gentleman*. Al aproximarse a su parada, se levantó del asiento con parsimonia con el fin de volver a saciar su sed cultural, averiguar cuál era la lectura del *gentleman*, qué libro concreto sujetaban sus manos. En ese momento apreció también que unos dedos largos finos, de pianista —dedujo con regocijo—, completaban unos dorsos blancos, sin atisbo de desempeñar un trabajo manual, por breve y esporádico que fuera. Con el propósito rutinario inclinó el cuerpo y fijó la vista unos segundos en el libro, forrado con un periódico francés, pero ese fue el único detalle posible de descifrar, además de la posición de las enormes manos del *gentleman* y la lectura de la página derecha del libro. La tapa de la izquierda hizo imposible visualizar algún detalle adicional. «¿Un periódico francés?», se preguntó. Presa del mal humor ante el escaso fruto de sus pesquisas, abandonó la estación y cruzó rápida la calle en dirección al juzgado.

El majestuoso Palacio de Justicia, situado desde 1887 en el paseo de San Juan, se encontraba siempre rodeado por coches negros de distintas marcas: SEAT 1500, Simca 1000, Renault 25. Vehículos oficiales, con sus chóferes apoyados en las puertas o en sus respectivos asientos, en posición de espera, leían el periódico, y los menos se congregaban en corrillo configurando lo que pretendía ser una amena tertulia, por sus risas y gestos campechanos. También, formando parte del engranaje judicial, se podía ver a ujieres de uniforme impoluto, erguidos, orgullosos de su papel. Policías y guardias civiles uniformados constituían parte de la gran obra teatral que se representaba cada día en el palacio, a los que acompañaban profesionales de todas las índoles, encabezados por los abogados y procuradores con parejos atuendos. Unos entraban, otros salían, acompañados por carpetas, maletines, documentos. Trajes oscuros, camisas blancas, zapatos negros. Peinados cortos y aseados. Indumentaria femenina semejante: faldas por la rodilla, pantalones ajustados de pata ancha. El pelo recogido en moños o coletas. En contraste, la vestimenta de algunos clientes bohemios, de operarios en uniforme o de modernillos con ganas de impresionar. Y ahí estaban las cuarenta y ocho esculturas que albergaban sus salas, imponiendo orden con su sola presencia. En el monumental edificio de arquitectura ecléctica, compuesto por cuatro plantas, destacaban las torres, cuyas cúpulas coronaban sus ocho esquinas. Su construcción fue todo un acontecimiento, así como su inauguración en 1915 por parte de María Teresa y Fernando de Baviera, duque de Cádiz. Uno de los vigilantes, el guardia civil Mauricio, después de un respetuoso saludo, entregó a Bertha las llaves de su oficina. Como cada día, atravesó la Sala de los Pasos Perdidos y contempló entre la gran cantidad de obras, como si de una novedad se tratara, las esculturas de Vallmitjana y de Miguel Blay, sus preferidas. Cuando entró en la oficina, Bertha detectó la acostumbrada suciedad. Por mucha limpiadora afanada en liquidar la falta de manoseo de los legajos, estos eran tantos, en altura y profundidad, que podían hallarse por doquier, encima de cada una de las mesas, metidos en las estanterías; atendiendo a su orden correlativo, pero sin ton ni son; apilados por el suelo los que se encontraban sin organizar; incluso los radiadores servían como soporte de los más viejos. Con tal desconcierto resultaba infructuoso cualquier intento de enmienda, por más esmero que pusiera el servicio de limpieza. El polvo se acumulaba por todas partes. Eso sí, cualquier legajo en el que se posaran unos ojos lo encontrarían bien atado, enumerado y ordenado, de tal modo que, si el juez o el secretario solicitaban un número al azar, se tardaba un par de minutos en su entrega, previa sacudida concienzuda por si alguna mosca o bicho muerto se encontraba entre sus hojas.

Por lo demás, la mesa de cada empleado atesoraba entre otros utensilios el bote de bolígrafos y lápices de varios colores —en general, rojo y azul, además del clásico lápiz de mina—, clips, grapadora, goma de borrar, papel blanco, de calco y el armatoste de trabajo principal: la máquina de escribir, la Hispano Olivetti con la que Bertha llegaba a las trescientas cincuenta pulsaciones por minuto. Algunos contaban también con fotos de la esposa, de los hijos o algún souvenir, pero no era el caso de Bertha. Le parecía una ordinariez añadir al lugar de trabajo una pieza particular, miraba con recelo los marcos de fotos o los dibujos expuestos de hijos y nietos. Así se lo hizo saber a una compañera recién llegada de Murcia, que, en ausencia de la dueña, oteaba la fotografía de la primera comunión de una niña.

—Eso que lo exhiba cada uno en su casa, pero en el trabajo obligar a disfrutar de seres queridos ajenos es una grosería.

—Pues es graciosica la zagala —contestó la murciana.

—Eso no tiene nada que ver. Nadie ha dicho que la chiquilla sea fea. Lo antiestético es poco ético, y adornar la mesa de bártulos distintos a los necesarios para el trabajo es, además de una vulgaridad, una conducta déspota. El puesto que tienes asignado en el juzgado no es tuyo, el Estado lo pone a tu disposición para que lleves a cabo la labor de servicio que se te ha encomendado —sentenció con firmeza Bertha.

El ritmo constante y rápido de las teclas retumbaba en toda la secretaría y llegaba con nitidez a la escalinata, revelando la presencia de Bertha. Fuera sonaban las campanas de la iglesia de Santa María del Mar anunciando la misa de las ocho, cuando se abrió la puerta del juzgado y se oyó un contundente «Buenos días», correspondido por Bertha, de inmediato, en tono alegre.

—Estupendo, Bertha; lo primero que espero cuando abro la puerta es ver tu sonrisa.

Miguel entraba en la oficina siempre a su hora, ni un minuto más ni un minuto menos, embutido en su único traje gris. Su hermana se esmeraba en conservárselo impecable a base de cepillados y planchados. Así durante siete años. Sin embargo, ese año, el octavo, el tiempo empezaba a hacer estragos y aparecían brillos por doquier, zurcidos en la entrepierna, rozaduras en el cuello, transparencias en los puños; en fin, le hacía buena falta un traje nuevo. Miguel compartía vivienda con su única y hacendosa hermana. En realidad, convivían como una pareja sin contubernio. Miguel dedicaba todo el tiempo a su trabajo y los jueves a última hora de la tarde visitaba a su amigo, el farmacéutico Sebastián, dueño de la farmacia Prat, en la calle Conde del Asalto. Allí, en la rebotica, jugaban al dominó, si bien Miguel mantenía en sigilo estos encuentros, tal vez porque, en el fondo, los consideraba elitistas, le avergonzaba que lo identificaran con un burgués. Incluso Bertha, con quien tenía más confianza, desconocía este pasatiempo de su compañero. El poco tiempo que le sobraba lo invertía en otra gran afición, el cine. No había domingo que no viera un par de películas, y si era posible alguna protagonizada por Audrey Hepburn, de quien estaba enamorado como tantos otros hombres. Incluso llevaba una foto suya en la cartera.

—Ya es viernes. ¿Has pensado qué vas a hacer este domingo? —preguntó Miguel, sabedor de que los planes dominicales de Bertha eran tan rutinarios que carecían del menor atractivo.

—Iré al cine a ver *My Fair Lady*, de tu querida Audrey. Disfrutaré con una actriz que no ha tenido ni un minuto de congoja en su vida. ¿No es así? ¿No ha sido siempre una niña bien?

Bertha sonreía mientras preparaba su mesa de trabajo para el nuevo día. Disfrutaba chinchando a Miguel, sabía perfectamente dónde hurgar para provocarlo.

—¡Qué disparate! No tienes la menor idea de la vida dura y difícil que soportó. Solo te contaré que, entre otras cosas, tuvo una madre estricta y fría que la reprimió durante toda su infancia para que no llamara la atención en público, sintiera lo que sintiese. Solo podía desahogarse en la soledad de su habitación. La educaron además para que pensara primero en los otros y luego en sí misma. Tenía solo cinco años cuando la mandaron a un internado, y, a los diez, se refugió con su madre en Holanda, invadida en el 40 por el ejército de Hitler. Siguieron cinco largos años de ocupación, en los que Audrey vivió el horror nazi y vio sufrir y morir a familiares y amigos. Así es que, Bertha, deja de atribuirle esa vida fácil y placentera, porque estás muy equivocada.

—Yo no he dicho eso —replicó con socarronería.

—Sin embargo, lo has insinuado. Has dicho exactamente que no tuvo «ni un minuto de congoja». Cientos, miles, millones de minutos de continua congoja es lo que tuvo. Gracias a Dios, tú no conociste la Guerra Civil. Yo sí. Pues la invasión nazi fue peor, mucho peor. Por cierto, ¿qué tenemos hoy? —preguntó Miguel, dando por zanjada la conversación sobre la actriz.

—Nada nuevo, más de lo mismo: seis atestados, cinco de ellos con detenido; cuatro por timos, uno por gamberrismo y otra vez tenemos en calabozos a Félix Cabezas, por un delito de escándalo público. Al pobre solo lo pueden trincar por ese tipo de conductas; va dejando su huella de mariposa loca por doquier..., y, ya sabes, esa es una actitud que tiene poca tolerancia entre nuestras autoridades.

—¿Poca dices, Bertha? Ninguna, diría yo. ¿Y ha entrado algún timo nuevo? Llevamos tiempo sin ampliar el acopio.

—Pues sí, tenemos uno nuevo, insólito y curioso. A ver qué hace el juez con este caso. Me lo he leído dos veces y es ingenioso. Te lo resumo: el denunciado se enteró en un bar de la muerte de un vecino. El finado era de buena familia y vivía en un lujoso edificio cercano, circunstancias que llamaron su atención, y allí que se fue a dar el pésame a los parientes fingiendo ser un viejo amigo. Se quedó un buen rato en la casa, recopilando información de los comentarios de familiares y allegados: fue un ingeniero fabuloso; era muy querido por sus compañeros de trabajo en Macosa; habría deseado tener un hijo varón, pero bebía los vientos por su hija Clara; no podía vivir sin pasar sus veranos en Santander; qué pesado era y cuánto hablaba de sus milicias universitarias y de cómo le gustaba la ensaimada del desayuno en el CIR 14 de Palma. A su vez, tomaba buena nota del lugar y la hora del sepelio.

—Esto promete —dijo Miguel, animándola a seguir.

—Al día siguiente, en el entierro, acompañó al séquito con el oído alerta mientras saludaba a la viuda y a los familiares. De esta forma, consiguió ilustrarse a fondo acerca de la vida que rodeaba al difunto. Al cabo de un par de semanas regresó a la casa, llamó al timbre y se presentó como un íntimo amigo del señor Bosch. Preguntó si su viuda lo podía recibir. Todos, incluido el servicio, dieron por supuesto que era un gran amigo. La viuda lo recibió encantada, y él, serio y compungido, le fue contando una historia tras otra, de la época de la mili, de cuando coincidieron trabajando en Macosa, para concluir diciéndole que nada le haría más ilusión que tener sus trajes, sus zapatos, sus corbatas, cualquier cosa que le recordara a su amigo. Después de la entrañable charla, la viuda no dudó en entregarle ropa y enseres personales de su esposo, y se sintió mal por no recordar nada de un amigo tan querido. Para enmendarlo, ordenó al servicio que le prepararan a ese buen hombre un par de maletas. El estafador se despidió agradecido con la promesa de devolverlas vacías. A continuación, cogió un taxi y se dirigió a una tienda de segunda mano donde tenía concertada una cita. Pero en sus planes no figuraba un policía que llevaba meses siguiendo la pista al establecimiento, investigado por receptación, pues parte de sus existencias procedían de robos. Fue entonces cuando lo detuvieron y, tras una noche en comisaría, nos lo han traído.

—Hay que ver cómo se agudiza el ingenio. No deja de sorprenderme lo ocurrentes que son algunos —apostilló Miguel en tono alegre—. Por cierto, ¿cómo has pasado la noche, Bertha?, ¿estás mejor de tu resfriado?

—Mucho mejor, gracias.

Miguel, el funcionario de mayor rango tras el secretario, ejercía debidamente su papel, pendiente siempre del personal, pero sobre todo de Bertha; solo con ella compartía confidencias.

—¡Maldita reforma del 54! —murmuró Miguel a Bertha cuando ambos ordenaban unos expedientes.

—¿Qué dices, Miguel?

—¡Que maldita reforma la del 15 de julio de 1954! Y esta mañana tenemos de nuevo la visita de Félix Cabezas. ¿No es eso lo que me has comentado?

—Pero ¿qué tiene que ver Félix con la reforma? —preguntó Bertha, extrañada.

—Mucho, mi querida niña. Pronto se te olvidan las fechas. ¿Cuándo se modificó el artículo más importante de esta ley? Me refiero a la reforma del artículo dos de nuestra atroz Ley de Vagos y Maleantes, que incluyó expresamente a los homosexuales. Recuerda, en la ley del treinta y tres se mencionaba a los vagabundos, proxenetas y cualquier otro elemento considerado antisocial. Con la reforma quedó del siguiente modo: «… a los homosexuales, rufianes y proxenetas, a los mendigos profesionales y a los que vivan de la mendicidad ajena, exploten menores de edad, enfermos mentales o lisiados»; se añadió, como te digo, al colectivo homosexual, y, para más inri, poco les pareció la mera inclusión que decidieron, además, prohibir su mezcla con el resto de la población reclusa, los muy perversos. Esta mañana, al ver a Félix, me ha venido a la memoria.

—¡Ay, Miguel, siempre lo repito, no dejas de asombrarme! Recitas la normativa como si estuvieras leyendo el texto de la ley y, encima, la puñetera reforma que no recordaba. Sin embargo, rememoro a la perfección, y te lo puedo demostrar, la categorización de conductas antisociales que, por desgracia, tenemos la obligación de perseguir. Empiezo, a ver si consigo no dejarme ninguna: «vagos habituales; rufianes y proxenetas; los que no justifiquen la procedencia del dinero que les hallaren; los mendigos profesionales; los que exploten juegos prohibidos». ¡Es verdad! Y el punto seis solo decía: «ebrios y toxicómanos habituales», no mencionaba a los homosexuales hasta esa reforma.

—Exacto, Bertha...

Pero ella quería probarse a sí misma y recitar las conductas completas, y le quedaban cuatro. Lo interrumpió.

—Déjame seguir. «Los que suministren bebidas a menores; los que ocultaren su verdadero nombre; los extranjeros que quebranten orden de expulsión y los que observen conducta reveladora de inclinación al delito». Y ya —concluyó, gozosa de haber llegado hasta el final.

Miguel premió el recital con unas suaves palmadas; el resto de los funcionarios estaban trabajando y don Carmelo ya se hallaba en su despacho. No era momento para el jolgorio, aunque Miguel quiso añadir:

—Pero peor que la ley, Bertha, fue su reglamento, publicado en 1935, cuando el conde de Romanones dijo aquello de: «Ustedes hagan la ley, que yo haré el reglamento». Y así fue. El Reglamento sobre Vagos y Maleantes contradice todo principio jurídico e incluye aún más conductas como peligrosas. ¡Un horror! —añadió en tono bajo para que solo pudiera oírlo Bertha, quien casi en un susurro encadenó un sucedáneo de palabrotas.

—Estos hijos de su madre, mezquinos, miserables, con el BOE en las manos. Los proxenetas, toxicómanos, rufianes y gente de mal vivir son ellos, los que nos obligan a aplicar esta maldita ley.

—Calla, Bertha, no sigas, pueden oírnos. Además, el juez está a punto de llegar.

Con cara de mal humor, contrariada, molesta con el mundo y preocupada también por el destino de Félix, enmudeció. Terminó de ordenar unas carpetas y se sentó a su mesa.

Eran las diez de la mañana cuando entró el juez, don Abundio. Un hombre que rozaba los sesenta, de mediana estatura, grueso, encajado en su traje negro, más que clásico, pasado de moda; cualquiera diría que se trataba del mismo modelo que utilizó para su examen de oposición, encargado a su sastre de confianza cada dos o tres años sin modificar nada del diseño salvo la talla, cada vez mayor... Apreciado por su carácter pacífico, él lo sabía bien, desempeñaba un cargo cuya misión consistía en resolver conflictos, nunca crearlos. Hombre de pocas palabras, implacable en sus decisiones y próximo al régimen en pensamiento. Ese era justo uno de los motivos que había favorecido su ascenso. Su mujer era fiel y bondadosa, y se dedicaba a las labores del hogar. Cumplía fielmente con las expectativas que don Abundio había puesto en ella, nunca la imaginó distinta. Y qué decir de sus cuatro hijos, ¡ni uno alejado del recto camino! Daba gusto verlos los domingos en misa, todos repeinados y con su ropa de fiesta, la misma en cada ceremonia. De sus aficiones poco se sabía, ni con sus compañeros ni con el fiscal comentaba nada al respecto a la hora del rutinario café de cada mañana a las once. Era un hombre aburrido, sí, pero nadie podía tacharlo de mala persona. Con el límite de la aplicación rigurosa de la norma, por el resto de las sendas derramaba cordialidad, benevolencia y, con los empleados del juzgado más jóvenes y diligentes, hasta un punto de ternura. A Bertha se la localizaba en este último grupo.

—Buenos días —saludó al entrar, y al unísono le correspondieron con un «Buenos días, don Abundio».

Rodeando su mesa con un grácil movimiento, Bertha informó a Miguel de que iba a llevarle al juez los atestados del día. Con eso iniciarían una jornada más en el juzgado. A Bertha le gustaba su trabajo, pero a veces no podía evitar preguntarse por qué. ¿Qué había en la rutina, en el orden, que la satisfacía tanto día tras día? La constancia, la ausencia de sobresaltos y emociones intensas; todo eso armonizaba con su carácter, pero a veces también le parecía que había algo más. Necesitaba tenerlo todo bajo control, sentirse a salvo, eludir toda improvisación. Pero ¿no era la vida en sí una concatenación de casualidades? Bertha acostumbraba a espantar esos pensamientos disonantes con un movimiento de mano, como si apartara una mosca inoportuna, y seguía con sus tareas. Esa mañana no fue una excepción.

Miguel percibió en la actitud de Bertha cierto fastidio. La joven había revisado los atestados del día y había dictado sentencia, la suya, pero ahora don Abundio aplicaría la ley. Una muy concreta, quizá. También él había pasado, al principio de su ejercicio, por esa desazón derivada de las injustas consecuencias de la Ley de Vagos y Maleantes. Si no fuera por ese contacto directo con la normativa, tal vez ni se hubieran enterado de su existencia. Aunque, a decir verdad, muchos de los amigos de Miguel eran homosexuales o políticamente incorrectos, y más de uno había sufrido la Ley de Vagos y Maleantes en sus propias carnes.

En el momento oportuno Bertha entró en el despacho del juez para recoger los atestados del día. Con seguridad don Abundio los tendría preparados cada uno con su nota correspondiente. Así fue. Salió del despacho con faena para toda la mañana. Comenzó por repasar las indicaciones del juez: «Privado de libertad, seis meses en colonia agrícola; ingreso en casa de templanza, doce meses; establecimiento especial, veinticuatro meses...». Bertha conocía bien el significado de esos breves apuntes, escritos con un lápiz de punta fina recién afilado y con la característica caligrafía de don Abundio. El juez detallaba los distintos lugares en los que recluir a los condenados; eran establecimientos penitenciarios de seguridad donde, mediante su custodia e internamiento, aislaban al recluso de su ambiente social. Aunque las casas de templanza tenían la finalidad de curar además de incomunicar a ellas iban destinados los ebrios y toxicómanos. Por otro lado, don Abundio señalaba las instituciones especiales, destinadas solo al internamiento de los homosexuales.

Bertha los examinó en su totalidad, colocó el montón a la izquierda de su mesa y se dispuso a iniciar su transcripción y a elaborar la resolución de cada uno de ellos. Obedeció. No quedaba otra, por gélida que notara su alma. Aunque, de inmediato, su sentir justiciero reprochó su actitud. Oyó voces. «Mezquina, cobarde, inmunda». Empezó a notarse ruin, como si acabara de robarle a un ciego, o de rematar a un herido, o se hubiera bebido la leche de un recién nacido hambriento. Claudicó ante la indecencia de su ocupación. Era partícipe de los atropellos que grababan sus retinas. Aunque, si lo analizaba con neutralidad, las actuaciones encañonaban a un solo responsable, el titular del juzgado, don Abundio. Pero, si la conciencia deambulaba por su mollera, asomaban dudas. ¿Podría decirse que su cooperación era necesaria? ¿Que sin ella no habría condenas? ¿Que colaboraba con las políticas abusivas, opresivas y autoritarias? ¿Era ella una pequeña dictadora? En un tris, rememoró frases pronunciadas día a día en su trabajo. «Sí, don Abundio». «Lo que usted ordene, don Abundio». «Faltaría más, don Abundio». «Enseguida, don Abundio». «¿Puedo retirarme, don Abundio?». «¿Da usted su permiso, don Abundio?». Y así, un día y otro y el de más allá. Y una hora y otra y la siguiente. Muchas de las veinticuatro que formaban el día. Tantas que restaban pocas para otras rutinas, para otras presencias distintas a don Abundio, don Carmelo, su amado Miguel y el desapercibido resto de los funcionarios. Un vago de siete suelas, otro con más jeta que una catedral y el del fondo, el que había colocado don Carmelo junto a la ventana, tan descuidado y desconocedor del agua y del jabón que sus compañeros pasaban junto a él conteniendo la respiración.

Bertha percibió en la mirada de Miguel cierta sospecha. Se conocían demasiado. Quizá el hombre supiera ya lo que rondaba su mente. A menudo Bertha se preguntaba por qué Miguel se mostraba tan afable y comprensivo con según qué temas. En más de una ocasión Bertha advirtió en él una actitud rara, un tanto escurridiza, cuando detenían a algún homosexual y pasaba esposado por la secretaría camino del despacho del juez. Entonces Miguel inclinaba y acercaba la cabeza hasta llegar a oler el teclado de su máquina, o bien se levantaba apresurado y hacía ver que buscaba algún expediente, siempre de espaldas a la pareja de la guardia civil que conducía al detenido. De sentir atracción por las personas de su mismo sexo, nunca se lo manifestó a Bertha, así que quizá solo fuera compasión.

Bertha sabía poco de la vida de Miguel, hijo de padres extremeños llegados a Barcelona buscando mejor fortuna cuando él tenía cinco años y su hermana diez. Su padre había probado diversos oficios, unas veces de albañil y otras de pintor o descargando mercancías en el muelle. Hombre polivalente —valía para hacer bien muchas cosas— no consiguió estabilidad laboral hasta el año 1953, cuando la fábrica SEAT ofertó 925 empleos. La creación del SEAT 1400 y la fuerte demanda a pesar de su precio, 121.875 pesetas, requerirían mucha mano de obra para la cadena de montaje, y uno de los empleos que se ofrecían fue para el padre de Miguel, hasta que se jubiló. Tal vez por los tumbos que vio dar a su padre en vida caló tanto en los planes de Miguel el objetivo de acabar de funcionario.

Al día siguiente, puntual a su cita, llegaba el metro. Después de seguir la liturgia de cada jornada, Bertha tomó asiento; no cualquier asiento, el suyo. Se disponía a abrir un libro cuando, como si de una aparición se tratara, hizo su entrada el *gentleman*, quien esta vez se quedó de pie, junto a la puerta delantera, frente a ella, de forma que podía inspeccionarlo detenidamente: mismo traje, igual camisa, idéntica corbata y el libro forrado entre las manos. Su instinto la impelió a acercarse y situarse cerca de la entrada, como si fuera a bajarse en la próxima parada. Colocada a escasos centímetros del *gentleman,* y con dificultad, ya que era bastante más alto que ella, posó la mirada sobre el libro y consiguió leer una línea: «Dans la societé capitaliste, le travail est la cause de la dégradation intelectuelle». De inmediato, haciendo gala de su buen francés, inició la traducción: «En la sociedad capitalista, el trabajo es la causa de todo decaimiento intelectual». Para ser capaz de leer un renglón entero se situó muy cerca, tanto que percibía un olor a madera de ébano que de inmediato identificó con la presencia del *gentleman.* Tan penetrante era el aroma que ya no pudo olvidarlo el resto de sus días, aunque en ese preciso instante aún no lo sabía. Un poco mareada por el tufo —dudaba de si le era grato o por el contrario le resultaba desagradable— bajó la vista a sus dedos; no llevaba anillo de casado, pensó. Si bien luego reflexionaría: «¿Y? ¿Ese detalle va a significar que está soltero?». «Pues, hombre, un dato a favor de la soltería sí es», se autorrespondía. Mientras vagaba por sus reflexiones y permanecía con la mirada posada en el libro, como hipnotizada, el *gentleman,* de repente, se percató de la inmersión en su intimidad, cerró el libro con violencia y la miró fijamente, como pidiéndole explicaciones. Ella apartó la mirada y se alejó. Por suerte, en cuestión de segundos llegó su parada y salió despavorida del vagón.

Aquel segundo encuentro trastocó la vida de Bertha. A partir de ese día se sorprendía abstraída. Con la mirada descansando en un punto cualquiera de la oficina, oía las voces de sus compañeros sin identificar, como si no fueran con ella. Fue Miguel el que más se sorprendió con esa actitud.

—¡Pero bueno! Esta no es mi Bertha, aquí está ocurriendo algo extraño —decía.

Sobre todo, en los momentos en los que desafiaba obligaciones, no cumplía con los quehaceres encomendados y, además, manifestaba un distanciamiento de sus tareas impropio de ella. Hasta Bertha era muy consciente de ese ensimismamiento repentino y de su causa. El *gentleman* se había apoderado de su mente, la había copado incluso en las horas de trabajo, sagradas para Bertha desde hacía generaciones: sus padres, abuelos, bisabuelos, todos las respetaron. Y ella, ahora, a estas alturas de su carrera, se sorprendía pensando obsesivamente en el *gentleman*. No dejaba de dar vueltas a la frase que había captado al vuelo: «En la sociedad capitalista, el trabajo es la causa de todo decaimiento intelectual». ¿Qué significaba realmente?, ¿a qué libro pertenecía? Tenía la seguridad de que no se trataba de una novela, sino de un libro de ensayo. Esa era la única certeza, pero quería, deseaba, necesitaba saber más.

Bertha esperaba con ahínco, al ir al juzgado cada día, el viaje matutino en el que se encontraban. Ambos cruzaban una mirada furtiva, sensual, con cierto grado de complicidad: el *gentleman* portando el mismo traje con distinta camisa, pero del mismo color, que cambiaba cada dos días —clavando la vista en una pequeña modificación del cuello detectaba el cambio—; Bertha emperifollada de los pies a la cabeza. Se había propuesto llamar su atención y por ello elegía con sumo esmero su atuendo. Que si un día en tonos azules con un collar de coral, también, cómo no, regalo de su hermano; que si otro de gris con bolso y zapatos en rojo; que si... En ocasiones, hasta una hora estaba delante del espejo ensayando y encajando en su cuerpo ropa distinta, hasta la heredada de su madre y de su prima Benigna. Su repertorio no era nada desdeñable; con ingenio y buena percha, como era el caso, obtenía atractivas indumentarias en las que se posaban ojos ajenos.

Y todas esas horas dedicadas a un desconocido. «¿Cómo he podido llegar a esto?», se preguntaba a sí misma sorprendida y a la vez esperanzada. A su vez, pues eran cuestiones concadenadas, se repetía en francés y en español, con evidente curiosidad, la frase del libro: «Dans la societé capitaliste, le travail est la cause de la dégradation intelectuelle». «En la sociedad capitalista, el trabajo es la causa de todo decaimiento intelectual». Y le daba vueltas y vueltas, y se formulaba un sinfín de preguntas, y hacía memoria de autores franceses que pudieran haber escrito semejantes líneas. ¿Tal vez algún filósofo, Descartes, Sartre, Rousseau? Descartes imposible; su racionalidad e inclinación por la geometría se alejaban de ese pensamiento. Sartre podría tener más sentido, esa faceta de activista político daba más juego. Rousseau, tal vez, por su influencia en la Revolución. Después de un profundo suspiro, se enrabietaba sola por no tener la lucidez suficiente para descubrir al autor y tampoco conseguir, cuando menos, algún desenlace lógico fruto de sus maquinaciones.

3

Pensar con tanto interés en un hombre la llevó inesperadamente a imaginar a sus padres de jóvenes, al conocerse y adentrarse después en las callejuelas del noviazgo. El sentimiento era entonces dulce y amargo a la vez. A medida que se hacía mayor lo recordaba con más frecuencia, pero eso lo achacaba a la añoranza. Era tan niña cuando murió su padre que no se percató de su falta hasta mucho tiempo después. Cuando advirtió su ausencia era tarde para llorarlo, pero no para afianzar su recuerdo, para cobijarlo constante en su memoria. Evocar a su padre era una percepción tranquila, grata y sosegada. Sin embargo, desde la mañana de aquel miércoles 19 de marzo de 1969 la inquietud, la desazón y la ansiedad se apoderaron de su espíritu. Le reconcomía la curiosidad, la incertidumbre por averiguar a qué presencia pertenecía la nuca de aquel hombre distinguido y con conocimientos evidentes y profundos del francés. Le urgía saber más. «¿Quién es? ¿Trabaja? Por el traje parece que sí. Ningún chico joven de su edad iría con una vestimenta tan poco cómoda si no tuviera la obligación por su trabajo. Digo yo. ¿Cómo será su familia?». Las preguntas se multiplicaban y, si las respuestas no venían, habría que buscarlas, pues Bertha había centrado su vida en el viaje matutino de ida en el que coincidía con el *gentleman*.

En el trabajo, la reiteración de las tareas, siempre las mismas, como si de una herramienta estampadora se tratara, era su día a día. Examinaba uno a uno los atestados que entregaba la policía y los dejaba sobre la mesa del juez. Una vez revisados por este, seguía al pie de la letra las anotaciones pertinentes. Colocaba con cuidado los folios con los papeles de calco en la máquina y transcribía las resoluciones de don Abundio. Debía leer, repasar y estudiar cada expediente con la máxima concentración. Pero esa mañana se notaba dispersa, debía leer y releer lo que sus dedos transcribían. No alcanzaba el sosiego necesario para acometer las tareas encomendadas; su mente seguía en el metro, volaba cada segundo hacia aquel vagón, junto al desconocido del libro y del peculiar aroma a madera mojada. Era la primera vez que le ocurría algo así.

Hasta entonces, gozaba con su trabajo, redactando providencias, autos y diligencias, con el sentido que la eficaz funcionaria deducía de una sola frase del juez. Alguna que otra vez, Bertha respiraba el ambiente enrarecido de los calabozos donde, en ocasiones, conversaba con los detenidos. Precisamente, aquel día, Félix volvía a estar allí. «¡Ay, Dios! ¡Mi Félix!», decía para sus adentros. Un joven de veintidós años al que había cogido cariño. Su aspecto enclenque, delgaducho y angelical impactó en Bertha y le inspiró ternura desde el primer día que cruzaron con complicidad las miradas. Hasta le hacía gracia su colorida vestimenta, siempre divertida, pero con un punto de elegancia; la antítesis de los habituales parroquianos que proliferaban por los calabozos. Para Bertha, Félix era, sobre todo, una desgraciada buena persona. Por su aspecto y afición no apuntalaba ningún trabajo. Tenía habilidad con las manos y en ocasiones había hecho sus pinitos en talleres de ebanistería. Pero su promiscuidad se anteponía constantemente a cualquier otra tarea. Esta vez el motivo de su detención había sido el de siempre: intimar con menores en lugares públicos, plazas, parques, urinarios masculinos. Mas él negaba todas las acusaciones e insistía hasta la saciedad en que jamás había estado con un menor de edad. Y era cierto, el chico más joven con el que había mantenido relaciones pasaba de los veinticinco años. Pero la policía seguía empeñada en atribuirle actos concupiscentes con menores. Como siempre, don Abundio había anotado de su puño y letra: «Prisión tres meses». Sin embargo, esta vez a Bertha, centrada en el *gentleman*, la decisión del juez le había causado menos angustia que de costumbre. Cuando reproducía una orden del juez que consideraba injusta, le entraba dolor de estómago, como si este se encogiera hasta terminar en una bola dura y dolorosa. Le producía angustia, se sentía mal. Pero no lo expresaba. Ponía en práctica las enseñanzas de madre y sufría en silencio. No era el lugar adecuado en el que hacer notar esa sensibilidad. Arriesgarse a exteriorizar que no era partidaria del régimen. ¡Ni loca! Dar pie a que alguno la señalara en este sentido. No podía aventurarse a perder su reputación o incluso su trabajo si se corría la voz. Podrían hasta pensar que era una roja infiltrada. No le quedaba otra. Disimular y, cuando llegaban a sus manos casos muy sangrantes, hacer de tripas corazón y ocultar, aparentar y sonreír; siempre sonreír, como decía madre.

Estaba Bertha concentrada en la redacción de otra providencia, con los ojos caídos sobre el teclado, cuando la interrumpió Miguel:

—Qué sorpresa, me he quedado perplejo —murmuró al pasar casi rozando la silla de Bertha, antes de sentarse de nuevo a su mesa.

—No entiendo, ¿a qué te refieres? —comentó ella frunciendo el ceño y mirándolo con extrañeza.

—¿Qué pasa?, ¿a ti no te ha sorprendido?

—¿Sorprenderme qué? —inquirió Bertha, elevando un poco el tono de voz y sin conseguir descifrar a qué asunto concreto se refería Miguel.

—Calla, no grites. Tal vez don Abundio se haya despistado o se haya vuelto benévolo. Por si acaso, Bertha, ni lo comentemos —dijo Miguel bajando el volumen.

—¿Quieres explicarme a qué te refieres? Me estás poniendo nerviosa —dijo, y se levantó de su mesa para acercarse a la de Miguel con cara de fastidio.

—¿A ti no te ha extrañado que el juez haya dejado a Félix en libertad?

—¿A Félix en libertad? —exclamó desconcertada—. Pero si me ha dicho... Ay, sí, es verdad —reconoció con disimulo—. Tengo mucho trabajo, Miguel. Ahora no puedo seguir hablando. Estoy redactando una providencia urgente.

Bertha salió del paso fingiendo concentrarse en su mesa. Sin embargo, descompuesta, se apresuró a revisar los autos. Buscó desesperadamente el de Félix y lo repasó. Por primera vez en su vida había cometido un error y bien grave. Qué horror. ¿Qué podía hacer para enmendarlo?

Lo sorprendente era que el juez lo había firmado sin darse cuenta y Félix andaba suelto. Mejor no desvelar a Miguel lo ocurrido y dejar que la jornada transcurriera con normalidad; ya era demasiado tarde y complicado enmendar el entuerto, y, además, a pesar de los pesares, en su fuero interno Bertha se alegraba de lo ocurrido. Todos sabían que Félix era una figura que llamaba la atención de las autoridades, pero a ella le costaba imaginarlo haciendo el menor mal a nadie. Si por su desliz el pobre Félix se ahorraba pasar tres meses encerrado..., bienvenido fuera.

De inmediato, pensó que tenía que controlar su obsesión por el *gentleman*. Le costaba concentrarse en el trabajo y había vuelto a tomar pastillas para dormir, cosa que no hacía desde las oposiciones. Bertha, acostumbrada a poner límites a su fantasía, trazó un plan. El primer paso había consistido en, delante de Miguel, quejarse de un dolor de garganta. Esa fue la primera vez en su vida que mintió en su trabajo y, además, con un propósito espurio: gozar de un día libre sin derecho alguno. Era necesario averiguar algo más del *gentleman*. Saber quién era, a qué se dedicaba, dónde y con quién vivía. Esa fuerte necesidad fue la causante. Bertha, la funcionaria modelo a seguir, a la que siempre don Abundio, Miguel y cualquier superior ponían como ejemplo, estaba a punto de incumplir sus obligaciones. Madre hubiera reprobado esa actitud, jamás habría permitido una frivolidad de ese calibre. El caso era que entre los remordimientos y los nervios esa noche, a pesar del somnífero, apenas pudo conciliar el sueño.

Para la ocasión, eligió un vaquero viejo, de los que usaba para ir a la montaña; un zapato deportivo, como si fuera a recorrer Barcelona de arriba abajo; nada de maquillaje; una cola de caballo; unas gafas de cristal transparente, sin graduación, que nunca supo cómo habían llegado a su poder; una camisa con grandes cuadros de colores intensos; un cinturón marrón claro, y un chaquetón azul marino que le permitiría alzar el cuello. De esa guisa, podría confundirse con una turista nacional o con una comercial. Ella y el *gentleman* no habían sido presentados, pero, aun así, existía un diálogo sostenido por el cruce matutino de miradas, por lo que era mejor en esa ocasión pasar inadvertida.

En cuanto pisó el asfalto percibió las calles y a sus gentes de manera distinta. No sabía muy bien por qué. Tal vez era el tiempo, un tanto desapacible, con un cielo cuyas nubes amenazaban lluvia e iluminaban el pavimento de otro tono grisáceo y oscuro, provocando esquinas más angulosas y aceras más húmedas. El cambio de estación influyó en la vestimenta y los transeúntes se mostraban más retraídos, menos observadores;

costaba localizar algún cruce de miradas. Parecían caballos con orejeras mirando siempre al frente sin ningún otro gesto o actitud que les diera un aire menos riguroso. O esa era la percepción de Bertha cuando llegó a la boca de metro del Clot, con veinte minutos de adelanto, y se ubicó en una estación que notó lúgubre. Pasaron tres convoyes antes de que llegara el que cobijaba al *gentleman*, el de las siete y cuarto. Como siempre, se subió al vagón, pero esta vez se colocó en un lugar discreto con un libro liviano de Dickens, *Cuento de Navidad*, lo que le permitía manipularlo a conveniencia, bajar la mirada o utilizarlo de parapeto si se sentía observada, porque no quería entrecruzar la vista con nadie y menos con él. Al iniciar la marcha en la parada de marras, dejó de leer y, cuando levantó la mirada, el *gentleman* ya se encontraba en su lugar. Bertha bajó del vagón en la siguiente parada y se subió al de atrás con el fin de controlar sin ser vista el momento en que él se apeara.

Pasó la parada de Bertha y el *gentleman* continuó su trayecto, de suerte que no le quedaba más remedio que indagar en cada estación sacando la cabeza por la puerta. En cuanto viera que bajaba, debía reaccionar con rapidez. Por fin, descendió en Sans, y ella comenzó a seguirlo. Primero calle arriba, guardando una distancia prudencial, subiéndose el cuello de la chaqueta para pasar aún más desapercibida, dirigiendo la mirada a izquierda y derecha, como buscando sin encontrar, y acompañada de nuevos aliados, los gusanillos que paseaban cómodos por su estómago desde el amanecer. Realizó, en fin, todas las argucias necesarias para ver y no ser vista. Luego, ambos giraron hacia la izquierda por una calle desde la que se divisaba el edificio que albergaba la oficina de la Caja de Pensiones para la Vejez y de Ahorros de Cataluña y Baleares, a la que se dirigía con paso firme. Al llegar, el *gentleman* abrió la puerta y desapareció.

—¡Qué casualidad —musitó para sí misma—, es la caja donde tengo mis pocos ahorros! Al ser clienta, cualquier gestión que haga me será más fácil. Tal vez no sería mala idea entrar y pedir información para poner alguna cantidad en bolsa o para modificar mi cuenta corriente. Igual me interesa tener una cuenta nueva...

Tentada estuvo de entrar después de las cavilaciones. Era evidente que el hombre trabajaba allí. Pero ese día no estaba preparada, no podía realizar una gestión bancaria sin arriesgarse a ser descubierta o parecer una ignorante. Además, después de escudriñarse de arriba abajo, verificó lo inadecuado de su atavío para una imagen solvente. «Debo dar lo mejor de mí a ojos de los empleados —se dijo—, tal vez mi futuro dependa de ello».

Llegados a ese punto, Bertha no podía esperar horas en la puerta y, después de permanecer unos minutos pensativa sin que se le ocurriera nada más por hacer, ningún dato más por descubrir ni un elemento nuevo por observar, tomó la firme decisión de volver otro día. ¡Qué poco productiva había sido la incursión en el mundillo detectivesco! Un buen profesional habría obtenido, con seguridad, mayor información; habría llevado a cabo alguna indagación más y, por lo menos, habría aprovechado en mayor medida el día de libranza. «Pero zapatero a tus zapatos», se dijo Bertha. Le angustiaba volver a mentir a Miguel y no estaba entrenada para fingir otra enfermedad con desenvoltura, sin color en las mejillas, sin picazón en la tripa y sin zozobra en todo el cuerpo. Pero no quedaba otra. Mientras tanto, seguía imaginando: si fuera otro empleado quien la atendiera, vería al *gentleman* en su mesa y, al reconocerlo, tendría una excusa para acercarse y saludarlo. Una vez husmeada la ocupación del desconocido, muchas de las preguntas se respondían solas. Por ese motivo iba trajeado, coincidían en la hora y tenía ese aspecto tan formal a la par que interesante. Un empleado de banca debe transmitir seriedad, compostura y ademanes refinados. Justo las evidentes cualidades del *gentleman*. Hasta se atrevió Bertha a decirse a sí misma que tampoco estaría mal casarse con un banquero. «Bueno, con un banquero como este, joven, delgado, alto y guapo, no con otro viejo, gordo, bajito y feo», reflexionó rápidamente.

Después de tanto esfuerzo, Bertha llegó a casa extenuada. La cabeza le hervía como una olla que contuviera duros garbanzos a fuego lento pero continuo, sin tregua. En esas coyunturas, añoraba a su fiel Fígaro, un pastor alemán maravilloso con el que deambulaba y cavilaba dos veces al día. Por la mañana daban un paseo corto y por la noche, tras la cena, una caminata más prolongada. En su recorrido siempre se cruzaba con Antonio, el sereno. A la muerte de Fígaro, Bertha siguió con la rutina, a la misma hora de la noche, haciendo idéntica travesía y reflexionando sobre algún asunto que la ocupara y preocupara. Después de tantas horas sentada en la incómoda silla de su trabajo, a pesar del cojín, se levantaba con el trasero cuadrado y un poco de ejercicio le hacía bien. Como decía su abuela, andar es lo mejor para la salud, expresión que instalaba en su vida en cuanto se terciaba. Esa costumbre, ese sube y baja de la calle a casa y de la casa a la calle, le permitía mantener una estrecha relación con Antonio, quien controlaba todos los edificios y a todos los residentes de la zona, incluida Bertha, por supuesto, a la que conocía desde niña y a la que le manifestaba un especial afecto y le demostraba un particular cuidado. Entre otras cosas, cuando pasaba junto a su portal, su mirada ascendía al segundo piso, y, si había luz, proseguía tranquilo su ronda. Si no era así, quedaba alerta, pendiente de que llegara tarde y sola. Antonio, antiguo policía, contaba con una peculiar destreza para olfatear el peligro, condición muy apreciada por los vecinos.

—Buenas noches, Antonio. Qué frío hace —dijo ella con una sonrisa, frotándose los brazos con las manos y subiendo el cuello de su jersey gris de lana.

—Buenas noches, Bertha. Sí, hace más fresco, se nota que ha bajado la temperatura. Siempre que la veo me viene a la mente Fígaro. Qué perro más inteligente. En la policía teníamos a Tor, un pastor alemán con mucho pedigrí, y muy listo, como el suyo; un agente más, capaz de descubrir un cadáver a cinco kilómetros a la redonda —comentó, sin aminorar su paso, bajo su gabán azul y su impecable gorra de plato.

Bertha se esforzaba en continuar a su lado, pero Antonio daba tres rondas a cada manzana cada hora y nada ni nadie iba a entorpecer su cometido.

—No sabe cuánto echo de menos a Fígaro. Me proporcionaba tranquilidad durante la noche. Por cierto, ¿se sabe algo del atraco de la semana pasada? ¿Ya está bien la mujer? Tengo entendido que la tiraron al suelo de un empujón cuando abrió la puerta.

—Sí, ya se ha recuperado; por fortuna no llegaron a causarle heridas muy graves. Ahora bien, el susto fue tremendo, se quedó paralizada en el suelo y debieron de pensar que había perdido el conocimiento. Entraron al dormitorio y cogieron dinero y joyas. A los cinco minutos los dos chavales ya corrían calle abajo. De esos indeseables no se pudo averiguar nada, pero tenga la certeza de que la policía los encontrará. El sereno de ese sector reaccionó tarde, controla poco; tiene el defecto de ser demasiado joven. Ya sabe usted, le falta ese instinto agudo que proporcionan los años, y no me extrañaría que se hubiera cruzado con esos chicos sin percatarse.

—Sereeeno —se oyó un grito prolongado, firme, un tanto autoritario.

—Vaaa —respondió Antonio, con la misma longitud de voz, trasluciendo el aguante propio de su cometido, ir de aquí para allá con los racimos de llaves atendiendo a uno y a otro—. Alguien se habrá olvidado las llaves. Tengo que dejarla, Bertha. Retírese pronto, la noche es muy fría.

4

Al día siguiente, cuando Miguel entraba en el juzgado, el pelo repeinado, la camisa blanca recién planchada, su traje negro cepillado con esmero, su expresión risueña inconfundible —tenía el aspecto de las buenas personas, sin muecas extrañas o complejas y las comisuras de los labios siempre activas, dijera lo que dijera y pasara lo que pasara—, aún se oían las campanas de la iglesia tocando la misa de las ocho. Después de los protocolarios saludos y de ocupar su mesa, preguntó:

—¿Alguna novedad o más de lo mismo?

—Más de lo mismo —contestó con fastidio Bertha.

El quehacer cotidiano se repartía entre ellos dos; los otros tres funcionarios se limitaban a cumplir órdenes, a cubrir el expediente y a producir lo imprescindible para conservar el puesto de trabajo. Don Abundio acudía a ellos cuando necesitaba redactar alguna resolución extraordinaria o complicada, como si el resto de los funcionarios no existieran. Ese extremo lo tenía en cuenta don Carmelo, el secretario, tanto a la hora de conceder permisos como de cuantificar sueldos y repartir gratificaciones. Ese día Bertha rompió el hielo.

—Por cierto, Miguel, ayer te vi entrar en la farmacia Prat. ¿Estás enfermo, te ocurre algo?

—¡Ay, no, Bertha! Era jueves.

En el mismo momento en que pronunció la palabra «jueves» se llevó la mano a la boca, en un ademán indicativo de haber metido la pata. Bertha no conocía su actividad de los jueves por la tarde. Ahora no le quedaría más remedio que hacerla partícipe de su pequeño secreto. Respiró hondo. Elevó las cejas en un movimiento instintivo y, como restándole importancia a su propia imprudencia, esperó la respuesta.

—Sí. Era jueves, ¿y? —respondió intrigada, deseosa de averiguar qué ocurría los jueves que le exigiera a Miguel entrar en una farmacia.

—No me gusta nada explicar esa afición mía. Pero ya que estamos y siendo tú... El farmacéutico es amigo y cada jueves a última hora jugamos al dominó en la rebotica.

—¿Qué...? —exclamó, originando un aspaviento—. ¡Tú jugador de dominó! Venga, Miguel. Es una broma, ¿verdad?

—Que no, Bertha. Te estoy hablando en serio. Cuando quieras te enseño y, en cuanto aprendas, me acompañas un jueves.

—Pues nada, aprenderé a jugar al dominó, aunque no sé si seré capaz. Debe de ser un juego complicado, aunque parezca fácil a simple vista.

Miguel intentó cambiar de tercio y dirigir la conversación hacia otros derroteros. No deseaba continuar hablando de ese asunto. Lo incomodaba. Ella se percató y calló.

—Bertha, ¿has visto el último concurso de notarías? Le he echado un vistazo; ha llegado a Barcelona un notario de veintiocho años, se presentó a las oposiciones restringidas entre notarios y aquí lo tienes. Vaya portento.

—Qué suerte. Mi hermano las sacó a los veinticuatro y cuando falleció estaba, justamente, preparando las restringidas. Su ilusión era ejercer en la capital y la única forma de llegar lo antes posible, ya sabes, es hacer otra oposición, esta vez entre notarios. Pero ahí se quedó, no le dejaron seguir. Habría aprobado y ahora lo tendríamos aquí, sirviendo en una notaría de Barcelona, el sueño de su vida.

—¡Qué faena! Es verdad, recuerdo conversaciones contigo sobre tu único hermano. Pero nunca me has hablado con detalle de él. Sé que era notario, mayor que tú, que os teníais devoción... Aunque desconozco de qué murió tan joven. Vaya desgracia para toda la familia —concluyó compungido mientras bajaba la cabeza, apoyaba el codo de la mano derecha sobre la mesa y se tapaba la boca con los dedos. Por unos segundos dejó de teclear.

—Fue un accidente de moto. De madrugada le avisaron, un hombre que estaba a punto de morir quería otorgar testamento. Él vivía en Barcelona, a pesar de tener la notaría en Ripollés. Iba y venía con su Vespa 150. Cesáreo era una persona prudente en todos los aspectos y en carretera ni te cuento, pero ese día...

Miguel entonces se levantó de su mesa, se acercó y posó una cariñosa mano en el hombro de Bertha. Ella agradeció el gesto.

—Lo siento de veras. Debió de ser espantoso. No tuvo hijos, ¿verdad?

—No. Mi cuñada tenía un problema en los ovarios y no podía quedarse embarazada.

La conversación saltó de su cuñada Carmina a una vecina de Miguel que había conseguido quedarse embarazada encomendándose a Lourdes después de años intentándolo. Al poco, la sala quedó vacía y solo Miguel y Bertha permanecieron en sus mesas; los demás habían bajado, como de costumbre, a tomar el café de media mañana a la cafetería más cercana a los juzgados, llena a todas horas de corrillos de compañeros, mesas atestadas unas de jueces y secretarios, otras de abogados y procuradores. Miguel y Bertha preferían intimidad. Para eso el bar Ciudadela era perfecto, estaba más alejado, a cinco minutos del Palacio de Justicia. La caminata, agradable los días de primavera y otoño, sin frío ni calor, como muchos en Barcelona, era sobradamente recompensada por la discreción del lugar. Tenían la seguridad de que allí no se tropezarían con nadie de los juzgados y hacia allí se dirigieron. Una vez en el bar, Bertha pensó que era un buen momento para sacar un asunto que la inquietaba sobremanera y que había tomado la determinación de no comentar con nadie, de no abrir su corazón, de no exponerse a riesgo alguno. Pero en ese momento estaba con Miguel, su guardián, su profesor también. Todo lo que había aprendido del funcionamiento de un juzgado de vagos y maleantes había sido gracias a él. A su generosidad. A esa forma de entender la vida en la que se antepone al prójimo —aquellos que molestaban a su madre; en el fondo siempre fue una clasista sin fundamento— a uno mismo.

Miguel en más de una ocasión se había sincerado con ella, le había contado, por ejemplo, lo fatigoso que era vivir con su hermana. La verdad, así de buenas a primeras, no le podía negar las ventajas. Resolvía de un plumazo y bien las labores del hogar, pues cocinaba, planchaba, limpiaba, iba a la compra, se ocupaba de darle la propina al sereno, de renovar el seguro de los muertos —como familiarmente lo llamaban—. «¿Has pagado los muertos?», preguntaba Miguel cada primero de mes, y su hermana afirmaba, cansina, sin añadir nada, por no discutir. Esa tarea formaba parte de sus sagrados quehaceres, que eran los que son, a diario, a la semana, al mes o al año, dependiendo de la faena. Sin embargo, para él, esa comodidad cotidiana de la que disfrutaba se veía un tanto truncada por la falta de intimidad. Ante tal coyuntura era inviable llevar a casa a pareja alguna, aunque ese extremo no le preocupara en demasía. Las invitaba en algún bar, o iban al cine y luego a una cafetería cercana, o, en ocasiones, gozaban de un concierto. Excepcionalmente —tal vez una o dos veces al año— acudían al Liceo; le gustaba la ópera, pero su presupuesto casi nunca alcanzaba para abonar las entradas. Sin embargo, cuando lo conseguía disfrutaba, además de la representación, del postureo de algunos espectadores cuyas presencias dejaban patentes en el teatro. Se sonreía al percatarse del pavoneo social entre los instalados en la platea y los que llenaban el gallinero, donde él y su acompañante se situaban. Todas esas actividades eran más que suficientes para alimentar cualquier amistad. Porque Miguel tampoco pretendía ir más allá, carecía de necesidades sexuales, no por los cincuenta años que ya había cumplido, sino porque el sexo nunca había llamado a su puerta, ni él a la del sexo.

Esa falta de interés, en ocasiones, mudaba en desagrado cuando veía escenas de parejas fogosas en la calle o en el cine. A pesar de que la censura las llevaba a su mínima expresión, él se preguntaba: «¿Y yo?». Pero su cordura aquí se trastocaba. ¿Le gustaban las mujeres? Un poco. ¿Le gustaban los hombres? Pues quizá también otro poco. Pero ni con unas ni con otros tropezó en la impudicia. El motivo, deducía, la castración mental de su época colegial. Para sus religiosos maestros cualquier relación con los bajos fondos era pecado o veneno. O te ibas directamente al infierno o te infectabas de arriba abajo de un virus letal y morías en unos días. Y, la verdad, Miguel ni quería ir al infierno —le habían contado pestes de ese lugar— ni quería morir tan joven, con tanta vida por delante.

—Debo hacerte una confesión, Miguel —dijo de pronto Bertha—. Cada vez tengo más remordimientos de conciencia. En este juzgado estamos imponiendo penas a conductas que simplemente pueden ser consideradas como inmorales o indecentes, pero no delictivas. ¿Crees justo que un hombre esté unos meses en prisión por haber besado en un parque público a su novio?

Nada más pronunciar estas palabras, Bertha se arrepintió. Conocía a Miguel desde hacía tiempo y confiaba en él, pero eso no implicaba que pensara como ella también en ese tema... Sin embargo, el gesto cómplice de su compañero la sorprendió.

—Estoy de acuerdo con lo que dices. Pienso exactamente lo mismo que tú. Es lo que tiene dedicarse a aplicar la Ley de

Vagos y Maleantes. Eres muy joven, Bertha, pero se trata de una ley con mucha historia. Recuerda que se aprobó durante el gobierno de coalición republicano-socialista, sobrevivió a la Guerra Civil y sigue siendo un buen sistema de control sobre la sociedad para asegurar el orden público.

—Pero ¿de dónde vienen estas normas tan reprobables?

—Era uno de tus temas de oposición. ¿Cómo es posible que no lo recuerdes?

—Pues no me acuerdo bien, me lo aprendí así, de memorieta, sin pensar. Sigue, por favor.

Miguel sonrió y lanzó un suspiro. Se acercó aún más a Bertha y bajó el tono de voz.

—De acuerdo, Bertha. El Gobierno, en el año 1932, repuso el Código Penal de 1870. Sucedía que determinados individuos llevaban a cabo actos muy molestos para la sociedad, pero estas infracciones, hurtos, mendicidad o pequeños timos conllevaban una pena muy leve. Con la crisis económica de la Segunda República, dichos comportamientos se fueron agravando, y el Gobierno creyó conveniente endurecer la ley. Así fue como se promulgó, para ser exactos, el 4 de agosto de 1933, la Ley de Vagos y Maleantes.

—Cómo me gusta oírte, Miguel. Siempre aprendo cosas nuevas contigo. Seguro que lo he estudiado, lo recuerdo vagamente. Muchos piensan que esa ley era una obra más de nuestro Caudillo.

—Es cierto, son muchos los que caen en ese error, y nada más lejos de la realidad. Nadie conoce mejor que tú, Bertha, lo que se cuece en este juzgado. Castigamos a los mendigos profesionales, a los vagos habituales, a los borrachos, a los drogadictos, a los rufianes, a los proxenetas, a los homosexuales.

—¡Eso es! —dijo entusiasmada—. La ley es subjetiva y confusa, características que permiten al que la aplica adaptarla a su antojo. Recuerdo una frase que aprendí de memoria durante la oposición, sin analizarla demasiado, y que ahora, cuando la repito, me da escalofríos: «Los que observen conducta reveladora de inclinación al delito, manifestada por el trato asiduo con delincuentes y maleantes».

—Qué memoria, es tal cual. La has clavado. La de veces que la he repetido y, para colmo, me tocó en el examen de la oposición. Me alegra comprobar que los dos pensamos lo mismo, eso significa que compartimos valores y principios. Me gusta estar rodeado de personas como tú. Esa frase que acabas de recitar de memoria, como si fuera un sonsonete, ¿sabes la trascendencia que tiene?

—Pues claro, Miguel, y sus consecuencias, eso es exactamente lo que nos decimos en ocasiones solo con la mirada. Cada juez la interpreta *ad libitum*, según su leal saber y entender. A veces no tan «leal», ya sabes a lo que me refiero...

Los ojos de Miguel brillaban de un modo especial.

—Exacto. Su consecuencia es que dentro de esa norma cabe cualquier conducta que pueda calificarse de asocial. ¿Y qué es lo asocial? Pues nada más y nada menos que lo inapropiado en cada momento a juicio del que decide: arbitrariedad, ambigüedad, inseguridad jurídica, y esa normativa la aplicamos en este juzgado, Bertha. Tú ves que cada día detienen a personas decentes, buenas y honradas por el hecho de pensar de forma distinta al régimen, y aquí nos las traen. Y nosotros no podemos evitarlo.

—Qué impotencia se siente.

—Ya sabes, en el juzgado el encargado de aplicar la ley es nuestro juez, y actuamos bajo su criterio. Don Abundio no es mala persona, pero es un sectario y jamás haría nada que desagradara o incomodase al régimen. Por ese motivo me extrañó tanto que acordara la libertad de Félix.

Bertha sintió como si le cayera un jarro de agua fría. Se mordió el labio inferior y estuvo tentada de no confesar, pero...

—Ay, Miguel. De eso precisamente te quería hablar. Me ha ocurrido una cosa terrible. ¡Pero terrible! Y no sé las consecuencias que puede acarrear.

—No me asustes. Confía en mí. Nada de lo que hayas hecho y yo pueda remediar tendrá esas consecuencias que tanto te alarman. Adelante, no tengas miedo. Pero si estás temblando; tranquila, mujer.

—Me equivoqué —dijo Bertha en voz baja, con los ojos clavados en el suelo y sin atreverse a subir la mirada—. Me equivoqué —repitió en el mismo tono, sin mover ni un músculo de la cara.

—¿Cómo dices? No entiendo. ¿En qué te has equivocado? No estarás embarazada…

A Bertha se le escapó media sonrisa.

—No, no. Ojalá fuera eso. El otro día, cuando Félix, nuestro querido Félix, quedó en libertad, metí la pata, pero bien metida. Me equivoqué.

—¿Cómo que te equivocaste? ¿Qué quieres decir? —preguntó intrigado, sin entender qué había ocurrido con Félix, cuya presencia, sin saber muy bien por qué, les era grata. Sí, lo apreciaban. Si de ellos hubiera dependido…

—Pues muy fácil —aclaró por fin Bertha—. Don Abundio me indicó a lápiz, sobre el atestado de Félix, «dictar auto de prisión». Como imaginas, no podía ser de otra manera. Pero me distraje, no sé qué me ocurrió. Estaba pensando en otra cosa mientras tecleaba. Te juro que fue un despiste, en ningún momento fui consciente de estar rellenando un modelo distinto al ordenado por don Abundio. Redacté un auto de libertad cuando el juez había mandado justo lo contrario. Me equivoqué de plantilla, y mira que las tengo bien señaladas. Así, cuando terminé el último, le pasé a don Abundio todos los autos redactados esa mañana y los firmó sin preguntar ni realizar manifestación alguna. Luego, don Carmelo, como siempre, los rubricó tras comprobar tan solo que constara la firma de su señoría. Más tarde, bajé a calabozos y entregué al guardia civil el auto de Félix junto con los demás. Te juro que no me di cuenta —musitaba Bertha nerviosa, con la voz entrecortada y casi susurrando.

—Tranquila, mujer...

—Me di cuenta cuando tú me lo advertiste, pero ya era demasiado tarde. Entonces me callé, no dije nada... Es más, te voy a hacer una confesión, voy a ser sincera contigo: aunque hubiera podido corregirlo, no lo habría hecho. Cuando me percaté de mi metedura de pata, me alegré. Siendo consciente, no me hubiera atrevido. Félix quedó en libertad de la forma más limpia y admisible: por un error.

—El juez nunca lee las resoluciones que le pasamos para su firma. Confía en nosotros. Ni se le pasa por la cabeza tener sobre la mesa una decisión distinta a la ordenada.

—Sí, sí, es cierto. Pero fue un error. Jamás hubiera hecho algo así intencionadamente. Tú me conoces. Me di cuenta cuando lo comentaste, antes ni me percaté. Como te he dicho, bajé a calabozos con todas las firmas de don Abundio de esa mañana.

Miguel guardó silencio un momento.

—¿Sabes dónde estaría Félix si no te hubieras equivocado? Las llaman «colonias agrícolas», «casas de templanza» o «establecimientos de custodia», todos ellos lugares para recluir a estos individuos. ¿Has visitado alguno?

Bertha sintió un escalofrío.

—No, nunca.

—Yo sí. Se establecen normas educativas de hábito laboral para facilitar la rehabilitación de los internos. Cuando se empezó a hacer uso de esta ley para castigar a los que llaman invertidos sexuales, tú eras una niña. Fue mucho antes de 1954, año en el que las prácticas homosexuales se tipificaron como delito, como actividad peligrosa para el orden social y la paz pública, como te comenté hace unos días. Don Abundio, como habrás comprobado, no pasa ni una de estas conductas.

Bertha estaba horrorizada, pálida. Además, veía algo en el rostro de Miguel que le daba aún más gravedad y peso a su relato, como si supiera muy bien de lo que hablaba. Miguel, que aparentaba como ella limitarse a su trabajo y tener una vida ordenada y sencilla, recta, de pronto le pareció un hombre mucho más completo, una figura a quien admirar.

—Ahora me alegro, aún más, de mi equivocación —confesó.

—No me extraña. Cuando los condenan se los divide en «activos o pasivos» y, según se manifiesten, terminan en Huelva o en Badajoz. Algunos fingen lo que no son para provocar un concreto traslado. Son instituciones especializadas y de aislamiento.

—¡Santo Dios bendito! ¡Así que es por eso! Ahora entiendo por qué ingresan siempre en Huelva o en Badajoz. No sabía qué responder cuando la familia me preguntaba el motivo de enviarlos tan lejos. Aunque tampoco sé si me atrevería a decirles la verdad…

—Mira, esta dictadura tiene una cosa clara: aislar a personas que son consideradas molestas por su forma de pensar, ideología, falta de rectitud y rigurosidad en su vida o inclinaciones sexuales. Y, en este último caso, se los aparta no solo del resto de la sociedad, sino también del resto de la población penitenciaria. Dicen que así se evitan perversiones y contagios.

—Es cruel. Y nosotros ¿qué? ¿Participamos directamente de todo esto o no? Estoy harta de tanta injusticia delante de mis narices, con mi aquiescencia. Y yo sin hacer nada. Tengo que… Tengo que pensar si se puede hacer algo. Me cuesta mucho seguir así. Está empezando a afectar a mi vida cotidiana, lo noto. Y más ahora, después de los detalles que me has proporcionado. No se lo he contado a nadie, pero me siento mal en muchas ocasiones. ¡Somos cómplices!

—¿Y qué vas a hacer, Bertha? ¿Pedir el traslado a otro juzgado? ¿Dejar que alguien con menos escrúpulos haga tu labor?

—Pues no creas, más de una vez se me ha pasado por la cabeza; pero no, no lo haré. Yo me quedo aquí, contigo; eres como mi segundo padre. Aunque estarás de acuerdo conmigo en que hay determinadas actitudes, siempre relacionadas con la política o con el sexo, que no deberían ser objeto no ya de sanción penal, sino ni siquiera de la más leve crítica. Y, sin embargo, en este juzgado respondemos con penas de cárcel.

Miguel sonrió, visiblemente emocionado por las palabras de Bertha.

—Así es, no lo dudes.

—Por eso mismo, cuando don Abundio estudia expedientes de este tipo de conductas y me dice «Ponga un auto de prisión», siento ganas de responderle «Mire usted, esta norma no puede ser aplicada». Pero lo sé; en el fondo, el juez no tiene la culpa, sus decisiones son consecuencia de la maldita Ley de Vagos y Maleantes. Ya lo sé, pero, por lo que a mí respecta, soy yo quien redacta el auto, soy yo quien da forma a esa frase de su señoría pronunciada sin pensar dos veces, como si de un «Vamos a tomar un café» se tratase. Soy yo quien señala el plazo, quien da forma a la resolución, quien establece el modo en que esa persona dejará de ser libre y será conducida a un centro penitenciario, a una cárcel, vamos a ser claros. Me siento despreciable. Es una aberración social. Que ponga mis estudios, mis años de oposición al servicio de estos quehaceres, tiene delito. Pero… ¿no hay nada que podamos hacer? Piensa, por favor, Miguel, piensa.

—No sé, Bertha. Con la ley en la mano y cumpliendo escrupulosamente con nuestro trabajo, no nos queda más remedio que sentarnos en nuestra mesa, coger la máquina y teclear fieles el auto indicado por su señoría. A mí también me hierve la sangre…

Bertha respiró hondo y miró su reloj; ya era hora de regresar a la oficina, pero ese día decidieron, sin cruzar palabra, alargar ese café un rato más. En el fondo, ambos deseaban disponer de horas para hablar, ahora que se habían roto tantas barreras entre ellos. La expresión de los rostros los delataba. Además de buenos compañeros en el trabajo, lo serían también en la batalla, en la retaguardia de la clandestinidad. O, al menos, eso deseaba Bertha, quien continuó con sus reflexiones.

—Y, sin embargo, estando tan de acuerdo como estamos, nunca lo habíamos hablado así, abiertamente.

—Hay asuntos muy pero que muy delicados, y este es de esa calaña.

El camarero estaba a punto de servirles otro café cuando Bertha reanudó la conversación.

—A veces, buscando soluciones se me ocurre alguna. La llevo en la cabeza desde que me despisté al redactar el auto de Félix. Somos humanos y podemos errar. ¿O no? ¿Qué ocurriría si don Abundio nos pidiera elaborar un auto de prisión y nosotros entendiéramos un auto de libertad? Eso pasó, sin quererlo, y salió bien. Lo sabemos, el juez nunca lee las resoluciones que le pasamos para su firma. Cree, y con razón, que es una reproducción exacta de sus instrucciones.

Miguel tardó en contestar, estupefacto.

—Bertha, ¿no estarás pensando...?

—¿Es una idea descabellada hacerlo conscientemente solo una vez, de vez en cuando, pero solo una vez? Al fin y al cabo, como decía Juan, el personaje barojiano en *Aurora roja*: «El progreso es únicamente el resultado de la victoria del instinto de rebeldía contra el principio de autoridad». ¿Recuerdas? Tú has leído casi toda su obra. Fíjate, él ya pensaba como nosotros, pero desde su posición de escritor solo podía plasmarlo en unos folios que luego se convertían en libro. Nosotros, desde nuestra trinchera, podemos hacer mucho más. Es una frase magistral, ¿no crees? A Baroja le pudo influir su faceta como médico, su sensibilidad hacia el mal ajeno, de ahí su inclinación por el anarquismo. Lo que ya no sé es de dónde venía su anticlericalismo. Lo cierto es que su familia estaba

formada por muchos artistas, tal vez tuviera un pariente al que se le aplicó esta maldita ley. Vaya rollo te estoy pegando. No sé cómo he llegado a Baroja…
—Baroja, Cernuda, Machado y tantos otros. Qué más da.
—¡Debemos actuar!

Bertha escuchaba decir a padre, dirigiéndose a ella y a su hermano, como buen marino, «Ahora vamos a ancorar», sin que ella pudiera precisar a qué cuestión concreta se refería cuando pronunciaba la palabra «ancorar». «Vamos a ancorar unas reglas de oro: haz el bien y no mires a quién o lo que no quieras para ti no lo quieras para nadie. Pero miradme fijamente a los ojos. Cuando decimos cosas importantes hay que mirarse fijamente a los ojos», decía. Bertha miraba ahora fijamente a los ojos de Miguel.

—Que actuemos, ¿eso quieres?, ¿que terminemos procesados, tal vez arrestados o encarcelados? ¡Es una locura…! —exclamó Miguel.

—Lo que es una locura es quitar la libertad a esas personas y volverlos locos a ellos. Mientras esta ley siga en vigor, estamos colaborando en enloquecer a personas inocentes, a hombres decentes. Eso sí es estar loco.

—Lo que propones es muy grave, Bertha. Muy pero que muy grave. ¿Eres consciente de lo que nos podría pasar? Me pongo malo solo de pensarlo —comentó Miguel, a quien le costaba engullir los sorbos del segundo café que aún tenía en la taza.

—Solo una vez, Miguel, solo una vez y de cuando en cuando. No siempre. Cuando tengamos algún caso de los que consideremos flagrantes y una injusticia atroz. ¿Crees que se daría cuenta don Abundio si le coláramos alguna resolución?

Miguel resopló y se tomó su tiempo para contestar. Aún le quedaba algo de café, pero la garganta se le había cerrado como si de una compuerta de presa se tratara. Al final arrugó la frente y miró fijamente a Bertha, también a los ojos, con sus pequeñas pupilas empequeñecidas pero firmes. Negó con la cabeza.

—No. No se daría cuenta. Llevo más de tres décadas entre las paredes de un juzgado, y no se ha hecho porque no hemos querido. Es factible, claro que sí. Si se ejecuta, como tú dices, en muy contadas ocasiones, es imposible de detectar. Nuestro fiscal jamás recurre una decisión de su señoría, y además está pendiente de traslado, por lo que no querrá enfrentarse al juez.

Bertha se esforzó en ocultar el frenesí que le llenaba el pecho. No sabía cómo se había atrevido a verbalizar lo que llevaba días, semanas, puede que meses centrifugando en su mente. Apoyó los codos en la mesa y se inclinó hacia delante para que solo Miguel pudiera oírla.

—Miguel, dime la verdad. ¿Te atreverías a participar sabiendo que te juegas tu puesto de trabajo?

—No me tientes, Bertha. No me tientes…

—Puedo actuar del mismo modo, tengo el ejemplo de Félix. Si el juez por casualidad se da cuenta, que sería un milagro, pues me he equivocado, lo he entendido mal, lo rectifico, se lo vuelvo a pasar y ya está. Por lo menos lo intentamos. Por una vez no arriesgamos nada. Tenemos una buena excusa.

Miguel, al escuchar a Bertha pormenorizar una idea que tantas veces le había rondado la cabeza, volvió a quedar pensativo pero plácido. Sentía satisfacción y bienestar. Imaginarse esa posibilidad era como cumplir uno de sus sueños. Hacerlo realidad. Él, que había leído y releído hasta aprender de memoria los poemas de su admirado García Lorca. Él, que había quedado embelesado al analizar los personajes de *La malquerida* de Jacinto Benavente. Él, que lloraba repasando el verso «La Paloma» de Rafael Alberti. Él, que de joven se había empapado de una cultura abierta, defensora de la libertad personal, de las reformas sociales; en definitiva, de ese liberalismo progresista, ahora forzosamente disimulado, tenía delante una oportunidad única para demostrar su valentía, enfrentarse desde su posición privilegiada a lo que consideraba injusto e imponer sus creencias a los poderes establecidos. Ahora, ¿no se iba a atrever? ¿Era acaso un pusilánime, un timorato? ¿Un cobarde, a fin de cuentas?

—Dime algo, Miguel. No te quedes callado como un pasmarote.

—Dios mío, Bertha, me estás tentando de verdad. Sabes que nos estaríamos jugando no solo nuestro trabajo, sino también la posibilidad de pasar unos años a la sombra…

—Sí, lo sé muy bien, pero, si vamos con mucho cuidado y cambiamos las resoluciones solo de forma excepcional, en los casos más graves, más injustos, es muy difícil que nos pillen. Y, si se dan cuenta, esa primera vez tenemos coartada y sería una excepción. Pero mientras no nos descubran podríamos beneficiar a muchos desdichados, a decentes que necesitan tener a su lado, aunque sea por una sola vez, a personas justas y con capacidad de maniobra como nosotros.

—Estoy sudando solo de pensarlo. Mira mi traje, empapado; parece de un gris más oscuro. Me tiemblan las piernas y tengo la garganta cerrada a cal y canto. Pero ¿sabes qué te digo, Bertha? Que llevas razón. Adelante. Cuenta conmigo.

5

El día señalado por Bertha para seguir de nuevo al *gentleman* llegó. Pero su plan requería advertir a Miguel otra vez de ese inoportuno dolor de garganta. No le gustaba. Le habían enseñado a no mentir, le habían inculcado una posición ante la vida de lealtad y, en definitiva, la habían convertido en una señorita decente, tanto en lo personal como en lo profesional. El engaño, el abuso, el embuste, las trampas y la artimaña se trocaban en una tremenda decepción cuando las observaba en la piel de otros. Y ahora ella las gastaba con Miguel, con su querido Miguel. Sí, querido, muy querido. Porque, si fuera malvado, perverso o cruel, Bertha se sentiría menos culpable al ejecutar la pantomima. Por eso, su cuerpo emanaba desazón. No podía precisar dónde le dolía o molestaba. El estómago revuelto, la cabeza embotada, la garganta anudada sin poder tragar. Tampoco mentía en exceso, no se encontraba bien. Lo inconfesable era el origen. Se sentía ingrata, egoísta, timadora, lianta, burlona, alejada de su esencia, condiciones que la convertían en una enferma. Entonces, con tan fuerte zozobra, con el pecado en las tripas, ¿por qué lo hacía? Al momento, apareció una nuca, pero no la nuca de cualquiera, sino esa nuca incrustada en el centro de sus pensamientos. En esa coyuntura, deseó ser irresponsable, perversa, indigna, execrable, infame. Al menos por una vez, en un intento *in extremis* de no sufrir.

—No hay manera, Miguel, me encuentro tan débil... —esgrimió.

—No terminaste de curar el resfriado el mes pasado. Este año estás baja de defensas. Cuídate y aliméntate bien. A saber qué cenas, si es que lo haces, porque igual te tomas una fruta y ya. Nunca habías estado tan mal como para faltar al trabajo, eso me preocupa —apostilló Miguel, sin poner en duda la veracidad de las palabras de su interlocutora.

Bertha torció el gesto y lagrimeó, más por remordimiento que por el sufrimiento. Sin embargo, pese a todas las víboras que habitaban en su conciencia, a la mañana siguiente inició el día con ímpetu. Comenzó aseándose con un desvelo especial. Considerar como probable un encuentro más íntimo era una locura, pero... Bertha, previsora también de imposibles, por un «por si acaso», se tomó más tiempo del habitual en acicalarse; llenó el barreño, como de costumbre, con cuatro ollas de agua caliente y una de fría; a continuación, se enjabonó a conciencia, sin rutina ni prisas, con esmero. Se secó cuidadosamente cada parte del cuerpo y se envolvió la cabeza en una toalla. Eligió con celo las prendas: falda gris y recta por debajo de la rodilla —nunca se había atrevido con la moda de las minifaldas—, camisa de dibujo geométrico en tonos azules, las mejores medias de su armario —regalo de su prima Benigna—, zapatos negros de tacón bajo y la chaqueta que más entonaba con la falda, una corta y entallada. Como toque final, antes de coger su bolso negro de los domingos, añadió el collar de pequeñas perlas; solo con su roce recordaba a su añorado hermano, muerto sin tiempo a sustituirlo por otro mejor. Antes de salir se miró con tino en el espejo de arriba abajo, de abajo arriba, con el objeto de comprobar si transmitía la imagen deseada. Y sí, el resultado fue victorioso, lo que roció su impronta de la fortaleza necesaria para acometer lo que, en definitiva, no era más que una intrépida ocurrencia.

Bertha cogió el metro más tarde de lo habitual. Aunque ese viaje era especial, no por ello dejó de lado sus costumbres. Analizó la estación, mucho más amable; el aire más sosegado de sus personajes, un ambiente más calmado, sin prisas. Se distinguían presencias con tiempo suficiente para curiosear a los vecinos ocasionales, incluso para esbozar una ligera sonrisa al éter ante la placidez del momento. Luego, en el vagón, esta vez sin elección previa, llamó su atención el cariz distinto que mostraban las cosas: las caras de los viajeros —habían envejecido o, al menos lo aparentaban—, jubilados, viajantes, comerciales, representantes de farmacia. Todos con tareas similares se desplazaban sin horario fijo de aquí para allá.

Dudaba, ¿el reloj se había parado o recibía la visita de sus pupilas cada instante? Según el programa meticulosamente trazado, hasta las diez en punto no entraría en la sucursal de la caja de ahorros. La espera se le hizo eterna. Dio varias vueltas a la manzana contigua mientras consumía minutos para hacer su entrada a la hora prevista. Las peculiares manzanas de forma octogonal que componían el Ensanche barcelonés eran similares. Denotaban la mente de un ingeniero con las únicas limitaciones impuestas por la naturaleza: Collserola al norte, el río Besós al este, Montjuic al oeste y el mar Mediterráneo al sur. Se distinguían a la perfección las vías diseñadas para la comunicación, con sus anchas calles, y los espacios pensados para el paseo, con vías más estrechas. Desde algún portal abierto asomaban jardines interiores que invitaban a la contemplación. Si el portero estaba fuera de su alcance, Bertha detenía su camino, observaba y soñaba con estar ahí, postrada en una hamaca, con la temperatura adecuada y un buen libro. A su vez, miraba a los vecinos que entraban y salían de las casas, por la hora, en su mayoría mujeres afanadas en llenar las despensas.

Mientras tanto, entre vuelta y vuelta, portal y portal, no paraba de hacerse preguntas. Era un intento de prevenir lo imprevisible, de controlar cualquier detalle, de no dejar nada al azar: ¿en qué lugar se encontraría el *gentleman*?, ¿debería ir directamente a su encuentro?, ¿o sería preferible acercarse a la persona que estuviera más próxima a la puerta? «La mayoría de las sucursales —pensó Bertha— tienen amplios letreros que indican la materia asignada a cada empleado». Si fuera así, lo más correcto sería buscar aquel que rezara: Atención a clientes, Información o alguna indicación similar. El corazón le latía con fuerza, notaba una incómoda sequedad en la boca. Ordenaba para sí las frases con las que iniciaría la conversación, el momento propicio, el tono más adecuado. Bertha sabía de lo insensato de su actuación, pero no podía controlar su afán detectivesco unido a la extraña atracción hacia aquel hombre.

Por supuesto, el reloj marcaba las diez cuando Bertha, con decisión, hacía su entrada en la sucursal. En el fondo del vestíbulo había dos mesas, ocupadas por un par de empleados: uno delgado y larguirucho cuya cabeza sobresalía del resto; el otro rechoncho, los hombros casi le tocaban las orejas. Ambos iban trajeados y escuchaban atentos a unos clientes. No le quedó más remedio que esperar. Ni rastro del *gentleman*. A su izquierda dos puertas cerradas con sendos letreros: Director y Apoderado. El empleado rechoncho terminó de atender a una clienta e hizo un ademán a Bertha. Entre los dos prefería al larguirucho, caviló Bertha, pero, aun así, no dudó en acercarse.

—Buenos días, señorita. ¿En qué puedo ayudarla? —dijo poniéndose en pie y tendiéndole la mano.

—Buenos días —respondió Bertha mientras correspondía al saludo y se sentaba, poniendo el bolso en su regazo y agarrando el asa con ambas manos—. Me gustaría hablar con alguna persona entendida para que me informase sobre cómo rentabilizar mejor mi dinero, mis ahorros.

—Por supuesto, señorita. ¿Me podría indicar de qué cantidad estamos hablando? Así mi compañero podrá hacerle un estudio más detallado de su situación financiera.

—Alrededor de sesenta mil pesetas.

Entonces, el empleado comenzó con un sinfín de preguntas acerca de sus ingresos mensuales, profesión, gastos fijos, etcétera, y concluyó con una indicación: el señor Puig, encargado de asesorar a los clientes en materia de inversión, la atendería en cuanto tuviera un hueco.

Bertha sonrió con gentileza. ¿Será el señor Puig el *gentleman*? Era una sucursal pequeña, no podía haber tantos trabajadores; solo había visto un despacho separado del resto, sin contar el del director. Tal vez esa aventura le sirviera también para empezar a ocuparse de su dinero.

—¿El señor Puig me podrá recibir esta mañana? En mi trabajo no es fácil obtener otro día libre y me gustaría aprovechar esta visita, aunque tenga que esperar.

El hombre hizo una mueca.

—Siento decirle, señorita Berzosa, que el señor Puig, nuestro apoderado, solo atiende las citas concertadas. Si le parece, le consulto. Deme un momento, por favor.

Bertha empezaba a sentirse intranquila pensando en la posibilidad de perder el control durante la reunión. A veces, ante situaciones de estrés, le aparecían en el cuello unas manchas rojas. Por desgracia, aquel día no había tomado la precaución de taparse con un pañuelo. Presa de la inquietud, se llevó una mano a la garganta y notó calor; intentó con sus frías palmas bajar la temperatura: no lo consiguió, el ardor la atusaba de rojo y ya empezaba a notar el calor en las mejillas.

Entretanto regresó el rechoncho empleado.

—Si espera usted a que termine con un cliente, podrá recibirla en media hora. Por casualidad, han anulado la cita siguiente. ¿Le va bien?

—Perfecto. Muchas gracias.

—Aquí estamos para atenderla lo mejor posible, señorita Berzosa.

Ese tratamiento, «señorita Berzosa», tan insistente le resultaba extraño. En el trabajo, para los amigos y para su prima, única familia que le quedaba, siempre era Bertha a secas. «Media hora», se dijo, y respiró con suavidad para conseguir calmarse al sentir de nuevo el cosquilleo. Mientras tanto, intentaba seguir con sus pensamientos los pasos del programa elegido. «Entraré con un "Buenos días", más formal y protocolario, o, cuando vea que es él, tal vez sea mejor, más natural, un simple "Hola", más familiar y cercano». Pero las dudas también tenían hueco entre reflexión y reflexión. «¿O quizá sería más conveniente esperar su saludo y corresponder del mismo modo?». La primera frase ya era un dilema para Bertha, incluso estudió hacia dónde dirigir la mirada al abrir la puerta. Mirarlo directamente a los ojos tal vez fuera demasiado atrevido. «¡Bueno, ya veré!», concluyó para sí mientras notaba que tanta inquietud podía jugarle una mala pasada.

De repente, inmersa en ese mar de dudas, oyó:

—Señorita Berzosa, puede usted pasar. El señor Puig la está esperando.

Se levantó y se dirigió hacia la puerta del despacho. Las piernas le flojeaban y ansiaba un vaso de agua; su garganta parecía haberse tragado un trozo de papel secante. Al otro lado un hombre bajito, grueso, canoso, con bigote y con restos de caspa sobre los hombros de su traje se levantó, le tendió la mano e inició la conversación.

—Buenos días, señorita Berzosa. Ya me ha informado mi compañero. Voy a hacer un análisis de su estado financiero. Siéntese, por favor.

Bertha respiró hondo, decepcionada, frustrada. Notó frío, como si su cuerpo se estuviera hundiendo en el hueco de un glaciar. El señor Puig podría ser su padre o incluso su abuelo. Le pareció un anciano, aunque no lo fuera. No era el *gentleman* y eso era lo único relevante. El examen exhaustivo, la meticulosa disección de la que era objeto su economía la traía al pairo, visto lo cual, abrevió al máximo la conversación y se marchó de la sucursal tan elegante como enfurruñada. Entonces, al mirarse en el primer espejo a su paso, comprendió que el traje elegido era más apropiado para una entrega de premios que para una mañana de recados. Pero ya no había remedio. Y, además, qué más daba. Un día perdido como tantos.

Al siguiente, el metro no recibió al *gentleman*. Al otro tampoco. Ni al otro.

6

La rutina abrazó de nuevo a Bertha, que por un tiempo casi se olvidó de lo que habían acordado Miguel y ella en el bar. El puntual despertador, los quehaceres habituales, la compra, las facturas, un resfriado primero ficticio, pero que luego la mantuvo aletargada y en cama varios días, y el trabajo en el juzgado opacaron todo lo demás. Hasta que, sin previo aviso, mientras Bertha examinaba los expedientes, uno llamó su atención. Un hombre había desaparecido al día siguiente de su boda, y su mujer había denunciado el hecho. Hasta ahí el suceso parecía más anecdótico que interesante, pero la cosa era que, al cabo de dos días, la policía lo había localizado en casa de su amante, un viejo conocido del juzgado por escándalos sexuales, Juanita.

Pobre Juanita, acusado de nuevo de un delito de inducción al abandono del hogar. La policía, cumpliendo los protocolos establecidos —aunque, la verdad, muchos de sus integrantes los aborrecían—, había conducido al marido a su domicilio conyugal, como si nada. Bueno, algún reproche cayó por el camino.

—No sea usted insensato, controle sus instintos y no vuelva a dejar a su mujer, ande.

Mientras, Juanita ingresaba en los calabozos del juzgado a la espera de ser conducido ante el juez y sentenciado, es decir, condenado. «Una pena como en casos similares, una temporada en la cárcel», pensó Bertha, a quien le dolía en el alma redactar un documento sentenciando a ese pobre hombre a una temporada de encierro en prisión. Y para colmo lo enviarían a Huelva o a Badajoz, a esos horribles centros que Miguel tan bien describía. De inmediato, tomó la firme decisión, esta vez y solo esta vez, de salvar a Juanita.

Entregó los atestados al juez y esperó. Aguardó nerviosa el tiempo suficiente para el examen de su señoría. Indecisa, llamó a la puerta de don Abundio. Nadie respondió. Volvió a tocar con más energía e ímpetu, como acostumbraba.

—Adelante —respondió el juez.

—Don Abundio, ¿ha examinado los atestados?

—Sí, Bertha. Tome nota, por favor: el 224, auto de libertad con comparecencia quincenal; el 225, prisión seis meses; el 226, prisión nueve meses; el 227, libertad con comparecencia quincenal, y el 228 quiero comentarlo con el fiscal.

—Gracias, don Abundio. Si le parece, los iré preparando y dejaré el 228 para cuando ordene.

—Estupendo, así vamos adelantando. Gracias a usted, Bertha. ¡Qué satisfactorio es comprobar su eficacia cada día!

A pesar de la alabanza, salió del despacho con el alma en un puño. El número 225 correspondía al expediente de Juanita: a prisión seis meses. Llena de zozobra se le aceleró el corazón; los ojos se le dispararon, inquietos, hacia Miguel, quien comprendió de inmediato que Bertha había tomado la decisión de «equivocarse».

—Bertha, vamos a tomar el café, es nuestra hora —gritó Miguel desde lejos, asegurando el conocimiento del resto del personal de esa salida.

Ni un leve resquicio de un café velado, secreto, cuya conversión iba a versar sobre la comisión de un delito. Bueno, mucho peor: un delito cometido por un funcionario público. En esos casos, la mente nos lleva a la prevaricación o al cohecho. Ni lo uno ni lo otro. Peor, mucho peor.

Intentaron actuar como cada día. Los sagrados quince minutos del café de media mañana. Ambos encaminaron sus pasos, callados y pensativos, hacia el bar Ciudadela; el día, un poco desapacible, incitaba a aligerar. Una vez allí, mientras continuaba el silencio, tomaron asiento como acostumbraban, en los dos taburetes del rincón. Por fin Miguel rompió el hielo, consciente de que Bertha andaba distraída y afectada por el caso de Juanita y por su posible implicación.

—¿Qué quieres tomar? ¿Lo de siempre, tu café solo y largo en taza pequeña, o prefieres una tila?

—Hoy necesito una tila y medio tranquilizante —dijo Bertha mientras sacaba y se tragaba la píldora, sin esperar siquiera al vaso de agua que el camarero les servía habitualmente—. Esto me hará más fácil redactar el auto de libertad del 225.

—El de Juanita, ¿verdad? Otra vez lo tenemos aquí. Es un cliente de los fijos —bromeó Miguel, en un intento de suavizar el tenso ambiente.

—Ay, Dios mío, dame fuerzas.

—Puedes estar tranquila. Don Abundio solo te transmite a ti sus instrucciones y tú puedes cometer un error, ¿o no?, somos humanos. ¿No habíamos quedado en eso? Este juzgado empieza a tener exceso de trabajo, razón por la que estaría más que justificado un desliz de este tipo.

Miguel con sus más de treinta años teñidos de polvo judicial, de tanto dar forma a los escritos, coser legajos, instruir al resto de los funcionarios en las novedades legislativas, y ya superada la cincuentena, era un hombre sobrado de recursos. Además, otro apunte adicional que le otorgaba cierta ventaja sobre cualquier contertulio era su afición por la lectura; cada noche dedicaba un par de horas a devorar algunos libros de sus escritores favoritos: Delibes, Cervantes, García Lorca, Machado… Sentía preferencia por los españoles. Comentaba, en numerosas ocasiones en tono prominente y firme, «a los autores hay que leerlos en su lengua», pues con frecuencia se quejaba de haber iniciado la lectura de un autor extranjero y no haberla finalizado al considerar su traducción defectuosa. Desde luego, él daba buen ejemplo, pues cada jueves, en la farmacia, se interesaba por la lectura de algún nuevo ejemplar. El último día le prestaron el *Manifiesto comunista* de Marx; por supuesto, lo sacó escondido en un doble fondo de su maletín. La rebotica daba mucho de sí. Mucho más de lo autorizado a contar y de a Bertha a enumerar. El peligro de ser denunciado a la Brigada Político-Social (BPS) siempre acechaba cuando, además de jugar al dominó con el farmacéutico, Miguel colaboraba con militantes clandestinos del Partido Socialista Unificado de Cataluña (PSUC). A simple vista, nadie sospecharía de Miguel ni del farmacéutico, pues aparentaban cercanía al régimen, se asemejaban a curtidos actores que ya los quisiera para sí el mismo Hitchcock. ¡Qué lejos de la realidad! Pero o fingían o se jugaban el pellejo día a día, y, sobre todo, los jueves. Esos jueves en los que la cruda legalidad vigente no entraba en la botica. Desde una puerta disimulada en la parte trasera de la farmacia, se accedía a una pequeña habitación presidida por una copiadora de manivela de la vietnamita marca Ormig recién traída de Francia en un camión de textiles, conducido por ese hijo de operario que vivía para su familia y para su trabajo, pero con una concreta vocación política. Y allí, como en tantas otras imprentas clandestinas, se estampaban octavillas, manifiestos, se reproducían discursos de insignes opositores al régimen… Eso sí. No había más. Ni un domingo de copas con los amigos ni una partida en el bar ni una tarde en el fútbol. Tal vez por eso a Miguel ni le gustaban las copas ni los bares ni el fútbol. Tan solo, si se terciaba, disfrutaba de alguna presencia femenina a la que agasajaba, según el momento.

Pero ¿de dónde había sacado Miguel una decencia que llevaba a sus últimas consecuencias? ¿De dónde le venía su pasión por la justicia y su repulsión por lo inaceptable? Con seguridad, la persona que más había influido en su futuro había sido un íntimo amigo de su padre, un oficial de juzgado un tanto izquierdoso por el que sentía admiración. Miguel lo escuchaba hablar de la idiosincrasia del trabajo de un buen funcionario de manera habitual. Luego, su padre, en las cenas o tertulias familiares, sacaba a colación esos asuntos. Así, de forma indirecta, Miguel había mamado desde niño las incidencias y peculiaridades de los juzgados, monotema de su padre, al que le hubiera gustado ocupar la plaza de su amigo. Y así, día a día, su padre narraba, haciéndolo casi suyo, que si un compañero había llegado media hora tarde sin justificar y el secretario le había echado un chorreo de aquí te espero; que si don fulano o don mengano, los distintos jueces, pedían traslado; que si el juez había comentado que al día siguiente llegaría tarde porque debía terminar la redacción de una sentencia urgente; que si un detenido borracho no se tenía en pie ni delante del juez y lo tenían que devolver a calabozos a dormir la mona... Tal vez por ese motivo Miguel, desde niño, había tenido muy clara su vocación.

En contraposición al engranaje de Miguel, Bertha no había podido disfrutar de ningún familiar o amigo relacionado con la justicia. Su vocación había sido innata, motivada por su voluntad de impregnar de honor todas las facetas de su vida. Y convertirse en una íntegra, eficiente, imparcial, responsable y honesta funcionaria de la Administración de Justicia le pareció la mejor manera de llevar a cabo su natural inclinación. A ella, que acababa de cumplir veintitrés años el 28 de febrero a las doce, cuando la ley señala el cumpleaños de los bisiestos, se le notaba cierta inexperiencia, propia de su juventud, carencia que suplía con su recio carácter y disciplina.

Miguel, ese día, en uno de sus rutinarios cafés, miraba a Bertha de un modo especial, analítico, curioso y hasta con cierta admiración. Al final suspiró, se acomodó en el asiento y, con los ojos clavados en los de ella, habló:

—Bertha, ¿te puedo hacer una pregunta? ¿A qué viene ese interés en proteger a los homosexuales? Lo noto cada vez que entra en el juzgado algún asunto de esta índole. Lo pasas mal. En alguna ocasión, incluso he visto cómo bajabas a calabozos y hablabas un rato con ellos. Me ha llamado la atención esa cercanía que no muestras con otros detenidos, ni siquiera con los delincuentes políticos, que a mí me rompen el corazón —precisó Miguel.

Bertha tragó saliva, dejó la taza que tenía en las manos en la mesa y aguantó la mirada de su amigo un momento.

—Supongo que te debo una explicación, pero no ahora. En este momento me cuesta hasta articular las palabras. No soy consciente de mi sufrimiento, soy demasiado sensible a estos casos. Y sufro, sufro mucho. Noches de insomnio en las que no consigo conciliar el sueño, en las que me invade la tristeza, la impotencia. Detesto mi pasividad ante la realidad. En definitiva, me avergüenzo de mí misma. A veces pienso en pedir traslado a otro juzgado, en alejarme de esta nefasta labor que hacemos: poner orden en la moral de las personas, como si fuésemos seres intachables, dotados de la virtud de saber cuál es el camino del bien o del mal. No me gusta mi trabajo; soy cooperante, auxiliadora, contribuyo, aunque sea en pequeña medida, a provocar sufrimiento al impedir la libertad de seres inocentes.

Miguel le cogió las manos por encima de la mesa y se puso serio.

—Puedes confiar en mí, ya lo sabes.

A Bertha se le escapó una sonrisa. Después de todo lo que había pasado con sus padres y con Cesáreo, Miguel se había convertido poco a poco en una figura casi familiar, un apoyo sólido. Y Dios sabía lo mucho que necesitaba algún pilar robusto en el que arrimar el hombro de tarde en tarde. En el rostro apacible de pelo cano y cejas pobladas de Miguel, Bertha veía un aliado.

—Hace dos años creí morir. La verdad, me morí un poco. Pero no soy capaz de continuar, ahora no… Otro día. Por hoy ya tenemos bastante —dijo mientras se secaba las lágrimas.

Miguel suspiró.

—Está bien, Bertha.

—Y, por cierto, Miguel, tú también eres sensible a estos temas, no te creas. No todos hubieran actuado como tú cuando te confesé lo que pensaba. No todos en el juzgado compartirían nuestra opinión sobre la Ley de Vagos y Maleantes y sobre la forma tan ruin de aplicarla.

La risa de Miguel se tambaleó.

—Todos tenemos historias, Bertha; nadie se libra.

De regreso al trabajo, lo pertinente era continuar con las tareas, como quien no quiere la cosa. Fue al cabo de media hora cuando a Bertha empezaron a hacerle efecto la tila y el tranquilizante; tomó asiento y, esta vez sí, se puso manos a la obra. Cuando hubo redactado los autos, incluido el de Juanita, se los pasó a Miguel para que diera el visto bueno. Tal era la rutina, no podían descuidar ni un solo detalle.

—Don Abundio, ¿da usted su permiso? Le traigo los autos preparados para la firma. ¿Los quiere repasar o los firma ahora? —preguntó Bertha como solía.

—Deme. Vaya abriendo los expedientes por la hoja de firma. ¿Están todos? Tengo aquí un atestado del jueves que me está llevando más horas de las que pensaba.

—Sí, don Abundio, los que me ha dicho a primera hora menos el que tenía usted que comentar con el fiscal.

—Bertha, es usted una joya. Este juzgado no sería lo mismo sin su presencia. Gracias.

La joven guardó silencio. Nunca contestaba a los halagos, tal vez porque creía no merecerlos. Ella simplemente cumplía con su trabajo y no a su plena satisfacción. Siempre pensó que podría hacer más y mejor si tuviera más experiencia. Salió del despacho a la usanza de un día cualquiera y miró a Miguel en un gesto de complicidad y satisfacción, elevando la mirada hacia el cielo, implorando clemencia. Acto seguido estampó los sellos sobre el folio. Solo faltaba la firma de don Carmelo, que consiguió en un pispás. A toda prisa, un poco acelerada, como si alguien la estuviera ya persiguiendo, entregó los expedientes al guardia civil de servicio en calabozos.

Juanita, sin entender muy bien por qué, estaba en la calle, felizmente libre pero algo perplejo.

7

Esa mañana de primavera el metro parecía más vacío, pero transportaba a los mismos pasajeros de siempre, solo que Bertha se sentía más ausente, más alejada del mundanal ruido. El vagón, sus viajeros, sus sonidos al sentarse, al farfullar un «perdón», un «gracias» al cederse un asiento o al apartarse para dejar salir o entrar a los nuevos formaban parte de un murmullo distante, como si perteneciera al exterior y solo llegase a los oídos de Bertha por una ligera rendija. En esa tesitura, abstraída de mente, que traslucía la expresión de su cara, sacó un libro, *La vida del Lazarillo de Tormes*; sentía atracción por la novela picaresca en general, pero sobre todo por esa obra en particular. La vida de un pobre de solemnidad en el siglo XVI, donde la picardía es el principal alimento. Bertha la releía de vez en cuando hasta llegar a aprender trozos de memoria de la vida de Lázaro, ese niño en permanente estado de soledad acompañado de sucesivos amos. Bertha aún desconocía que la vida de Lázaro iba a tener tantas similitudes con la suya propia. Cómo el honor, la bondad, la generosidad, la decencia, las virtudes que padre veneraba serían amancilladas no solo en la novela, como Bertha no tardaría en comprobar. Concentrada en la lectura, no se percató de quién era su compañero de asiento. En un momento dado, levantó la vista del libro y vio con sorpresa que se trataba del *gentleman*; rápidamente desvió la mirada hacia el lado contrario, sin evitar sonreír. Él había notado la atención de su vecina y le correspondía con una mirada intensa, fija y cómplice, mientras sus labios dibujaban una sonrisa maliciosa. Bertha, ofuscada, pensó que todo era una quimera, pero de inmediato él tomó la iniciativa.

—Volvemos a coincidir otra vez, como antes —dijo, mientras arqueaba las cejas y abría unos ojos marrones inmensos que se clavaban en las pupilas de Bertha.

—Sí, eso parece... —titubeó con voz entrecortada, pendiente del rubor de sus mejillas.

—Es verdad, siempre coge usted el primer vagón, el de cabecera —reparó el *gentleman*, haciendo gala de su información.

—Sí, efectivamente. Es usted muy curioso; me llama la atención que haya caído en ese detalle.

—Soy un buen espectador. Permítame que le pregunte por el motivo. ¿Por qué no coge el segundo vagón o el tercero?

—La respuesta es fácil. Mi parada es Arco de Triunfo...

—Sé perfectamente cuál es su parada —la interrumpió con cierta prepotencia.

—Pues sí que ha puesto usted interés en esa particularidad. En cuanto le explique lo entenderá. Como le decía, en la estación en la que debo apearme hay dos salidas, la mía es la que está más cercana al vagón de cabecera. Con ese simple acto me ahorro unos cuantos minutos en cada trayecto.

—Trabaja usted en los juzgados... ¿No es cierto?

Bertha lo escuchaba con asombro. ¿Cuántas cosas más sabría de ella? ¿La habría seguido? No había duda de que le había llamado la atención y no de manera accidental.

—Pero... ¿usted cómo lo sabe?

—Soy detective —dijo mientras soltaba una fuerte carcajada.

—Yo me bajo en la próxima, pero a usted aún le quedan tres paradas, ¿verdad? —añadió Bertha con sorna.

—¿Cómo sabe cuál es mi parada si usted siempre abandona el metro antes que yo?

—Está usted, señor detective, sentado junto a una bruja —le respondió, a la vez que liberaba su nerviosismo con otra carcajada.

—Vaya, vaya, vaya... Por lo menos es ocurrente. ¿Nos vemos esta tarde para tomar un refresco en el Múnich? —soltó sin más de forma inesperada.

Bertha abrió los ojos con tal intensidad que casi se le salen de las órbitas. Pero reaccionó con rapidez, sin meditar la respuesta.

—Me parece perfecto. Precisamente esta tarde no trabajo. ¿A las seis? —contestó sin titubear, sorprendida por el ofrecimiento y perpleja por su pronta y decidida respuesta.

El corazón se anticipó a la cabeza sin que ella sintiera ni el más leve atisbo de arrepentimiento; todo lo contrario, experimentó un enorme regocijo. Por primera vez en su vida había tenido una actitud osada con el sexo opuesto.

—A las seis, entonces. Pero baje, van a cerrarse las puertas. No querrá llegar la última al juzgado cuando cada día es la primera, ¿verdad?

Bertha se apresuró a abandonar el vagón mientras se preguntaba cómo sabía dónde trabajaba y a qué hora llegaba. ¿Sabría también que un día lo había seguido hasta aquella sucursal?

Nada más salir de la boca del metro una bocanada de aire fresco la golpeó en la cara y sacudió su melena al viento; Bertha inspiró hondo. Mientras caminaba contemplaba a su derecha los parterres de prímulas rojas que anunciaban la primavera. Los árboles del paseo de San Juan se presentaban pletóricos de tiernas hojas verdes y limpias. La noche anterior había llovido con intensidad y la brisa arrastraba el aroma a tierra mojada... La gente, incluso los que acudían a los juzgados para algún asunto turbio —Bertha los conocía bien—, se movía con más vitalidad, con más arranque. Como si el despertar de los animales en hibernación también llegara a ellos. Bertha sonreía sola, sin saber muy bien el porqué. Tal vez formara parte del cortejo de muchas especies de animales en primavera.

No sin cierta incertidumbre, se sentó a su mesa de trabajo, flanqueada a derecha e izquierda por montañas de expedientes. De inmediato cayó en la cuenta de que se había propuesto colarle otro caso a don Abundio y, lo más importante, a las seis tenía una cita con... No podía creerlo. No sabía su nombre. «Con el *gentleman*», se dijo a sí misma. En ese momento cobró conciencia de que había quedado con un desconocido. Jamás pensó ser capaz de tal temeridad. Tal decisión contrariaba el sentido común y no pocas de las enseñanzas de madre. Aunque, pensándolo bien, tampoco era un desconocido. Había llegado a su vida hacía ya unos meses. Sabía dónde trabajaba, qué tipo de lectura engullía, era apuesto, educado en sus modales... Al *gentleman* no se lo podía apodar como desconocido. Era cierto, no sabía su nombre, pero qué más daba. Juan, Pedro, José..., eso no modificaría su relación, sus sentimientos, su atracción hacia él. Pues no. «Entonces, tira millas, Bertha», se dijo.

Tan concentrada estaba en el trabajo y tan alegre, a la vez, por su cita vespertina que cuando en un momento dado se percató de la hora casi había terminado su jornada laboral sin comer. Ahí, en su fiambrera, seguía el filete empanado cocinado la noche anterior. Pero una fuerte ansiedad le cerraba el estómago. Decidió dejarlo en un cajón de su mesa. «Me servirá como almuerzo para mañana», pensó.

Salió del Palacio de Justicia despavorida, como si alguien la empujara y, a su vez, incitara a las agujas de reloj a avanzar con mayor celeridad. Pero luego se frenó con esfuerzo, pues no quería llegar con tanta antelación ni nerviosa o impaciente. Se distrajo mirando los coches que pasaban por la calzada, donde el rey era el SEAT 600, acompañado en menor medida por el Seat 127 y el Renault-5. Pero, en contadas ocasiones, conseguía ver su preferido, el que se compraría si tuviera oportunidad y del que tenía guardadas varias fotografías: el Citroën Tiburón azul. Una vez realizado el oportuno repaso a los vehículos, les tocó el turno a las personas, los transeúntes con los que se cruzaba en las anchas aceras que conducían hacia el bar Múnich; pocos eran de su agrado. Las nuevas modas en los hombres, pantalones acampanados, pero con el culo bien apretado y la camisa entallada, no le parecían estéticas. Y ya no digamos las vestimentas de las jóvenes, minifaldas con las botas de caña alta y poncho rayado encima. Era cierto, esa moda hippy nada tenía que ver con las prendas que Bertha, por lo general, elegía ni, por supuesto, con las seleccionadas para ese día.

A las seis menos cuarto, Bertha ya rondaba la puerta del Múnich. No podía evitarlo, era un hábito inculcado por madre; siempre llegaba antes de la hora convenida. Pero esa vez, cuando iba a iniciar las consabidas vueltas a la manzana mientras pasaba el tiempo, unos ligeros golpecitos en el hombro la hicieron girarse. A pocos centímetros de ella apareció el rostro del *gentleman* y Bertha bajó la cabeza ruborizada. La había sorprendido abstraída, mirando los círculos de jóvenes que hablaban y reían en la puerta del bar. Por sus cristales se observaba un tumulto de parroquianos esperando sus cervezas y bocadillos. Por la forma en que actuaban la mayoría se conocían, y al encontrarse iban ocupando mesas concretas que con el tiempo habían hecho suyas. La decoración era decadente: había mucha madera, moldura y pintura no muy clara en las paredes, necesitadas de un par de nuevas capas. Las mesas redondas de madera, con buen criterio, se coronaban con un cristal que las salvaba del vertido de líquidos. Las cómodas sillas, con brazos y fáciles de transportar, pululaban por el recinto sin ton ni son. Cuatro allí, ocho aquí, dos sueltas más allá. Se utilizaban a demanda, remoloneando en torno a las mesas. Un par de pósters de los Beatles culminaban la decoración y contribuían a darle un aire desenfadado, el mismo que tenían la mayoría de sus abonados, a pesar de verse algunos hombres con traje y mujeres más clásicas, la imagen que transmitían Bertha y el *gentleman*.

—Hemos llegado antes de la hora prevista —apostilló con sorna.

Bertha esgrimió una complaciente sonrisa. La coincidencia le causó una grata impresión; no podía soportar la impuntualidad. Le parecía de mala educación. Siempre calculaba unos minutos de más por si se retrasaba el metro, otros sobrantes por si tenía algún percance, algunos por si… Pero, al final, ni se retrasaba el metro ni tenía ningún percance ni nada parecido.

—Sí, unos minutos antes… Soy Bertha, por cierto, que antes en el trabajo caí en la cuenta de que no nos habíamos presentado siquiera… —dijo, tendiendo la mano.

—Y yo Luis. Encantado de volver a verte. ¿Entramos?

—Sí, claro. No creo que nos sirvan en la puerta, ¿verdad?

El Múnich estaba de moda. Era un bar de reunión de los bohemios intelectuales cuya lucha contra el franquismo no acometían corriendo delante de los grises, sino más bien entre copas. Bertha no había traspasado nunca la puerta; era un lugar de reunión de jóvenes pudientes no trabajadores como ella, pensaba. Una juventud moderna, a la última en el vestir, flamantes camisas, originales zapatos, mucho vaquero. Bertha notó que desentonaba, se sintió un tanto acomplejada e incluso cazó alguna mirada inquisidora, como de «¿qué hace esta aquí?». Y si no ocurrió ella lo percibió de esa manera, que para el caso era lo mismo. En ese momento hizo el firme propósito de adquirir un nuevo pantalón vaquero, la siguiente prenda que entraría en su armario, sobre todo si la relación con Luis seguía avanzando.

Al entrar sonaba un tema de Adamo: «Mis manos en tu cintura». Bertha la tarareó y él la siguió, y cantaron un trozo a la par, mientras se observaban y sonreían. Pero las miradas de Luis eran intimidatorias, penetrantes, atrevidas. Tanto que Bertha inclinaba la cabeza mirando el suelo en más de una ocasión. La halagaban a la vez que la achantaban, sobre todo por la falta de costumbre. Inspecciones acompañadas de osados comentarios. «No puedo dejar de contemplarte»; «Nunca me había sentido tan atraído por una mujer». Y luego, surgían preguntas desconcertantes para Bertha. «¿Sientes tú lo mismo?», «Podríamos intentar vernos más, ¿qué te parece?»; Bertha callaba. No respondía a la sarta de frases zalameras, mimosas y placenteras para sus oídos. Porque no quería contestar, comprometer su palabra en un «sí, quiero». Como si Luis le estuviera pidiendo matrimonio. Bertha prefería esperar, ir más despacio. Aunque sus sentimientos iban por el mismo camino y, en el fondo, se sentía gratamente correspondida, no le parecía oportuno expresarlo con el mismo atrevimiento, insolencia y desparpajo. No se sentía cómoda. Por lo que, como quien no quiere la cosa, derivó la conversación en otra dirección, comentando preferencias musicales, aficiones deportivas... Luis se dio cuenta; se estaba precipitando y reculó. Dejó ahí, en el aire, su corazón abierto de par en par y las preguntas sin responder. No había duda, se sentían a gusto el uno con el otro. Aún le quedaba a Bertha la mitad del segundo café cuando Luis continuó, pero esta vez por otros derroteros:

—Tengo hambre. ¿Qué te parece si nos acercamos a La Teja y tomamos algo?

—Es muy tarde, Luis. Son ya las nueve y mañana trabajo...

—Anímate, mujer. Tardamos solo media hora. Luego te acompaño a tu casa, no te preocupes —dijo él con semblante comprensivo.

Mientras andaban por las calles de una Barcelona ya de recogida, Luis se interesaba por la vida y la familia de Bertha.

Llegó a preguntarle por sus padres, abuelos, por el pueblo de sus ancestros. Aunque, en esta ocasión, Bertha solo atinó a darle unas pinceladas. No era el momento de profundizar, sobre todo en la vida de padre, su héroe. Aún no había oscurecido y Bertha disfrutaba del crepúsculo arrebolado. ¿Se estaría enamorando? ¿Sería así como se percibiría el anochecer cuando el corazón latía de otra manera? Hasta la calle le parecía más hermosa que nunca. Las aceras, más limpias y relucientes. Los transeúntes, más bellos y acicalados. El cielo, de un azul grisáceo soñador. Daba igual hacia dónde dirigiera la mirada. De repente, estaba rodeada de un inusitado esplendor. Durante el corto paseo, Luis se mostró muy hablador, pero sin volver a asuntos sentimentales. Era consciente de que estos estaban ahí, en el corazón de Bertha, y era necesario que reposaran, se instalaran y hasta se hospedaran por un tiempo. Así, Bertha se enteró de que era abogado y de que tenía un pequeño despacho junto con un socio, compañero de facultad. La Caja de Pensiones era uno de sus clientes… También le confirmó su compromiso con una ideología política determinada, aunque de ese asunto no precisó nada más.

—Me encantaría conocer tu despacho. ¿Dónde está?

—Lo siento, Bertha, no va a ser posible; ya me gustaría enseñártelo, pero, en este momento estamos instalados en casa de mi socio, donde viven sus padres, ya mayores y muy especiales. No permiten la entrada a ningún desconocido, tanto es así que nos reunimos en los domicilios de nuestros clientes o en algún bar. Por otro lado, mi socio también está muy comprometido políticamente, y ambos necesitamos la máxima discreción.

—Entiendo bien lo que quieres decir, Luis, no te preocupes. Y tú, ¿dónde vives?

—Hasta hace poco compartía un piso de alquiler con un amigo militar, pero lo trasladaron a Zaragoza y no pude continuar viviendo allí, la renta me resultaba excesivamente alta.

De eso hace tres meses. Ahora estoy buscando otro piso y de momento me quedo en una pensión de la calle de Conde del Asalto. Tengo una habitación para mí solo, pero comparto baño. Es muy incómodo, créeme.

—Me tienes intrigada, Luis. ¿Cómo sabías dónde trabajaba?

—Hace un mes tuve que acudir a los juzgados para solucionar un asunto de un cliente. La puerta de tu oficina se encontraba entreabierta, estabas absorta en la máquina de escribir. Te atisbé un rato y pensé: «La chica guapa del metro trabaja aquí». Así es como te bauticé. No sabía tu nombre.

—Vaya. Todo tiene una explicación menos fantástica de lo que se piensa; te creí detective de verdad, me parecía más emocionante. Yo también te bauticé, ¿sabes? Eres mi *gentleman*.

—Siento haberte defraudado, Bertha. Me gustas tanto que, si me lo pides, dejo la abogacía y monto una agencia de detectives. Por ti haría cualquier cosa.

Luis cogió su mano y la apretó con fuerza. Ese «mi» delante de su apodo lo animó a revelar un grado mayor de intimidad. A Bertha le parecían precipitadas ambas cosas, la confesión y el contacto físico, inoportuno aunque inofensivo. Se trataban desde hacía solo unas horas, poco tiempo para tanta declaración de amor. No obstante, se dejó agarrar la mano unos segundos, aunque enseguida reaccionó y la apartó.

—Luis, ¿no es demasiado pronto?

—¿Demasiado pronto para qué?

—No sé, para...

Luis miró a su alrededor y, buscando la postura más recatada, la besó.

—¿Para esto es demasiado pronto? —preguntó con atrevimiento.

Bertha volvió a bajar la vista. Era el segundo beso de su vida. El primero había sido un juego de niños hacía muchos años. Ese era el primer beso de amor que recibía.

—Me tengo que ir a casa, Luis. Por hoy ya he tenido demasiadas emociones. Ha sido un día complicado en el trabajo y estoy muy cansada. De verdad. Nos vemos otro día.

—Claro, Bertha. Pero me darás un teléfono para poder localizarte, ¿verdad?

Bertha escribió su número en la pequeña libreta verde que siempre llevaba consigo, arrancó la hoja y se la entregó sin decir nada más; simplemente se levantó y desapareció.

8

Los días siguientes a la cita con Luis, una nube quiso que Bertha se instalara en ella. La presencia de la felicidad se alojó en su ser. A su alrededor se palpaba dicha, fortuna, alegría, bienestar. Una insólita percepción le producía un agradable cosquilleo en el estómago; se mostraba más sociable de lo habitual, sonreía por doquier; ninguna actitud extraña, por irritante que fuera, conseguía incomodarla. Ella permanecía allí, en su nimbo, donde solo poseía un lugar el *gentleman*, bueno, Luis. Lo cierto es que Bertha nunca se había fijado en ningún chico y, si lo había hecho, no se había percatado en exceso. Por tanto, se podría decir que era una inexperta en estos quehaceres. El maravilloso transporte en el que acampó tenía un revés, la cruda realidad. A medida que Luis durante la semana no daba señales de vida, a Bertha le iban desapareciendo los gusanillos del estómago, la sonrisa de la boca, el resplandor de los ojos, y cualquier actitud externa la atosigaba, incluso las inertes. En sus sueños empezaron a rondarle la pesadumbre y las preguntas sin respuestas. ¿Y si la complicidad no había sido recíproca? ¿Habría sido producto de su imaginación que la cita había ido estupendamente bien? ¿Podría Luis haber fingido? ¿Podría haber percibido actitudes cómplices inexistentes? De madrugada, en sueños, en la duermevela, con más aflicciones que regocijos, el teléfono sonó. Bertha no podía imaginarse quién estaba al otro lado.

—¿Sí, dígame?

—Bertha, soy Luis. Perdóname, me ha sido imposible llamarte antes. Estoy en Francia. Me convocaron a una reunión urgente en un lugar aislado, no me dieron tiempo. Hasta hoy, ni un teléfono a cincuenta kilómetros a la redonda. Te echo de menos, cariño. Llego mañana. Te volveré a llamar en cuanto ponga un pie en España, ¿te parece?

—Un pie en España… Lo que no entiendo es por qué lo sacas… ¿No estarás involucrado en algo peligroso…? En mi juzgado, por mucho menos, va gente a prisión.

—No es fácil de explicar, Bertha. Pero ¿cómo estás? Es lo que más me importa.

—Algo adormilada, pero bien. Me alegro mucho de que me hayas llamado, no sabes cuánto…

—Yo también me alegro mucho de oírte por fin. He pensado mucho en ti…

Bertha se esforzó en contenerse.

—Hablaremos mañana, cuídate y que tengas un buen viaje de regreso.

Después de la llamada de Luis, Bertha cogió la cama con más alegría, pero también con una mayor preocupación. Empezó a darle vueltas a todo: a los vacíos en la historia de Luis, a sus respuestas imprecisas y vagas, al misterio que rodeaba algunos aspectos de su vida.

Amasando las migajas de su vida que Luis había desgranado, Bertha concluyó que tenía bastantes papeletas de enamorarse de un activista con una existencia oculta y una actividad perseguida por las autoridades, por la Brigada Político-Social y juzgada por el Tribunal de Orden Público. Ella sabía bien cómo se trataban esas conductas una vez detectadas. Sin miramientos. Ficha policial. Investigación por la BPS. Detención y encarcelamiento. Poco más podía ocurrir. Si bien algún chivatazo permitía a alguno que otro huir de España y ponerse a salvo antes de la detención, otros tenían la suerte de no estar en el momento de la redada. Pero, a la postre, más de un inocente con acto impune se encontraba preso. Bertha dominaba a la perfección ese percal.

Entretanto el juez seguía sin repasar ni un solo expediente. Bertha podría entregarle su propia sentencia de muerte y también la habría suscrito de inmediato. Pero esa fe ciega en el personal era lo común; de hecho, hablando de esto en otra pausa de rigor para el café, Miguel le contó a Bertha que, en un juzgado de Barbastro, los funcionarios, disgustados con el juez, habían incluido su solicitud de traslado a un juzgado de Canarias con la firma del día. Y, claro, la refrendó sin rechistar. Y allí que se fue a La Gomera, pues no se atrevió a reconocer que firmaba en barbecho. A Bertha casi se le escapó el café de la boca de la risa. Aunque al principio un miedo y una inseguridad tremendos le comían todo el cuerpo, después de sus primeras «correcciones» Bertha se preguntó cómo había tardado tanto tiempo en hacerlo, en aportar sentido común y compasión a la balanza de los más vulnerables.

Todos los juzgados formaban un enjambre parecido, mismo horario, mobiliario, legajos hacinados, silencio, todo envuelto en un entorno polvoriento, casposo. Cuatro o cinco funcionarios varones malhumorados, trajeados y de semblante hastiado formaban indescriptiblemente parte de la plantilla. Aunque el juzgado de Bertha, al tener competencia sobre una materia concreta, poseía más dinamismo, más variedad de delitos. No era un juzgado penal, donde los delitos están tasados, ni uno civil, donde las demandas se admiten a trámite con el solo cumplimiento de unos requisitos formales. Tampoco era una magistratura del trabajo, donde se resuelven conflictos entre empresas y trabajadores, y sus asuntos son sota, caballo y rey. No. El juzgado de Bertha era un juzgado de honor. De decentes. Donde, precisamente ahí, se denigraba el honor de los decentes. Donde los delitos no estaban determinados, no se encontraban tasados y, en consecuencia, cualquier conducta quedaba al albur del tribunal de turno, del mando de guardia en esa ocasión. El momento, las circunstancias, incluso el mal o buen humor del juez o del fiscal, provocaban que una misma acción, exacta sin variación alguna, diera lugar a un auto de archivo, de absolución o de condena, indistintamente.

Pasaron un par de semanas en las que ni Miguel ni Bertha volvieron a sacar el tema, a pesar de seguir cada día con la odiosa tarea y con su querencia de tomarse el café de media mañana. Como siempre, el de Bertha, largo, solo y en taza pequeña, y el de Miguel, un clásico cortado corto de leche. Durante ese tiempo, Bertha no modificó ni una coma de las resoluciones encomendadas. Sin embargo, los dos tenían la cabeza alborotada por la excitación. La idea de llevar a cabo su programada hazaña era recurrente en la mente de ambos, como un bumerán que lanzas y retorna, lanzas y retorna... Y así un día y otro, una noche y otra, sin que ninguno hiciera la más leve insinuación, hasta que llegó un caso concreto.

—Miguel, ¿qué hacemos con Marcial? Lleva desde ayer en los calabozos. Voy a preguntar a su señoría, pero ya sabes cuál va a ser su dictamen. ¿Crees que lo debemos dejar en libertad? —preguntó Bertha esa mañana durante el café, en la esquina de la barra, sin nadie a su alrededor.

—Pero, Bertha, antes de tomar ninguna decisión pregunta a don Abundio, a lo mejor hay suerte —dijo Miguel con un cosquilleo en el estómago.

Bertha se dio cuenta de la inquietud de Miguel e intentó normalizar el momento.

—Pareces nuevo en la plaza, Miguel. No te pongas nervioso. ¿Es que, por ventura, no sabes la resolución que va a ordenar don Abundio? Venga, anda. Vamos a hacer la poca justicia que tenemos en nuestras manos —replicó Bertha, con calma y determinación.

—De acuerdo, pero ten una cosa muy clara: solo actuaremos en los casos que hemos dicho; en otros frecuentes en este juzgado en los que los detenidos son pequeños ladronzuelos, timadores y personajes que viven de engañar a los demás, ahí ni opinamos. ¿Te parece?

—Me parece bien, así lo haremos —comentó Bertha, inquieta y dubitativa, por lo que añadió—: Para nosotros es una situación compleja, peligrosa, tormentosa, pero no nos queda otra si queremos ser honestos con nosotros mismos. Aunque solo de pensarlo me pongo mala, Miguel. Me estoy mareando, hoy no me veo capaz de hacerlo…

Bertha se sintió mal, notó todo el cuerpo alterado y una bola grande, muy grande, en el estómago, con una sensación de un peligro inminente; le aumentó el ritmo cardiaco, comenzó a sudar y las manos empezaron a temblarle. Estaba claro, tenía un ataque de pánico y en esas condiciones no podía actuar.

—Vaya, ahora te amilanas, con lo decidida que estabas. Tranquila, tómate el tiempo que necesites. Pero ya sabes adónde va a ir Marcial.

Los cometidos de ese día se tornaron arduos, complicados. Horas más tarde aún palpaba la zozobra en todo su cuerpo. Ya en casa, a Bertha se le iba la vista hacia el teléfono, como si al mirarlo incitara su sonido y avivara sus pensamientos hacia otros derroteros. Pero no. El aparato permanecía inmóvil, indiferente al acecho de Bertha, sin muestra alguna de vida, el marcador rotatorio inerte, con su auricular cruzado y descansando sobre el interruptor de gancho. De vez en cuando Bertha descolgaba para activar el circuito y comprobar su buen funcionamiento. Pero el teléfono no sonaba por una simple cuestión: nadie llamaba. Y sus pensamientos ahí seguían, machacando su conciencia hasta hacerla añicos, polvo de cristal que rasgaba y hería partes de su cuerpo y toda su alma.

Ante tales perspectivas, se puso a matar el tiempo con las agujas de punto, con aquel jersey a medio hacer, un bonito regalo de bienvenida para su prima Benigna. ¡Benigna! Suspiraba cada vez que la recordaba: una loba solitaria, hija de un hermano de su padre. Una mujer independiente que vivía sin amigos entre Mahón y Marsella, y sin más familia que su prima Bertha, y, en su día, su primo Cesáreo. Benigna recordaba a sus tíos, los padres de Bertha, con admiración y cierta envidia. Siempre los interiorizó como propios. ¿El motivo? Los valoraba más inteligentes, cariñosos, selectos, refinados, elegantes. En definitiva, mucho más distinguidos que los suyos, a los que odiaba por su mediocridad, vulgaridad, perversidad e incluso, en muchas ocasiones, crueldad con ella.

Una triste infancia y una severa adolescencia carente de cariño o complicidad habían ido incrustando gravilla en su corazón hasta convertirlo en piedra. Pero no en una roca arenisca que se pudiera reblandecer ante un puro sentimiento. No. El despiadado actuar de su padre hizo que su corazón se convirtiera en un diamante, en el mineral más compacto del universo. Por eso, desde una edad temprana se habituó a simular en la casa, a aparentar alegría, cariño o bondad, cuando sus vísceras la inclinaban a todo lo contrario. Tal vez por ese motivo rehuía intimar con nadie. Solo su prima Bertha la hacía feliz, cuando estaba con ella se sentía en paz con el mundo. Por lo demás, su trabajo consistía en hacer traducciones por encargo del francés al español, pero siempre se las arreglaba para no tener trato con sus clientes, quienes se limitaban a depositar los textos en su buzón, junto con el dinero en un sobre. Luego, Benigna realizaba las traducciones y las devolvía por el mismo sistema de buzoneo. De tarde en tarde, advertía: «Voy a estar fuera unos meses». Y se instalaba en su casa de Mahón o acudía a Barcelona, como en esa ocasión, para visitar a su prima. Quienes la conocían la tenían por rara, y no había duda alguna de que exteriorizaba un carácter bipolar: un día te quería con toda su alma y al siguiente te odiaba con la misma intensidad. Bertha aguantaba bien esos altibajos.

A pesar de las novedades que se le avecinaban a Bertha —la visita de su prima Benigna, el resultado de las nuevas e inventadas resoluciones, su cada vez más intensa complicidad con Miguel—, su pensamiento volvía a Luis, pero, cuando se detenía, con objetividad y frialdad, a analizar su idilio, encontraba demasiadas lagunas. Era lista y en su vida todo cuadraba a la perfección. No había cabos sueltos. En la de Luis existían demasiadas incógnitas. Cuando estaba melancólica y más frágil las justificaba. ¡Como es un activista justiciero, tiene que andar con pies de plomo! ¡Como hace poco que nos conocemos, no puede hacerme partícipe de todo! ¡Como...! Y así hasta razonar todos y cada uno de sus comportamientos. Sin embargo, en esos otros momentos de ecuanimidad e indiferencia saltaban las alarmas y se introducían los interrogantes. ¿No puede dar señales de vida en días y días? ¿No puede avisar antes de partir? ¿No tiene despacho, ni casa, ni puede dar más dirección que una pensión? Entonces se sentía sola y brotaba su inspiración racional, lógica, metódica..., prusiana, y tomaba la decisión de olvidarlo, de no complicarse la vida. Como si intuyera que la relación iba a terminar pronto y mal.

En ese mar de dudas se hallaba cuando sonó el teléfono:

—¿Sí, Luis?

—Pero qué chica más guapa y lista. ¿Cómo sabías que era yo? —Bertha permaneció en silencio. Las reflexiones sobre su relación le produjeron un bajón y le resultó inoportuna la actitud desparpajada de Luis—. ¿Nos vemos mañana a las seis en el Múnich? Me gustaría hablar contigo —añadió.

—A mí también me gustaría hablar contigo, Luis. A las seis en el Múnich —concluyó en tono seco, y colgó el teléfono sin despedirse.

Desde que descubriera ese bar con Luis, a Bertha le gustaba ir al Múnich, aunque fuera sola, sentarse en una mesita, pedir un café y contemplar a los jóvenes que entraban y salían sin cesar. Seguro que fichados todos ellos por los grises, pensaba nada más verlos. Una tarde, tranquilamente frente a su taza de café, Bertha identificó a un integrante de la Brigada Político-Social, que hablaba sigilosamente con uno de los chicos. De inmediato este se levantó y ambos salieron por separado. Algún asunto relacionado con la lucha antifranquista, como el reparto de octavillas o tal vez el alquiler de un piso franco, barruntó.

La tarde de marras, los dos llegaron cinco minutos antes de las seis, como si hubieran acompasado sus relojes. Un apático y ligero beso en la mejilla marcó el encuentro. Se sentaron en una de las mesas redondas junto a la ventana. La luz se reflejaba sobre el cristal. De inmediato acudió el camarero con un trapo para retirar de la mesa los vasos de los ocupantes anteriores. La dejó impoluta y tomó nota de la consumición. El gesto de Bertha era serio, rehuía fijar la mirada en los ojos de Luis, que buscaban sin éxito sus pupilas. Antes de dar tiempo a que él le explicara su desaparición, ella, directa y cortante, introdujo un asunto al que había dado muchas vueltas:

—Luis, estoy intrigada. Los días que coincidimos en el metro llevabas un libro forrado en papel de periódico francés que cuidabas con celo. Intenté saber de qué libro se trataba y solo pude leer una frase: «En la sociedad capitalista, el trabajo es la causa de todo decaimiento intelectual». Estaba en francés, la traducción creo que es la correcta.

Luis abrió los ojos con entusiasmo y una media sonrisa se escapó de sus labios. Se le notaba, era un asunto grato para él. Lo dominaba, se sentía como pez en el agua.

—¿También hablas francés, chica guapa y lista? ¿No identificaste al autor de la frase? —comentó Luis con socarronería. Bertha, molesta, guardó silencio esperando a que continuara—. Esa frase pertenece a un libro prohibido, escrito por Paul Lafargue, un personaje al que admiro. Como sabrás, era médico en Cuba y se suicidó junto a su compañera, Laura Marx, hija de Karl Marx. He leído toda su obra. Me impresionó una carta que escribió poco antes de morir. A ver si recuerdo uno de sus fragmentos: «Sano de cuerpo y mente, me mato antes de que la despiadada vejez, que me quita uno a uno los placeres y las alegrías de la existencia y que me despoja de mis fuerzas físicas e intelectuales, paralice mi energía, quiebre mi voluntad y haga de mí una carga para mí y los demás».

—Ahora me explico muchas cosas que no entendía. Lafargue, claro que sí. Mi prima Benigna estaba en una ocasión con un libro suyo y me leyó algunos párrafos.

A Bertha en ese momento le salió un suspiro de satisfacción; consideraba que una conversación de esa envergadura no podía tenerse con cualquiera. Hasta dudaba de que Miguel fuera capaz de seguirla.

—Pues tu prima Benigna es una señorita de buen gusto. Ay, Lafargue, Lafargue, uno de los primeros en introducir el marxismo en España. Muchos políticos y jóvenes seguimos sus ideas, plasmadas en el libro que yo leía: *Le Droit à la Paresse*, *El derecho a la pereza*, una obra utópica y llena de sarcasmo que casi me sé de memoria. Pues a ese libro, no traducido aún al español, pertenece la frase que te intriga. Vaya rollo te estoy dando, Bertha, ¿me sigues o te has perdido ya? —dijo, cogiendo y estrechando su mano en un acto de complicidad y acercamiento.

—Claro que te sigo, y me parecen muy atinadas tus observaciones. No hace mucho me pasaron *La conquista del pan*, de Kropotkin, y también me hizo reflexionar y memoricé algún párrafo. Luis, ¿tú no pertenecerás a alguna célula? Porque solo me faltaba eso —inquirió Bertha con una mezcla de preocupación y angustia, fruto de sus reflexiones.

—Pero, Bertha, parece mentira esta pregunta en una chica tan linda y espabilada. Bien sabes que, si fuera militante, no te lo confesaría. Por tanto, la respuesta solo puede ser negativa.

—Pues llevas razón, lo siento, Luis, perdona la impertinencia —comentó, mientras asentía con la cabeza, diciéndose a sí misma: «¡Qué torpe soy!».

—Precisamente mi último viaje a Marsella tuvo que ver con estos asuntos. Pero, por favor, Bertha, cambiemos de tema. ¿Qué tal tú por aquí, cómo va el trabajo? ¿Sigue dando leña don Abundio con los más desfavorecidos?

—¿Cómo sabes el nombre de mi juez? ¿Conoces el juzgado? —interpeló ella con asombro.

—Algo sé. Recuerda que soy abogado y ejerzo en esta plaza. Pero no sigamos hablando de mí. Me interesa tu vida; pero no la del trabajo, la otra, la de la noche, tus pensamientos, tus sueños...

—Ay, Luis, te escandalizaría saber lo corriente que es, lo poco que tiene de excitante.

—Pero explícame de dónde vienes, quiénes son tus padres, tus abuelos, cuál es tu pasado. Me puede la curiosidad. El otro día te pregunté, pero no obtuve respuesta. No sé... Si te incomoda no me cuentes nada, pero me encantaría saber más cosas de ti. Podrías empezar por hablarme de tus padres, ¿viven en Barcelona? Pero, repito, si te molesta, cambiamos de conversación.

—¿Incomodarme? Para nada. ¿Por qué me debería molestar hablarte de mi familia? Aunque, en verdad, son cuestiones tan íntimas que me da cierto pudor.

—Pero, Bertha, somos, cuando menos, buenos amigos. ¿O no? —dijo Luis, frunciendo el ceño mientras esperaba la respuesta de Bertha.

—Uff, de acuerdo, Luis. Mi madre, la pobre, falleció hace unos pocos años. Era una mujer admirable, fuerte, con principios. Se quedó viuda cuando mi hermano y yo éramos pequeños y nos sacó adelante con tesón, y mi padre era mi héroe. Soy hija de Calixto Berzosa, el capitán de máquinas del submarino C-4. Seguramente no sabrás de qué te hablo, pero el C-4 tuvo un papel crucial durante la guerra civil española —sentenció con tal orgullo que de forma instintiva elevó el mentón.

—No puedo creerlo, Bertha. Tú, hija de uno de los marineros del C-4. Claro que sé bien de qué me hablas. Es una historia fascinante. Corría el año 1938 cuando el Gobierno de la República necesitaba divisas y decidió implantar un servicio de correos extraordinario. Pero qué emoción tener a mi lado a la hija de un héroe. Tu padre capitán de máquinas del C-4. Dios mío. —Y, juntando las manos, elevó la vista hacia el cielo, agradeciendo el milagro.

—Me sorprendes, Luis. ¿Qué es lo que conoces? Nunca me canso de escuchar historias del submarino —replicó incrédula, mientras tragaba unos sorbos de café antes de que se enfriara.

—Tú tendrás más información que yo. Recuerdo que las islas Baleares se encontraban en manos franquistas, a excepción de Menorca, uno de los pocos reductos republicanos. En esas circunstancias, el C-4 atracó en la isla, ¿no es así, Bertha? Me estás hablando de ese submarino, ¿verdad?

El tono de Luis era firme, atropellado de entusiasmo. De ser así, había encontrado un filón de oro para conseguir enamorar a Bertha. Un nexo tan fuerte que ella caería rendida a sus pies. De inmediato sintió su connivencia.

—Así es. Sigue, por favor. Quiero saber cuánto hay de fábula y cuánto de verdad. He oído muchas anécdotas de compañeros de mi padre y me gustaría saber lo que se cuenta por ahí.

—Pues, como te decía, en algún libro que cayó en mis manos leí que, en Menorca, sitiada por mar y por aire, no había forma de entrar. ¿Me estás diciendo, de verdad, que tu padre iba en ese submarino? —insistió Luis, con un gesto de fascinación que no podía disimular.

—Sí, Luis. Ya sabes que era el capitán de máquinas —contestó Bertha, con orgullo y cierto aire de superioridad.

—Voy a hacer memoria —añadió Luis—. El ejército republicano fraguó un plan para hacer llegar divisas a Menorca, y destinó al C-4 a este fin. Lo cargaron con sacas llenas de cartas franqueadas con sellos del Correo Submarino, una modalidad filatélica desconocida hasta entonces. Es una historia fascinante, ¿no crees? ¿Llegaste a ver alguno de esos sellos?

—Toma, claro. Tengo en casa la serie que le correspondió a mi padre. No sé si estarás enterado de que acuñaron sellos de diez pesetas y los franquearon en más de mil cartas con nombres y domicilios inventados, junto con otras dirigidas a habitantes de la isla. Una parte de los pliegos se distribuyó entre los miembros de la tripulación. En mi posesión obran los que correspondieron a mi padre, mi mayor tesoro. Y bien sabe Dios que no es por su valor material; ni me interesa saber cuánto valen. Es la herencia que me dejó mi padre y no podía haberme legado nada mejor —dijo en un tono en el que aún gobernaba el orgullo.

—Es cierto —repuso Luis—, ahora lo recuerdo. Tengo entendido que Estados Unidos compró sellos por varios millones de dólares. Fue una forma fácil e ingeniosa de obtener divisas. No recuerdo si la travesía fue por superficie. ¿Lo sabes tú, Bertha?

—Claro. Me conozco toda la historia —dijo, presumida.

—Termina, por favor. Me parece una hazaña increíble.

—Pues imagínate a mí. No sé si recordarás que el C-4 partió de Barcelona por la noche. Fue impresionante, realizó toda la travesía sin sumergirse en ningún momento. Fue un milagro que no resultase detectado ni por los nacionales ni por la aviación italiana. A primera hora del día siguiente, hizo su entrada en el puerto de Mahón, donde permaneció atracado seis días. El 18 de agosto regresó a Barcelona. Mi madre se refería en ocasiones a la semana que pasó mi padre en la isla, una estancia que él evocaba con nostalgia.

Entonces, se tapó los ojos con ambas manos y se llevó los índices a los lagrimales, como si de esa forma evitara emocionarse.

—Debió de ser fascinante. Qué viaje. Lo que hubiera dado yo por ser uno de sus tripulantes.

—Seguro que hubieses sido un buen marino, Luis. Con posterioridad, me he ido enterando de que los sellos se revalorizaron muchísimo. Tengo un gran tesoro, pero nunca los he tasado ni tengo ninguna intención de venderlos. Es mejor que no me entere de su valor.

—Cómo me hubiera gustado conocer a tu padre y que él en persona me contase más aventuras del C-4.

—Ay, Luis, ojalá estuviera aún entre nosotros, seguro que hubierais hecho buenas migas. Me imagino que conoces el final del C-4.

—Pues me suena de alguna revista especializada que hizo explosión, ¿fue así? —dijo Luis, llevándose la mano derecha a la mandíbula y subiendo la mirada en un intento de hacer memoria. Tenía la boca seca; en ese momento pidió otra botella de agua con gas, hielo y limón.

—Más o menos. Fue una tragedia. Cada vez que lo pienso se me saltan las lágrimas. —Y en ese momento Luis la abrazó con ternura. Bertha no podía evitar el desconsuelo cuando rememoraba la escena, pero tomó aliento y continuó—: El 27 de junio de 1946, cuando estaban de maniobras en el puerto de Sóller, el C-4 colisionó con otro barco al emerger y se hundió con toda la tripulación.

—Ahora lo recuerdo, Bertha. Qué horror. Lo único bueno es que tu padre no sufrió; según cuentan, las muertes fueron instantáneas. Falleció en acto de servicio, como un valiente marino.

—Ese es el consuelo que me queda, Luis. Desde pequeña, cada 27 de junio, esté donde esté, voy a misa y rezo por él. Hace años acompañaba a mi madre y, cuando ella falleció, seguí con la tradición. Es el homenaje anual que brindo a mi admirado padre.

—Qué pena, Bertha; debieron de producirse unas escenas aterradoras.

—Sí. Mi madre contaba unas historias desgarradoras. No le podías sacar el tema, se ponía muy triste y pasaba el resto del día llorando, con la mirada perdida.

—Tremendo, Bertha. ¿Me dejarás acompañarte a misa el próximo 27 de junio?

—Claro, Luis. Qué amable eres. Desde la muerte de mi madre siempre he ido sola, salvo contadas ocasiones en las que mi prima Benigna hacía acto de presencia. Porque mi hermano, el pobre Cesáreo, entre la preparación de las oposiciones y luego los sucesivos destinos, nunca podía.

—Pues este año cuenta conmigo. Daría cualquier cosa por ver los sellos. No te lo he comentado, una de mis aficiones es la filatelia.

Luis sonrió al observar la cara de felicidad de Bertha.

—Te los enseño en cualquier momento. Eso sí, en mi casa, no me atrevo a moverlos.

Bertha recordaba aquella última conversación con Luis como un momento decisivo, como una fusión de sus almas, en la más remota intimidad. Sus dudas habían quedado disipadas; el destino había trazado entre ellos puntos de unión, de coincidencias, de casualidades. Sus presencias se habían topado con un trozo de suerte, al menos eso sostenía Bertha. Merecía encontrar un hombre íntegro. Un caballero, un intelectual, gentil y amable, así que, por qué no, Bertha empezó a compartir con él todas las tardes, ya en el Múnich, ya en largos paseos. La complicidad fue aumentando y la intimidad también. Un día sus pasos sin rumbo los llevaron a la rambla de las Flores y Luis le regaló un ramo de petunias, sus flores preferidas. Otro, se acercaron a la Monumental y tomaron un café en alguna de las cafeterías de los alrededores, donde el ambiente taurino se respiraba en cada rincón. Ni que decir tiene lo mágica que fue la tarde en que coincidieron con Antonio Ordóñez —el torero preferido por ambos— y compartieron mesa con él, escuchándolo absortos. Aunque con quienes más a menudo solían coincidir allí era con los alumnos de Pepe Martín Vázquez, que los hacían partícipes de experiencias y anécdotas.

Pero si existía, en esa Barcelona cosmopolita y moderna, un lugar considerado como propio, ese era el Múnich, su centro de operaciones. Tomaban café, charlaban un rato de temas intrascendentes y se despedían. En uno de esos encuentros, Luis volvió a sacar el asunto de los sellos, mostrándose ansioso por contemplarlos.

—Lo que daría por verlos. ¡Son historia viva!

—Si tanto te apetece, te los muestro cuando quieras.

—¿De verdad, Bertha? Me harías el hombre más feliz del mundo. ¿Podríamos ir ahora mismo? —Luis no podía disimular el brillo en los ojos, fruto de la emoción. Parecía un niño pequeño esperando la llegada de los Reyes.

—De acuerdo —dijo ella riendo de la alegría, la satisfacción producida por la situación. Le parecía increíble coincidir con una persona que mostrara un interés tan especial por su pequeño tesoro—. Si tanta ilusión te hace, vamos a mi casa. Es pronto, pero deberás irte antes de que llegue Antonio.

—Antonio, ¿quién es Antonio?

—El sereno. Me tiene controlada y, aunque él no esté, los vecinos tampoco deben vernos entrar juntos. Si te parece, nos separamos un par de manzanas antes. Es el segundo derecha, yo entro primero, dejo la puerta de abajo abierta y subes. Te estaré esperando.

—Perfecto. Realmente no tiene sentido perder tu reputación por mostrarme unos sellos —le susurró al oído con cierta guasa, mientras ambos emprendían la marcha.

—Sí, Luis, no voy a poner en juego mi decencia por unas estampas. Además, he de hacerte una confidencia: es la primera vez que entra un hombre en mi casa...

—¿De verdad? No lo puedo creer. ¿Me vas a decir que ni siquiera ha entrado un fontanero a arreglarte un grifo?

Ambos rieron a la par.

—Bueno, eso sí. Ha venido el fontanero un par de veces, el electricista otro tanto, me han subido la botella de butano. Pero ninguno era amigo. Con ninguno tenía una relación.

—Una pena, Bertha. A veces puede ser muy útil tener un amigo fontanero, otro electricista...

—Estás bastante irónico, Luis. Te noto muy contento. ¿Ha ocurrido algo que yo no sepa?

—No sabes la emoción que me produce ver los sellos. El año pasado, estuve en un par de filatelias de Mahón y no los encontré. Esta afición me viene de familia, la heredé de mi padre. Algún día te enseñaré su colección, pero tendrás que venir a Jaén, es allí donde está. Siempre dice: «Esta será tu herencia», pero tampoco tengo idea de su valor. La verdad, una idea genial sería bajar hasta Andalucía, ver la colección y ya, de paso, conoces a mis padres. ¿Te apetece?

—Ver la colección me encantaría, pero conocer a tus padres...

—Si lo nuestro sigue así de bien, nos declaramos. Entonces deberás conocerlos antes de ir al altar. ¿O no? ¿A quién debo pedir tu mano? —comentó en voz emocionada en grito. Y, tornando a un semblante formal, casi ceremonioso, continuó—: Voy a hacerte una confesión, Bertha: te quiero como madre de mis hijos y para eso deberíamos casarnos. Digo yo. ¡No querrás ser una madre soltera! —soltó, regresando a la sorna.

—Ay, Luis, ¿estás hablando en serio? —respondió ella, llevándose la mano a la frente a la vez que sus cejas ascendían.

—Completamente en serio, Bertha; pienso en ti día y noche. Tu presencia forma parte de mi vida.

Luis, como buen truhan, sabía bien qué decir, calculaba el momento, medía las palabras, las distancias, el tono de los susurros en el oído…, todo para provocar en Bertha un torbellino de sentimientos cuya vibración duraba horas, días y, sobre todo, lo más ansiado por él, las noches. Noches enteras en las que ni el sueño vencía a su mente, en las que no hacía otra cosa que pensar en él. Sí.

—Te estás poniendo muy romanticón, Luis —añadió Bertha, en un intento de enderezar su cuerpo sucumbido por la pasión y escoltado por un intenso suspiro.

Ambos anduvieron tranquilos; eran las siete de la tarde y Antonio, el sereno, no llegaba hasta las diez. Disponían de un par de horas largas para disfrutar juntos de su pasión, los sellos. Pero tan amena conversación convocó a la parsimonia y, sin percatarse, se hicieron las ocho y cuarto. Al darse cuenta aceleraron el paso. Las farolas ya los asistían con su luz y se cruzaban algunos coches con las luces de posición, lo que presagiaba la cercanía de la noche. Eran más de las ocho y media cuando estaban justo a dos manzanas.

—Conviene que nos separemos aquí; sígueme a distancia. Como te he dicho, ningún vecino debe vernos entrar juntos.

Bertha se adelantó unos pasos. Luis la miraba de arriba abajo, examinando su contorno, inspeccionando sus pasos, observando el balancear de sus caderas. Ella abrió el portal y dejó la puerta sin cerrar. Él entró y subió las escaleras hasta el segundo piso, un rellano con dos puertas, una de las cuales estaba entreabierta; la empujó y notó que una mano por detrás tiraba de la suya. De inmediato la puerta se cerró sigilosamente.

—No te ha visto nadie, ¿verdad? —comentó Bertha con preocupación.

9

Que un hombre entrara en su casa, aunque solo fuera por unas horas, era una sensación totalmente nueva para ella. Nueva, preocupante y también excitante, pues la nota de sigilo y discreción la acompañaba. Ningún vecino, y menos Antonio, el sereno, podía ver entrar a Luis. Ni tampoco salir. Ni mucho menos tener noticia de la estancia en su casa. Si no fuera así, en segundos su reputación caería al subsuelo. Le asustaba imaginar las consecuencias: unos vecinos dejarían de saludarla, otros hombres se le insinuarían al considerarla una ramera. Hasta su fiel y protector Antonio podría reaccionar dando parte del incidente y perdiendo toda la confianza depositada en ella. La acción podría conllevar consecuencias insospechadas, por ese motivo debía realizarse con mucha cautela. Por suerte, Luis lo había entendido.

Bertha, consciente de ser una privilegiada, disfrutaba del bien más preciado: ser dueña de su casa. Ventaja de una minoría, pues la mayoría, incluso en su bloque, un edificio de viviendas humildes, sin ascensor, sin lujos ni estridencias, vivían alquilados. Pocos podían asumir el coste de una vivienda y, sin embargo, ella lo había conseguido. No fue mérito suyo. No. Esa casa, situada en el número 7 del pasaje Vintro, siempre fue su único hogar: tres habitaciones, dos de ellas con balcón a la calle y otra con una ventana que daba a un patio de luces, su cuarto de niña. Una pequeña cocina, un aseo y el comedor interior completaban una vivienda ya ajada por el paso de los años.

Fue madre quien, muchos años antes de morir, había dado un nuevo aire a la casa. Empapeló todas las habitaciones, cada una de un color. La principal de los padres, ahora de Bertha, en un color azul cielo. La otra grande, en verde, y la de ella, en un rosa palo. Sin embargo, para el salón eligió un papel con pequeñas flores y ramas verdes entrelazadas; con el tiempo Bertha comprendió el mal gusto de la elección y se propuso cambiarlo en cuanto dispusiera de algunos ahorros más. A juego, un sofá tapizado en un verde oscuro y una butaca de lectura. Completaban el comedor la clásica mesa redonda con cuatro sillas de respaldo alto y el aparador con la televisión en el centro. Algunos libros clásicos con fotos —una de sus padres, dos de Cesáreo y otra de su prima Benigna— terminaban de adornar el mueble. El recibidor, una pequeña entrada donde no cabía enser alguno, daba paso a la reducida cocina, en la que, además de la zona de fuegos, la nevera y una diminuta mesa con dos sillas, se sucedía una nada desdeñable alacena, donde se almacenaban ollas, platos, sartenes, vasos, copas y ciertos objetos más, alguno de los más apreciados por Bertha.

Pero el bien más valioso de aquella casa eran los recuerdos. Allí fue donde recibió los primeros Reyes, descubrió la soledad, la tristeza, la alegría, la venganza, todos los sentimientos, habidos y por haber, a excepción del odio y la envidia, siempre ajenos al espíritu de Bertha. Allí, también, vivieron sus padres hasta el final y Cesáreo hasta marchar a estudiar a un colegio mayor en Madrid para preparar las oposiciones a notarías. Como decía padre, para pagar estudios en esa casa siempre habrá dinero, y lo había, eso sí, a costa de todos los caprichos imaginables. Jamás se comía en un restaurante, no se permitían viaje alguno y casi ningún ocio. Pero esa circunstancia tenía también su parte positiva: un domingo al mes tocaba cine y se celebraba como si hubiera caído la lotería. Y el refresco al que padre invitaba en el bar al salir de misa, ese sí cada domingo, sabía a gloria. Por lo demás, por ejemplo, adquirir un libro para cada hijo todos los meses, padre lo consideraba parte del apartado estudios y, aunque fuera una novela, cada hermano tenía derecho a elegir un libro cada treinta días. Madre quiso apuntarse alguna vez al reparto, pero padre fruncía el ceño y transmitía con el gesto algo como «¿No tienes bastante con las labores del hogar?». No lo decía, nunca se hubiera atrevido, pero madre lo cazaba de soslayo.

—Si algún vecino observara un hombre en mi casa, sin otro quehacer que su compañía, me tacharían de ligera de cascos —se justificó Bertha en cuanto Luis entró y cerró a cal y canto, pero con suavidad, la puerta—. Podrían pensar que trabajo en el juzgado por la mañana y recibo a hombres por la tarde. Ay, Dios, sería el final de mi buena fama.

—Tranquila, lo entiendo perfectamente. No me ha visto nadie —afirmó Luis, mientras sujetaba la cara de Bertha con las dos manos y sentía el calor abrasador de sus mejillas. Las palmas frías de Luis servirían para sofocar el ardor que las de Bertha desprendían a su vez.

—Bertha, querida, estoy ansioso por contemplar tu hogar, por que me enseñes los insignificantes detalles que forman parte de tu vida. ¡Y luego examinar esos fantásticos sellos! Por poco me olvido. Me exalto solo de imaginarme ante ellos. Los tendrás en un lugar seguro, ¿verdad? ¿No has pensado en llevarlos al banco y guardarlos en una caja fuerte?

—Pues no… Tampoco creo que lo merezcan por su valor. Además, la prebenda es disfrutarlos cada vez que me apetece. ¿Tu padre tiene su colección en un banco?

Luis sonrió.

—En realidad los archiva en uno de los cajones de la cómoda de su habitación. Se los enseña a todos los invitados y familiares cuando vamos a verlo... Es un poco pesado, en ocasiones insiste y le responden: «Pero si ya los vimos el mes pasado». Entonces se disculpa y la devuelve a su cajón. No sabes cuánto se deleita al mostrarla. Y nunca se cansa de examinarla, siempre descubre alguna impresión nueva cuando detiene la lupa en algún punto concreto.

—No me extraña... A veces, cuando me entra la nostalgia, yo también los saco, miro el detalle del dibujo de cada submarino y pienso en mi padre, un recuerdo lejano que perdura vivo en mi memoria.

Luis cogió a Bertha por la cintura y le dio un leve pero dulce beso en los labios. Al separarse, Bertha se sintió prendida. Su *gentleman* la miraba con admiración.

—Eres tan tierna... —le susurró.

Bertha lo distrajo señalando la cocina y dirigiéndose hacia ella.

—¡Zalamero! Pero pasa, pasa, no te quedes ahí, petrificado en el recibidor. Mira toda la parafernalia. De todos modos, como podrás comprobar, mi escondite es más seguro que el de tu padre. Si entrara algún ladrón, no los encontraría. A nadie se le ocurriría husmear por aquí. Los tengo al fondo del armario de las ollas, dentro de una cazuela en desuso. Para encontrarlos no basta con vaciar el armario entero —dijo, seguido de una sonora carcajada, producto de la peculiar situación, y añadió—: ¿Crees a alguien capaz de imaginar objeto de valor en semejante escondrijo?

Bajo el gesto perplejo de Luis, Bertha abrió una alacena y se puso a sacar cazos, fuentes de horno, pucheros, cacerolas. Vació por completo la hornacina hasta llegar al fondo. Quitó la tapa de una última cazuela y extrajo de ella una pequeña carpeta de cartón azul cerrada con unas gomas. Dentro había un sobre y en su interior estaban los pliegos. Con sumo cuidado, los colocó encima de la mesa de la cocina al tiempo que agarraba unas pinzas diminutas que entregó a Luis.

—Toma, puedes mirarlos de cerca. Aquí tienes también una lupa.

Luis sujetó las pinzas; a la vez, su cara expresaba la misma ilusión que un niño al recibir como regalo su primera bicicleta. Él, al verse frente a lo considerado por muchos como una obra de arte, aminoró sus gestos, que convirtió en ceremoniosos, como el cirujano antes de diseccionar un corazón.

—Desde luego, es un lugar seguro, Bertha. Nadie imaginaría encontrar un tesoro en la cazuela.

—Anda ya, un tesoro. Seguro que voy a venderlos y no me dan ni diez mil pesetas. Y, aunque valieran más, no los vendería. Siéntate, Luis. Podrás examinarlos con más comodidad.

—¡Qué maravilla! —comentó él, fascinado—. ¿Te has fijado? Como sabrás, son bloques de treinta hojas, se emitieron un total de doce mil quinientas, por un valor de veinticinco pesetas cada una. Como también sabrás, no voy a descubrirte nada nuevo, los dibujos son de Antonio Serra, todos de distintos submarinos, navegando o en superficie, impresos en huecograbado en Oliva de Vilanova, una localidad de Barcelona. ¡Dios mío, Bertha! —exclamó, y guardó unos segundos de silencio, extasiado ante semejante contemplación—. Están en perfecto estado y sin usar. Pueden valer mucho. Hazme caso y deposítalos en la caja fuerte de un banco.

Bertha abrió los ojos, sorprendida.

—Luis, no podía imaginar en ti a un filatelista. —Él hizo caso omiso al comentario y continuó con la lupa bajo el ojo derecho, con el ojo izquierdo cerrado y manejando las pinzas como el más diestro de los relojeros. Y así continuó con la disección inaugurada.

—Mira aquí, en los sellos de una y quince pesetas aparece el submarino D-1, construido en Cartagena y que, curiosamente, no se botó hasta 1944.

—Nadie me había dado tantos detalles de mis queridos sellos. Tendré que apreciarlos más, desde luego… —comentó

Bertha en un tono de voz casi imperceptible, como sin querer interrumpir el discurso del conferenciante.

—Fíjate, estos otros son de dos y seis pesetas, y este es un submarino del tipo A-1. Tres de ellos prestaban su servicio en la Marina republicana y se habían adquirido en Italia. Qué dibujo tan bonito y tan bien acabado.

—Es verdad, es perfecto —comentó Bertha, acercándose el sello y la lupa a unos centímetros del ojo derecho. Pero Luis de inmediato recuperó su lupa y persistió en su monólogo.

—Estos otros... —decía mientras se le iluminaban los ojos.

—Sí, es cierto —dijo Bertha, sin salir de su asombro y siendo consciente de que era indiferente los comentarios que añadiera a los de Luis. Ensimismado, no atendía a nota alguna.

—En estos está dibujado el submarino clase B. Es curioso, como podrás comprobar, que el submarino de clase C, en el que iba tu padre e hizo la travesía, no figure en ningún sello —concluyó él, abandonando la lupa y las pinzas encima de la mesa, en un gesto de satisfacción contenida, como el cardiólogo que termina su intervención y pasa el instrumental quirúrgico a sus discípulos para que terminen de cerrar la incisión.

—Me tienes impresionada, Luis. Nunca he tropezado con nadie tan entendido. ¡Y pensar que estos sellos tienen más de treinta años! Toda una vida.

—No es mérito mío, Bertha. Mi abuelo materno, el único al que conocí, gran aficionado a la filatelia, tenía uno de estos sellos y lo cuidaba como oro en paño. Fue él quien nos transmitió la afición a mi padre y a mí.

Absortos en la colección, ninguno se percató de la hora. Un problema añadido. Antonio, el sereno, ya estaría rondando, y los vecinos, obreros tempraneros, recogidos y alguno durmiendo. Si por casualidad alguien viera salir a un hombre de casa de Bertha, además de ser la comidilla del día siguiente, empezarían los interrogatorios, las explicaciones inventadas, las excusas... No quedaba más remedio que pasar esa fatídica hora y avanzar en la noche, cuando habría más posibilidades de abandonar la casa sin ser visto. Bertha pensaba en toda esta planificación cuando reparó en el reloj colgado en la pared de la cocina.

—Son las diez, Luis. Qué tarde se ha hecho. Voy a preparar algo y te quedas a cenar. ¿Te apetece?

—¿Además del regocijo de los sellos me vas a cocinar unos manjares? Demasiado gozo para una sola noche.

—Anda, déjate de lisonjerías, ayúdame a guardarlos y apaño algo rápido. Puedo hacer una ensalada y una tortilla.

—Fantástico. Cualquier cosa hecha por ti me sabrá a gloria.

—Puedes esperar leyendo el periódico. Está encima de la mesa. ¿Lo ves?

—¿No necesitas ayuda?

La imagen de Luis recostado en el sillón, con un periódico en las manos, mientras ella cocinaba le parecía idílica.

—Si quieres, pon la mesa. Cenaremos aquí —indicó señalando la de la cocina—. En el primer cajón del aparador tienes el mantel y las servilletas; en el segundo, los cubiertos. ¿Los puedes traer, por favor?

—Claro que sí. Es lo menos… Mmm… Qué bien huele esa tortilla.

—Le he puesto un poco de cebolla. ¿Te gusta?

—Me encanta la cebolla.

Bertha lo observó confundiéndose al colocar los cubiertos en la mesa e hizo un ademán de corrección que su intelecto paralizó. No era el momento oportuno. Madre había sido muy rigurosa en la enseñanza de los buenos modales en la mesa, por ese motivo Bertha advertía y censuraba cualquier error. No colocar la servilleta en el regazo antes de empezar a comer, coger los cubiertos como si de puñales se tratara, dejarlos de cualquier forma al terminar la comida, lamer un cuchillo, hablar con la boca llena, sorber el agua… y tantos otros que Bertha esa noche pasó por alto. Ya tendría tiempo de enseñarle a comer, caviló con un sentimiento de decepción. Para Bertha, saber comer era como el primer peldaño de la buena educación. Pero enseguida prosiguió con la mayor preocupación de esa noche. Esperaba, sobre todo, que nadie lo hubiera visto entrar, sería su ruina. Aunque la sociedad imperante viera con malos ojos que una chica sola dejara entrar a un hombre en casa, lo cierto era que Bertha, en el fondo, a pesar de los peligros, disfrutaba del desafío. Jugar a despistar a Antonio, el sereno; deleitarse de una nueva presencia en la casa, un atractivo joven; cocinar para dos; compartir horas clandestinas. Pero esa emoción no era capaz de amilanar la inquietud que reinaba en el ambiente. Quería pasar la noche entera con Luis, pero desconocía su fortaleza para llevar a cabo semejante hazaña. Estaba rendida a sus pies, una leve insinuación de Luis bastaría para que Bertha accediera a intimar, a permitirle dormir en su cama, a compartir su lecho y a dejarse llevar por la lujuria y la obscenidad. «Una mojigatería autoimpuesta por la educación de su casa, por las monjas de su colegio, por el ambiente en la calle y por no sé cuántas cosas más debería quedarse, esta vez, en el felpudo», reiteraba su pensamiento. Aunque en las películas, la única experiencia de Bertha, los amantes empezaban poco a poco: un día se besaban, otro exploraban los cuerpos… y así, como algo innato, llegaba un día en el que soltaban sus riendas quedando al albur solo del deseo, de la pasión, del capricho. Pero los prolegómenos para ella habían sido fugaces y la tozuda realidad imponía una situación concreta. Y, sin más, tomó la firme decisión de acostarse esa noche con Luis. Pero, eso sí, debería ser él quien diera el primer paso. Aún le pesaba la educación de su casa, de las monjas y el temor al «pecado» que llevaba un buen rato pululando por la atmósfera. En definitiva, como buena cristiana, nada malo podía ocurrir que no arreglara una buena confesión seguida de comunión y misa.

Con el propósito bien definido, Bertha comenzó a coquetear, a mirarlo fijamente a los ojos y mostrarse arrebatadora.

Cuando se sentaron frente a la tortilla, de la que Bertha tanto alardeaba, ella se acercó más de lo necesario. Él se dejó querer. Desde el primer bocado, Luis gesticuló dando muestras de aprobación. Y sí, pasó lo que Bertha temía: usó el cuchillo para partir la tortilla en vez de hacerlo con el tenedor, provocando un amplio suspiro en Bertha, que incluía el deseo de no ver cómo lo chupaba con la lengua. Pero no. Luis no llegó a lamer el cuchillo, lo que le proporcionó a Bertha tranquilidad y sosiego para centrarse en la conversación.

—¿Te gusta? —preguntó ella, con timidez y cierto reparo.

—La mejor tortilla que he probado en mi vida. Te lo digo de verdad, no por cumplir.

Bertha suspiró tranquila.

—Qué alivio… No te voy a engañar, Luis, no estoy acostumbrada a estar con un hombre a solas. No sabes lo que significa esto para mí.

La vena puritana de Bertha fluyó sin darse cuenta y volvió a recrearse en su extrema gazmoñería. El entorno, los consejos de padre y madre, el cura en sus sermones de los domingos; todo y todos dejaban su granito en la conciencia de Bertha, que consideraba pecaminosa hasta la glotonería. Pero Luis no parecía muy aturdido con las turbaciones de Bertha. Al fin y al cabo, a él nadie lo conocía en ese barrio. Si lo paraba el sereno, tendría la excusa de que estaba de visita en la ciudad y se había perdido. En su carnet figuraba como domicilio Palma de Mallorca, como profesión empresario, y su aspecto era el de un joven serio y formal. Ningún problema ante la curiosidad de un sereno. Ahora bien, a pesar de la despreocupación, debía exteriorizar cierta empatía hacia la intranquilidad de Bertha.

Luis extendió un brazo por encima de la mesa y le acarició en la distancia la mano.

—Lo entiendo perfectamente. Me siento muy complacido y orgulloso de estar aquí, de haberme ganado tu confianza.

¿De verdad soy el primer hombre con el que compartes la intimidad de tu casa? Porque, si es así, voy camino de convertirme en tu primer novio.

—No corras tanto... —dijo ella entre risas, siguiéndole el juego—; de momento eres un conocido...

Luis fingió ofenderse y siguió a la gresca.

—Bueno, vale, eso te lo concedo. Amigo, pero muy reciente.

—Puedes cambiarme el apodo, en vez de *gentleman* me puedes llamar «el reciente».

Ambos se rieron de la ocurrencia. Se los veía felices juntos. Luis no podía disimular los ojos de enamorado, o al menos eso apreciaba Bertha cuando cruzaban las miradas.

A pesar de estar al comienzo de la primavera, la casa estaba fría y la noche era desapacible. Una fuente de calor avivaría, además del ambiente, una clara excitación del cuerpo. Bertha preparó el brasero de la mesa camilla, cuyas brasas agitaba con el badil hasta obtener esa temperatura justa. Los dos estaban muy habladores, la conversación era fluida y, además, acompañaba un sonido de fondo inmejorable, el *Concierto n.º 1 para piano y orquesta* de Chaikovski, el preferido de ella. De repente, Bertha volvió a mirar el reloj. Calculó que Antonio ya habría iniciado sus rondas por el barrio. Esa circunstancia le sirvió de excusa.

—Luis, son las once de la noche. El sereno ya está merodeando por aquí. No puede verte salir de casa. Te pararía, te pediría explicaciones. ¿Qué hacemos?

—Podría despistarlo y salir en uno de los momentos que haya finalizado su paso por esta acera.

—Ufff, eso es muy arriesgado. Antonio ha sido policía y en ocasiones gira y regresa sobre sus propios pasos. Su vigilancia es muy eficaz y exhaustiva. Es difícil que podamos burlarlo...

Su cuerpo quería y su mente la frenaba. Se sentía confusa, pero la decisión estaba tomada. Necesitaba basar en un hecho objetivo su deseo inconfesable. Y, además, debía proponerlo Luis, eso lo seguía teniendo muy claro. «Una señorita de bien no puede sugerir acto semejante», se decía.

—También puedo esperar aquí hasta las seis de la mañana y, cuando haya terminado su servicio, me voy. ¿Qué te parece? —planteó, como restándole importancia.

Bertha apoyó los codos sobre la mesa, se sujetó la cabeza con las dos manos y se quedó pensativa solo en apariencia. Era muy consciente de lo que iba a ocurrir, por lo menos debía aparentar cierto temor y respeto. Desde que murió su padre, en su casa jamás había dormido hombre alguno salvo su hermano. Hizo ver que valoraba los pros y los contras y volvió a tomar la misma decisión en la que solo figuraban las ventajas.

—De acuerdo. Puedes dormir en la habitación pequeña, la que fue mi cuarto, que solo utiliza mi prima Benigna cuando viene de visita. Ahora te saco sábanas limpias y una manta. Mientras te acomodas, yo bajaré, como cada noche, a dar una vuelta a la manzana. No quiero que Antonio, el sereno, note nada raro.

—¿Tanto te controla?

—Ni te lo imaginas. No solo a mí, sino a todos los vecinos de sus seis manzanas. El otro día se negó a dar un certificado de buena conducta a una de las vecinas; el motivo: recibía por la tarde amigos en su casa con demasiada frecuencia, hacía ver que eran familia. Por casualidad, esa circunstancia llegó a oídos de Antonio y se negó a elaborarle el informe aduciendo «conducta deshonesta». No sabes lo rígido que es. Desde que murió Fígaro, mi perro, sigo saliendo cada noche. Si falto a la cita, se extraña. Ha llegado a subir a casa para preguntarme si me encontraba bien. Regreso en quince minutos.

—Muy bien, aquí te espero. No me moveré. Voy a seguir leyendo el periódico.

Cuando Bertha anduvo media manzana, se encontró con Antonio e iniciaron la ritual y consabida conversación.

—Buenas noches, Antonio. ¿Hoy hace menos frío que ayer?

—Buenas noches, Bertha. Cierto, hoy está mejor la temperatura; se nota que es primavera, pero las madrugadas siguen siendo frías. ¿Va a salir de viaje esta Semana Santa?

—No lo creo, tengo mucho trabajo y aprovecharé los días de fiesta para descansar y ordenar un poco la casa. Hace tiempo que no vacío los armarios y los trastos se van acumulando.

—No tire nada sin decírmelo antes. Ya sabe que en mi casa se aprovechan todas las sobras de los vecinos.

—Sí, lo sé; cuando haga limpieza le bajaré lo que le pueda servir. Hay que dar la máxima utilidad a todas las cosas.

—No puede imaginarse, Bertha, lo que somos capaces de aprovechar. El otro día, su vecino de rellano me dio un par de chaquetas de punto, ya muy viejas y gastadas. Mi mujer las deshizo y tejió un jersey para nuestro hijo. Crece rápido, necesita ropa nueva de un año para otro.

—Seguro que es guapo y buen mozo.

—No lo dude, Bertha. Es nuestro orgullo. Ya ve, siendo hijo único qué vamos a pensar.

—Bueno, me retiro ya. Mañana hay que madrugar y queda mucha semana por delante. Buenas noches.

—Que descanse, Bertha.

Abrió el portal e inició la subida con una amplia sonrisa en el rostro. Qué sensación extraordinaria y maravillosa: al abrir la puerta de su casa encontraría a Luis. Un hombre fantástico esperándola en casa. No le había pasado nunca. ¡Qué actitud tan osada por su parte! Aquello no se lo podía contar a nadie, por supuesto, ni siquiera a Miguel, elucubraba mientras subía los peldaños con mayor parsimonia de la acostumbrada, atemperando los pasos para disfrutar más de esa dulce espera.

Y sí, allí estaba Luis, leyendo el periódico en una actitud, a los ojos de Bertha, cotidiana. Aunque, nada más verlo, se sintió confundida; no sabía realmente cómo comportarse, qué esperaría él de ella, qué esperaba ella de él... La situación le era extraña, insólita. Ni siquiera le había dado tiempo a trazar alguno de sus planes. ¿Qué sería lo correcto? ¿Permanecer un rato más charlando? ¿Ofrecerle una copa? Lo cierto era que en la casa solo tenía una botella de pastis, un licor de anís típico de Marsella, regalo de Benigna. Después de haberle dado un par de vueltas al asunto, miró el reloj y comprobó la hora; era tarde. Ya puestos, querría estar con él más horas que menos. Por ese motivo osó mostrar su coquetería. Se acercó, lo rodeó desde atrás con los brazos, le dio un beso poco casto detrás del lóbulo de la oreja y anunció su retirada.

—Me voy a acostar, Luis. Ya es muy tarde.

—Yo también, mañana debo salir de aquí sobre las seis y cuarto. A esa hora ya se habrá ido el sereno y no es probable que me cruce con nadie —dijo mientras correspondía cogiendo sus manos y besándolas.

—Sí. Es la mejor hora para que salgas sin ser visto. El vecino de arriba trabaja en la SEAT, lo oigo bajar las escaleras siempre a la misma hora, las seis y media. Algún día me lo he cruzado. Tienes las sábanas y una manta en la habitación...

—No hace falta, Bertha; cojo la manta pequeña y me quedo en el sofá dando una cabezadita. Total, solo son unas horas.

—Como prefieras, pero estarás más cómodo en una cama. ¿Te la hago en un pispás?

Bertha alargaba el momento, no quería dar por zanjada la noche, acostarse en su cama y despertar al día siguiente sin más.

—De verdad, Bertha, no te molestes; este sofá tiene muy buena pinta.

Bertha sacó la pequeña manta utilizada para las siestas y la lectura, y la depositó sobre uno de los brazos del sofá. «Si la usa, tardaré en lavarla; se impregnará de su olor y podré disfrutar en mi imaginación de alguna siesta con Luis». Como siempre, Bertha a toda acción le sacaba un provecho añadido.

—Ya sabes dónde está el baño, por si quieres asearte mañana. En la nevera tienes leche. He dejado hecho café para que solo lo tengas que calentar. Encontrarás magdalenas en el armario de la cocina, aunque seguro que me despertaré antes y desayunaré contigo.

No se le ocurría nada más por añadir. Luis le seguía la corriente como si de un casto seminarista se tratara. Bertha estaba al borde del desespero. Pero si algo tenía claro era que no daría el primer paso.

—Gracias, no quiero modificar ninguna de tus costumbres. No tienes por qué levantarte a esas horas. Buenas noches —dijo Luis, acercándose para darle otro casto beso en la mejilla.

—Buenas noches, Luis —susurró; a la vez le correspondía con otro cerca de la comisura de los labios.

Bertha se metió en la cama con una extraña sensación. Un cosquilleo inusual en el estómago unido a un bienestar que quería prolongar en el tiempo. Deseaba tener a Luis siempre ahí, así, junto a ella, como convertido en un muñeco para usar a conveniencia. Eso sería perfecto. Le sorprendía que fuera un hombre tan respetuoso y decente. Ni siquiera había intentado acostarse con ella. Ni lo había sugerido. Pero a decir verdad Bertha deseaba de alguna manera que lo hubiera hecho, que la hubiese puesto en esa tesitura, que la hubiera retado. ¿Qué habría hecho ella? ¿Qué era lo que deseaba? ¿Liberarse? ¿Probarse a sí misma? No podía creer el comportamiento de Luis. Por un momento pensó en volver al salón semidesnuda a por un vaso de agua, por ejemplo… En estas cosas andaba pensando cuando oyó unos golpecitos en la puerta.

—Bertha, ¿estás despierta? —susurró Luis—. Llevabas razón, el sofá es muy incómodo. ¿Me haces un hueco en tu cama?

El cosquilleo en el vientre regresó a Bertha nada más oír su voz. Se incorporó en la cama y se armó de valor.

—Claro, ven. Te estaba esperando…

La oscuridad le proporcionaba la valentía necesaria. Era la primera vez. Para Luis, en cambio, ese no era obstáculo o inconveniente. La buscó entre las sábanas con delicadeza, despacio, como actúa el lince cuando está a punto de atrapar a su presa, hasta que cayó rendida entre sus brazos.

Por la mañana, Bertha se levantó a la misma hora de siempre, pero más cansada y aturdida. Luis no estaba en la cama. Salió de la habitación y miró en el sofá. Ni rastro. El reloj marcaba las seis menos cuarto. Al punto le llamó la atención una nota manuscrita encima de la mesa camilla: «Bertha, muchas gracias por la noche tan maravillosa, siempre la recordaré. Hoy debo irme a Francia. Estaré fuera un par de semanas. Ya sabes. Te llamaré en cuanto regrese. Te quiero. Luis».

Se había ido sin avisar. Antes de la hora prevista. «¿Se habrá cruzado con Antonio, el sereno? Me he tenido que enamorar de un activista político, con la de cosas que se pueden hacer por el bien de la humanidad sin salir de Barcelona», pensó con una mezcla de rabia y pena. Pero no era la primera vez que ocurría, y tal vez debería acostumbrarse a soportar con estoicismo las ausencias. Ahora tocaba olvidarse de Luis, por lo menos durante un tiempo, y esperar pacientemente su vuelta. Solo podría contarle lo sucedido a su prima Benigna, que no tardaría en llegar, o a Miguel, quizá, en uno de sus cómplices cafés mañaneros.

Al llegar al metro, con la seguridad de que no iba a encontrar a Luis, Bertha tomó el asiento de siempre sin fijarse en nadie. Su cabeza estaba en otro lugar. Pasó una etapa de incertidumbre. La primera semana se mostró optimista, esperanzada. Enamorada por completo de aquel hombre. Justificando la falta de señales de vida. La actividad política sería intensa. No habría tenido ni momento ni oportunidad de realizar llamadas personales. Además, era preciso un rato de tranquilidad. La ocasión propiciaba una conversación sosegada y prolongada en la que él pudiera resolver sus dudas, sus preocupaciones, su recelo y hasta su insomnio. No era cuestión de un gesto de presencia concreto y preciso. Pero aun así era imposible echarlo de su cabeza. Luis seguía siendo el último pensamiento de la noche y el primero del día; había reemplazado por completo a Cesáreo.

Cuando se cumplían catorce días sin noticias de Luis comenzaron las dudas, le parecía imposible que pudiera prescindir de hablar con ella, de saber cómo estaba, de escuchar su voz. En definitiva, de expresar los sentimientos que ella misma necesitaba exteriorizar. ¿Tan difícil era llamar desde el extranjero? Estaba en Francia, no en un país lejano, subdesarrollado y sin medios de comunicación. De hecho, su prima Benigna la llamaba a menudo y ella le correspondía del mismo modo. Si hubiera un teléfono donde localizarlo… Cuando a las tres semanas seguía sin noticias, Bertha comenzó a inquietarse; pensó que le habría pasado algo. Le parecía imposible una desconexión voluntaria tan prolongada, por decisión propia, intencionada. A su vez el miedo comenzó a hacer mella y empezó a preguntarse si realmente se habría excedido confiando en él o si las dudas eran fruto de su imaginación. Sin embargo, no sabía adónde llamar ni a quién consultar. No tenía ni idea del lugar donde trabajaba, no le había facilitado un número de teléfono, no conocía a ningún amigo ni familiar… La ignorancia era dueña del hombre de su vida.

10

El tren llegó a la Gran Estación de Francia a su hora. Un trasiego de gente yendo de acá para allá con bultos y pesadas maletas ocupaban los andenes. Se mezclaban los grupos de personas que aguardaban para tomar el ferrocarril y los que se dirigían rumbo a la salida, donde se agolpaban viajeros y enseres. Ahí, entre unos y otros, estaba Bertha, ansiosa, esperando a Benigna con un ramo de petunias rosáceas, las flores favoritas de ambas. La vio a lo lejos, en el penúltimo vagón, cargando su pesada maleta; Benigna era incapaz de viajar con un pequeño hatillo, aunque fuera un viaje de dos días. Desde la lejanía ya se apreciaba su porte, similar al de Bertha, con su impecable atuendo, siempre el apropiado para la ocasión. Pantalón elástico cogido dentro del zapato en tono gris, jersey fino a juego y un chal estampado en la misma gama. Su maravilloso bolso marrón, la envidia de cualquier entendido, combinaba con un cómodo zapato plano, un tanto masculinizado, muy parisino. En cuanto estuviera a un metro, justo antes del abrazo, Bertha podría percibir su olor, un exclusivo perfume, el mismo durante años. Estaba aún más delgada, joven y atractiva que cuando se vieron por última vez. Las dos poseían los genes de la familia paterna, ojos rasgados, pelo castaño tirando a pelirrojo, hueso pequeño, estatura similar, finas, delicadas, casi coetáneas. En realidad, un lunar en el lado izquierdo del labio superior, del que Benigna presumía, era, en ocasiones, el signo distintivo. El parecido era tal que podrían pasar por hermanas mellizas y, de hecho, de pequeñas las solían confundir cuando se encontraban juntas en algún lugar en el que a ninguna conocían. Provocaba la sorna familiar el momento en el que aterrizaban en Mahón, donde veraneaban, y los lugareños, de un año para otro, olvidaban quién era quién y, al pronunciar el nombre de alguna, se quedaban con el «Be…» en la boca, sin continuar por temor a equivocarse. En esos pensamientos estaba cuando Benigna aligeró el paso en el mismo momento que la divisó. Al alcanzarla, la abrazó con fuerza. Y el perfume de su prima la envolvió.

—Qué alegría verte. Pero qué guapa estás —exclamó Benigna.

—Y tú también. Vaya ropa francesa tan maravillosa, y con ese tipazo…

—Calla, no seas pelotillera. Recuerda, seguimos teniendo la misma talla. Ya verás tu modelazo. Como un guante te va a quedar, marcando pecho y cadera. Cuando esté colgado en tu percha, ¡locos se van a volver los hombres nada más verte!

—¡No me asustes, prima! No será muy atrevido, espero. Estas francesas, en ocasiones, usan modelos muy descarados. Tú ve desnuda por el paseo de Gracia y verás cómo te miran. Bueno, te detienen.

Las dos estallaron en una carcajada. Juntas, esa risa tonta, tan ausente en el día a día de Benigna, surgía con facilidad. Alegres y divertidas, anduvieron del brazo hasta encontrar un taxi. La maleta de Benigna pesaba bastante, y Bertha la ayudaba con el resto de los bultos.

—Te he traído *navettes*, ¿recuerdas? Aquellos bizcochos perfumados con flor de azahar que devorabas en tu último viaje a Marsella. Si se guarda uno durante un año, trae buena suerte, al menos eso dicen por ahí.

—Buena suerte, prima, no sabes cuánto la necesito. ¡Qué bien, *navettes*! —Hizo a la vez un sonido de placer, como si ya las estuviera deleitando—. Qué ricas, estoy deseando volver a catarlas con un buen té. Pero esta vez tomaré solo dos... o tres..., como mucho. ¿No querrás verme con barriga, gorda y dejada, como esas a las que nadie mira aunque lleven puesto el modelazo ese...?

—¡Anda, ya! Déjate de tonterías. En Francia todos tomamos estas pastas y seguimos finos y delicados —dijo Benigna desternillándose. Comenzaron a charlar, como de costumbre, de asuntos intrascendentes. Que si un cotilleo de Grace Kelly y Rainiero; que si la nueva moda francesa; que si un recuerdo de Cesáreo... Luego, la conversación adquiría profundidad y entonces era cuando confesaban sus males, sus preocupaciones, sus padecimientos.

Benigna entró en casa de su prima como si nunca hubiera salido. Era el piso de sus tíos, lleno de recuerdos íntimos y entrañables. Lo recordaba desde niña, con sus padres, jugando al escondite con su prima; se conocía todos los recovecos. Dormía en la habitación cuya ventana asomaba al patio de luces, la que consideraba suya; al principio, de niñas, la compartían.

Aunque, nada más adentrarse, Benigna se quedó quieta un segundo, dos, tres... Admiró los muebles, las fotos, los rincones señalados por la luz que atravesaba las cortinas. Suspiró con nostalgia desde la misma puerta del salón comedor, impasible junto a la maleta, en un suspiro que contenía una exhalación profunda, como si quisiera vaciar en sus pulmones el aire de toda la habitación. A la vez, apuntó:

—Siempre me ha gustado tu casa, prima. Es tan acogedora... Se respira paz y tranquilidad. Veo que sigue todo igual. No has comprado nada nuevo. El paso del tiempo a veces es tan cruel... Si yo añoro a menudo a tus padres, no me puedo imaginar tú...

Bertha sintió un pequeño vacío en las entrañas, pero sonrió.
—Apenas cambié nada. Solo los cojines del sofá, estaban muy raídos.
—Es verdad, me gustan mucho los nuevos, son alegres.
—Di mejor que están alegres. Ahí se sentó Luis...
—¡Pero qué dices! ¿El chico...? Sí, Luis, algo comentabas en tu última carta. ¿Ha entrado en casa? Cuéntame ahora mismo quién es. ¿Me lo vas a presentar?
Bertha levantó las cejas y lanzó un bufido.
—Pues sí, aquí sentado. En esta esquina del sofá. Ahora está en Francia. De hecho, unos meses atrás estuvo en tu ciudad un par de semanas. Pero veo difícil eso de presentártelo, porque hace un mes que no sé nada de él.
—¿En Marsella? A lo mejor me está buscando a mí y por eso aún no ha regresado —dijo Benigna mientras estallaba en una sonora risotada.
—No te burles, prima. Debió de regresar hace semanas. Estoy preocupada. —La idea de que algo malo le hubiera ocurrido rondaba a todas horas por la cabeza de Bertha. En el fondo, una causa del silencio involuntario era lo que ella necesitaba para seguir creyendo en él—. Aunque también es probable que haya cambiado de idea o conocido a otra persona... Es muy extraño... Estábamos tan bien, incluso hizo alusión a la boda.
—¿Boda? ¡Tú, casada! Al final me vas a adelantar. En estos últimos años no he tenido ni un solo pretendiente, ni en Mahón ni en Marsella. Bueno, miento, el año pasado en Menorca... Pero fue un coqueteo sin importancia, no lo volví a ver. Por cierto, también se llamaba Luis.
—Anda, será porque no has querido —dijo Bertha, zarandeándola con un pequeño empujón de su mano en el hombro.
—Es verdad, aunque tampoco he tenido una buena oportunidad —respondió con las cejas y la mirada hacia arriba, como intentando recordar momentos inexistentes.

—Mañana te sigo contando. Es tarde y madrugo. Me voy a acostar, no tengo apetito. Si quieres tomar algo, hay queso y fruta en la nevera.

—No, gracias. He comido un tentempié en el tren y no tengo hambre. Los viajes me trastornan el estómago. Me voy también a dormir. ¿Desayunamos juntas mañana?

—Si quieres madrugar, sí. Recuerda que mi desayuno es muy tempranero, a las seis y media.

—Es una hora perfecta para mí. Así te veo y me sigues contando.

—Que descanses, Benigna. Buenas noches.

—Buenas noches. Que sueñes con Luis —apostilló Benigna con zumba.

Bertha se fue a la cama con una sonrisa bailando en el rostro; su prima la acompañaría toda la noche. La soledad anidaría mientras en otro lugar. Además, cuando amaneciera, un espoleado desayuno requeriría su presencia. Así era Benigna, un animado torbellino que llenaba el hogar familiar de cercanía y felicidad. Sin embargo, una vez que apagó la luz, el pensamiento viajó raudo a Francia, de vuelta con su Luis. ¿Lo habrían detenido al descubrirle alguno de los libros marxistas que leía? ¿Estaría en un aprieto y no era oportuno contactar con ella? Y así toda la noche. Una pregunta y otra y otra más…; todas quedaban ahí, en el aire, sin respuesta. La grata presencia de la prima no era bastante alegría para aplacar la oscura sombra de Luis. Aunque lo intentó, poco ojo pegó esa noche.

Amaneció y un agradable aroma a café colombiano llenaba la casa; la mesa puesta con todo detalle, dos tazas de porcelana francesa y, como le gustaba a Benigna, un suculento desayuno: tostadas con tomate, aceite de oliva virgen, zumo de naranja natural y las deliciosas *navettes*.

—Qué maravilla, prima. Ni en el mejor hotel de Europa nos prepararían un desayuno superior.

—Ayer se hizo tarde y no deshice la maleta. Este juego de porcelana es tu regalo. ¿Te gusta? —dijo Benigna, agarrando la cara de Bertha con ambas manos y apretando con fuerza.

—Me encanta, necesitaba uno. Me acordaré de ti cada mañana. Tú siempre tan detallista. Qué porcelanas tan delicadas hacen en Francia. ¿Sabes una cosa? Me apetece muchísimo volver a Marsella.

—¡Pues dicho y hecho! Querida primita, anímate el próximo año. La primavera es la mejor época. En Semana Santa me quedaré allí, esta vez no iré a Mahón. Puedes animarte y pasarla conmigo. Te llevaré a sitios para ti desconocidos: el castillo de Saint Jean, el palacio del Faro… y las procesiones desde la catedral de Notre-Dame de la Garde, donde hay una impresionante escultura de nueve metros de la Virgen y el Niño. Lo pasaríamos en grande, primita. Venga, anímate, por favor.

—¡Qué tentadora oferta! Hoy mismo voy a empezar a ahorrar para el viaje.

—¿Ahorrar para qué? El billete de autobús vale treinta pesetas y en casa no tienes ningún gasto.

—Sí, es cierto. Pero, ya que estoy allí, me gustaría comprarme algún recuerdo y algo de ropa de esos diseñadores tan caros. Algún vestido atrevido, como los que llevan las francesas, a ver si así se fijan en mí más chicos.

—Pero si ya tienes a Luis. ¿O no?

—Pues no sé, prima. No sé si lo tengo o no lo tengo. —Cuando pronunció esta frase su gesto se tornó serio y casi se atragantó. Benigna captó enseguida el mensaje de angustia.

—Ay, Dios, el amor, qué complicado es el amor. ¿Sabes qué? Estoy traduciendo un libro muy complejo, en un francés antiguo. Me está costando Dios y ayuda avanzar hoja a hoja. Quiero regresar con el libro terminado. Tenlo claro, yo he venido a verte, no a danzar por la ciudad. Estos quince días voy a cuidar de la casa y de ti. Tú solo déjate querer. A ver si consigo hacerte olvidar a ese chico que, por lo que me cuentas, no es muy formal.

—Como quieras, Benigna. Yo encantada de dejarme mimar —apostilló en un tono más tierno de lo habitual, como solicitando atención y cariño. Al punto, observó un objeto extraño que reclamó su atención—. ¿Qué es esta bolsita de terciopelo rojo? —dijo mientras cogía una especie de saquito pequeño, de tela exquisita, atado con unos cordones dorados y depositado sobre la mesa.

—Son las llaves de las casas, prima, la de Mahón y la de Marsella. He pensado que deberías tener un juego, por si las moscas. Así, si me ocurre algo, podrás entrar y recoger mis enseres personales. Eres mi heredera, ya lo sabes. Además, a la casa de Menorca podrías ir en cualquier momento si tuvieras unos días. Hay barco casi a diario y vuelos con mucha frecuencia.

—Qué tonterías estás diciendo. Te guardo los juegos de llaves, pero no para ir a amortajarte, sino para visitarte y poder entrar si no estás en la casa. Tú también eres mi heredera y lo seguirás siendo en tanto que no tenga hijos.

—Pues eso no tardará, si ese tal Luis se anima.

—No digas tonterías, aún es pronto para ser madre.

—Bueno, bueno… Además, tener un juego de llaves te da un rango de propietaria. ¿No crees? Aunque esté en casa, podrás entrar sin llamar.

—Hay dos juegos —señaló Bertha, extrayendo los llaveros del saquito y examinándolos.

—Sí, dos, con tres llaves. ¿Lo ves? Una, la pintada de rojo, es la de la cancela y las otras dos son de la puerta de entrada a la vivienda. ¿Recuerdas la casa de Marsella? Y de estas, la grande es de la puerta principal de la casa de Mahón y las otras dos del patio y del lavadero. Seguro que también las recuerdas.

—Sí, prima, me acuerdo perfectamente. Las dejo en el primer cajón de la cómoda. Si ocurre al revés y vienes tú en mi rescate, que sepas dónde están. Te daré también un juego de esta casa.

—Por cierto, Bertha, debo arreglar unos papeles y necesito legitimar mis documentos de identidad. ¿No habrá un notario cerca de aquí? —dijo Benigna, con signos de preocupación por tener que pedirle un favor a su prima.

—Sí, claro. Al lado del juzgado hay una notaría. Conozco al oficial. Déjame la documentación y esta misma mañana, a la hora del café, me acerco.

—¿En serio? Me haces un favor bien grande...

Bertha le dio un beso en la mejilla y cogió los papeles.

—A cambio de esta vajilla tan bonita, poco favor me parece.

El camino hasta su trabajo, esta vez, se le hizo más corto. Su mente vagaba de un lado a otro. Tan pronto estaba con Luis, sin saber dónde, como con Benigna, rememorando el suculento desayuno tan distinto al rutinario. En ocasiones, le pesaba vivir sola; se había planteado pedir una excedencia y pasar una temporada larga en Mahón o en Marsella. En este último lugar podría mejorar su francés y, ¡quién sabe!, era probable que a Luis le fuera más fácil permanecer en una población francesa. Pero esa posibilidad la había desechado; tal vez más adelante, con el trabajo más consolidado y algunos ahorros adicionales. A pesar de seguir sin noticias de Luis, esa mañana, sería por la compañía de la prima, se notó más animada y casi sin percatarse —en ocasiones el trayecto de su casa al juzgado se le hacía demasiado largo— estaba en su mesa examinando el primero de los expedientes.

Cuando Miguel entró, Bertha comprobó su mala cara, como si llevara varios días en vela.

—Buenos días, Miguel. ¿Cómo estás? Te noto cansado.

—Es verdad, Bertha. He dormido muy mal. Los pensamientos no me han dejado en paz en toda la noche —comentó mientras se pasaba la mano por la frente, como eliminando un sudor inexistente.

—¿En qué pensabas? —preguntó preocupada.

—Más tarde, cuando salgamos…

Pero los dos estaban poco locuaces, notaban una atmósfera inoportuna. Continuaron su trabajo hasta la hora del receso. Acudieron juntos al Ciudadela, como siempre, pero esta vez con un silencio más profundo, más desgarrador. Una vez allí, ocuparon su mesa habitual. El camarero conocía a la perfección la consumición de cada uno. La sirvió sin preguntar. A Miguel su café cortado con la leche fría y una tostada con mantequilla. A Bertha su café largo en taza pequeña, pero sobre todo solo; nada le asqueaba más que el olor de un café mezclado con leche.

—Bertha, ahora más que nunca necesito respuestas, aclarar lo ocurrido en tu vida. Justificar ese afán de volcarte siempre con algunos detenidos. Por favor, dímelo de una vez. Nuestras pequeñas hazañas se están complicando. —El tono de Miguel era angustioso, serio. Transmitía un nerviosismo inusual en él.

—¿Qué quieres decir, Miguel? ¿Complicando? ¿Alguien ha descubierto algo? —dijo ella, contagiada por la preocupación que Miguel exteriorizaba.

Miguel era un libro abierto. Desconocía el disimulo, la apariencia, la mentira. Cuando se veía obligado a actuar de esa manera, luego enfermaba del esfuerzo.

—Venga. Explícame ese tremendo secreto del que nunca quieres hablar. Necesito saber la verdad para aquietar mi mala conciencia.

Bertha notó un nudo en el estómago, pero a la vez advirtió la gravedad de la situación. No supo si serían los ánimos renovados insuflados por Benigna o si se trataría de otra cosa, pero una fuerza interna la incitó a sincerarse con Miguel. A contarle la verdad acerca de la muerte de su hermano Cesáreo. Se lo debía. Al fin y al cabo, él la había ayudado a superar no pocos obstáculos. Carraspeó y se enderezó en la silla.

—Está bien. Ya te hablé en alguna ocasión de mi hermano; estaba casado, era notario en Ripollés y parecía el hombre más feliz del mundo. Es una triste historia, muy triste, con una fecha que tengo clavada en el corazón: el 29 de febrero de 1965. Ese día, de madrugada, sonó el teléfono. Era mi cuñada. Llamó desesperada, desolada, para comunicarme que mi hermano Cesáreo había muerto. No me dijo nada más. Tomé un taxi y llegué a su casa lo más rápido posible. Allí estaba don Germán levantando el cadáver. Con anterioridad, la policía había encontrado en la chaqueta de mi hermano un sobre con mi nombre, y don Germán me lo entregó.

—Sí, me lo contaste, pero creí que fue una embolia causada por un accidente. ¿Qué hacía allí don Germán?

Antes de responder, Bertha volvió a tragar saliva, a aclararse la garganta. Por momentos se notaba incapaz de continuar. Cada vez que rememoraba aquel trance luego necesitaba un tranquilizante. Su cuerpo y su mente... aún no habían asimilado lo ocurrido. Todavía, en ocasiones lo relacionaba con una pesadilla a punto de desvelarse. Cogió fuerza, hinchó los pulmones y prosiguió.

—No, Miguel, no fue ninguna embolia. Esa es la versión oficial. La verdad solo la saben don Germán, el secretario, el forense y el fiscal. Todos juraron guardar el secreto. Mi hermano murió de una paliza, y aún ahora seguimos sin saber el autor.

—¡Qué me dices, Bertha!

—Cuando llegué, don Germán, en un apartado, me describió cómo habían encontrado en la chaqueta de Cesáreo la carta dirigida a mí. En ella me pedía perdón y me confesaba su homosexualidad. Además, manifestaba que ese y no otro era el motivo de que Carmina, mi cuñada, no pudiera engendrar un hijo. Pero no te vayas a creer: Cesáreo nunca engañó a nadie, ni mucho menos a Carmina, ni se aprovechó de ella. Simplemente se dejó llevar por lo que impera en la sociedad. Se casaron vírgenes, sin saber nada de la vida. Con el tiempo, Cesáreo comprendió que no podía amar de todas las formas a su mujer, aunque le tuviera un cariño y un afecto inmensos, de hermana. A pesar de todo, llevaban una vida compartida y sincera. Carmina lo entendió, lo asumió y aceptó participar de una complicidad e intimidad que ya quisieran para sí muchos matrimonios heterosexuales. Ella nunca experimentó lo que era un amor apasionado, por ese motivo tampoco lo echaba de menos. Vivía plácidamente, con una buena situación económica, sin sobresaltos. Eso sí, renunciando a tener hijos, cosa que a Carmina tampoco le importaba tanto… Mi hermano Cesáreo era incapaz de hacer el amor con una mujer y la enfermedad de ovarios de mi cuñada era una forma de disimular ante la sociedad, de acallar habladurías.

Miguel escuchaba atento y con serenidad. Respiró hondo y negó con la cabeza.

—Ahora me explico muchas cosas, Bertha. Tu hermano debió de sufrir muchísimo en vida.

—Según la misiva, nunca tuvo pareja estable, a pesar de haberse enamorado. Acudía, según contaba en su carta, de vez en cuando a una sauna de dudosa reputación. Allí conoció a un chico que le fascinó y poco a poco se fue enamorando; con él quedaba a menudo en lugares discretos, lejos del pueblo o en el apartamento donde vivía. Pero ese malnacido, sin nombre ni dato alguno que permitiera identificarlo, contrató a un tercero con la finalidad de hacerles unas fotos cuando se encontraban en el dormitorio, en la intimidad. Según parece, en la habitación contigua había un agujero o un artilugio ideado a propósito con esa finalidad. Un día se las enseñó, el hijo de la gran…, y perdóname por la expresión, Miguel; había ideado un chantaje para sacarle todo el dinero posible. Lo extorsionó, lo amenazó. ¡Pobre Cesáreo! Debió de sufrir mucho, mucho... y en soledad. Ya sabes, los notarios gozan de una buena reputación, amén de oficinas muy rentables. Este indeseable conocía bien esa circunstancia y le fue pidiendo dinero y más dinero a cambio de que esas fotos no salieran a la luz. Parte de sus ahorros se consumieron en ese soborno.

Miguel, cogiéndola por el hombro y acercándola para sí, le mostró su complicidad. Las lágrimas inundaban los ojos de Bertha.

—Qué impotencia siento. ¿Por qué no te lo contó a tiempo? Podrías haberte desahogado conmigo y yo hubiera hablado con el comisario principal, y tal vez hubiéramos podido dar con ese granuja.

—Dudo mucho que el comisario se hubiese prestado a intervenir en un asunto tan delicado sin haber detenido a Cesáreo.

—Seguramente llevas razón, pero pasar ese calvario él solo... Pobre; sigue, por favor.

—Por lo que explicaba en su carta, el maleante cada vez le exigía más dinero, tanto que ya empezaba a resentirse su economía familiar. Incluso su mujer, Carmina, comenzó a pedirle explicaciones sobre el destino del dinero. Mi hermano no podía soportar más la presión. El día de su muerte había quedado con el tipo ese para entregarle una suma importante de dinero a cambio de las fotos. Dejó una carta escrita porque intuía el peligro. No puede haber otra explicación.

—¿Qué pasó luego, Bertha?

—Mi hermano apareció en su casa, muy tarde, sobre las doce de la noche, casi sin poder andar, con un fuerte dolor en el estómago y sin pronunciar palabra. Su mujer lo ayudó a meterse en la cama y llamó al médico. Le habían dado un golpe muy fuerte en el estómago, lo habían reventado por dentro. A pesar de ello, aún tuvo fuerzas para coger la moto y llegar hasta su casa, pero al poco se derrumbó. El médico que acudió al domicilio no certificó la causa de la muerte y llamó a la policía. Ya sabes, Miguel, los trámites que suelen hacerse en esos casos.

—¿Y no supieron quién era ese hijo de la gran puta?

—No. Tanto don Germán como la policía intentaron hacer averiguaciones para identificarlo, pero no consiguieron tener más datos que los contenidos en la carta. Preguntaron por la sauna y otros lugares reservados que frecuentaba mi hermano, pero todo fue en vano. Las diligencias finalizaron con un sobreseimiento provisional por falta de autor. Como sabes, si se averiguara algo más, se reabriría, pero el paso del tiempo lo hace cada vez más difícil.

Bertha se derrumbó; no podía contener el llanto y se echó en brazos de Miguel, que trataba sin éxito de consolarla. Entre sollozos, continuó:

—Quería mucho a mi hermano. Era mi gran apoyo, lo echo de menos cada día de mi vida. Desde niños teníamos una relación muy intensa; era mi confidente, mi amigo del alma, mi apoyo incondicional. Tapaba todas mis travesuras. Podía confiar en él. Era divertido y me animaba a formar una familia. En ocasiones repetía: «Hermanita, a ver si pronto te casas y nos das sobrinos».

—Vaya trago, Bertha. Con las explicaciones que recibí cuando murió tu hermano, no podía sospechar nada parecido —argumentó, compungido.

—Sí, Miguel, esa fue la versión oficial. Como ocurrió a una hora tan intempestiva, los vecinos ni se enteraron. La comisión judicial fue muy rápida y discreta. A la mañana siguiente, mi cuñada comunicó el fallecimiento de su marido a causa de un accidente. La realidad quedó dentro del juzgado y nunca ha salido de allí.

—Y tu cuñada, ¿no leyó la carta?

—No. El juez no lo permitió, dijo que debía quedar bajo secreto de sumario. Carmina jamás volvió a preguntar por ella.

Al tiempo regresó a su Galicia natal y, según las últimas noticias, está de nuevo a punto de casarse.

Un silencio poco común se apoderó de la mesa, acostumbrada a oírlos hablar hasta el agotamiento día tras día alrededor del café. Bertha sintió escalofríos. Ya no le quedaban lágrimas. Se estiró las bolsas de los ojos y se pellizcó los mofletes, forzándose a sonreír. Miguel la miraba con compasión y ternura.

—Lo siento muchísimo, Bertha, ya lo sabes; yo siempre estaré aquí, contigo, a tu lado para lo que necesites, siempre. Y cuando repito siempre es siempre.

Bertha lo sabía, lo sabía de verdad. Y estaba muy agradecida por ello.

—Se nos ha hecho tardísimo, Miguel… —dijo, pero se acordó de pronto de algo—. Pero ¿por qué me has preguntado hoy por mi hermano? ¿Ha pasado algo?

Miguel ahogó un suspiro.

—Sí, Bertha, el caso es que sí, ha pasado algo y grave. Ayer cuando te fuiste vino el fiscal y empezó a hacer demasiadas preguntas sobre alguno de los detenidos puestos en libertad. Dijo que pasaría a última hora de esta mañana para hablar con don Abundio. Hasta ahora no ha recurrido ningún auto, pero, por lo que dio a entender, va a empezar a hacerlo con todos los que se apartan en demasía de la aplicación rigurosa de la Ley de Vagos y Maleantes.

Fue como si un hierro frío le atravesara el estómago. Bertha tragó saliva y se esforzó en mantener la calma.

—¡Dios mío, Miguel! Esta es la peor de las novedades. Pensé que ese dichoso fiscal iba a concursar y nos abandonaría pronto. Hace año y medio manifestó su intención de ocupar otra plaza, él es de Sevilla. ¿No comentó la posibilidad de volver a Andalucía? Tiene allí a sus padres y a su prometida, ¿verdad?

—Así es, pero aún no ha solicitado nuevo destino. Si habla con don Abundio y le pide explicaciones, la tenemos liada, y gorda. Estoy asustado.

—No pensé que el puñetero fiscal, a estas alturas, siguiera en el juzgado. Nunca ha recurrido decisión alguna de don Abundio. Todos los informes nos los devolvía con su visto bueno. ¿Qué habrá ocurrido?

—Probablemente le haya llamado la atención un auto de libertad, luego otro... Y los señalará para estudiarlos con mayor mesura y al final no le cuadrará tanta libertad ordenada por don Abundio.

Una cosa era relatarle a Miguel la verdad sobre Cesáreo y otra muy distinta verse obligados a confesar un crimen. Los dos amigos caminaron lentamente hacia el juzgado, como si no quisieran llegar.

11

Cuando se encontraban cerca del juzgado, Bertha, aturullada, se desvió para acudir a la notaría. El oficial cogió los papeles de Benigna y, después de intercambiar con ella unas palabras sobre el trabajo y el tiempo, la invitó a recoger la documentación al día siguiente. De vuelta al juzgado, tanto Miguel como Bertha continuaron con su trabajo habitual, como si no ocurriera nada extraño. Por supuesto, no modificaron ni una coma de las órdenes de don Abundio.

—¿Quién redactó el auto 347/67? —voceó de repente alguien a las puertas de la oficina.

—¿Qué pasa? —inquirió Miguel dándose la vuelta.

La funcionaria de turno lo miró con dureza.

—¿Que qué pasa? —replicó la funcionaria a voces—. Pues que a alguien se le ha ido la olla. Este es el tercer auto de esta semana que no concuerda con las instrucciones impuestas por don Abundio.

»A nuestro fiscal le ha extrañado tanto auto de libertad sin motivar o sin fundamentar lo suficiente, y ha preguntado al juez, quien le ha respondido que él no había dado semejantes órdenes.

—A ver, déjame. Voy a comprobar a quién le correspondió y mañana os lo devuelvo —afirmó Miguel, fingiendo con aplomo y calma repasar el documento.

La funcionaria se lo entregó y salió de la oficina con cierto aire de superioridad, como el profesor que caza copiando al mal estudiante que siempre aprueba con nota. Bertha permaneció inmune en su mesa, la cabeza baja, el rictus serio, tecleando sin parar las notas de uno y otro sumario. Sin hablar, ni siquiera mirar a Miguel. Cuando terminó recogió su mesa y salió. El juzgado quedó vacío.

Al llegar a su casa se topó con una Benigna más risueña y parlanchina que de costumbre. Sin saber el motivo, comenzó a recordarle travesuras de niñas, cuando juntas organizaban algún zafarrancho que luego Cesáreo ayudaba a esconder. Pero de inmediato notó el nerviosismo de Bertha, su ensimismamiento; no atendía, concentrada solo en una preocupación. Hasta el punto de que, en un determinado momento, no contestó a las preguntas de Benigna, quien profirió un grito:

—¡Bertha! ¿Me estás escuchando? ¡Estás en Babia! ¿Te parece bien la cena que he preparado?

—¡Oh, sí! Perdona. Tenemos un contratiempo en el juzgado, mi cabeza anda revolucionada, pero no te alarmes, más importante es esto —comentó mientras contemplaba en la cocina deliciosos manjares—. Me parece una cena suculenta. Gracias, Benigna.

Por fortuna, la prima no profundizó en el asunto. No le dio mayor importancia. Si bien es cierto que, aunque hubiera preguntado, no habría obtenido información alguna. La cuestión era extremadamente sensible. Nadie, pero nadie, debía percatarse y obtener información. Ahora en el repertorio, además del puesto de trabajo de Bertha y el de Miguel, también tenían un papel relevante la libertad de ambos. ¡Quién sabe! Por ese motivo, a pesar del somnífero antes de acostarse, Bertha oteó el reloj cada cinco minutos.

Al día siguiente, continuó la rutina; Miguel hizo un gesto a Bertha, que salió del juzgado para dirigirse al Ciudadela: era la hora del café de cada mañana. A los cinco minutos entró él. Su cara era un poema.

—Vaya problemón tenemos, Bertha.

—Tenemos, no. Tengo.

—No te pienso dejar sola en esto.

Bertha negó con la cabeza. Había estado toda la noche en vela, dándole vueltas al asunto y comiendo techo. Ni las historias y las alegrías de Benigna la habían distraído. Una cosa tenía clara: solo sobre ella recaería todo el peso de la justicia. No merecía la pena sacrificar a dos. Es más, Miguel poco había tenido que ver, por no decir nada, en la elaboración de las resoluciones; no merecía castigo alguno.

—Mira, si hay algo claro entre nosotros es que, si nos pillan, caigo yo sola. Es absurdo que te incrimines cuando no has redactado ni repasado ni firmado ninguna resolución... Por favor, Miguel, es evidente tu nula participación en este embrollo. Si te ocurriera algún mal, sería peor para mí que mi propio encierro.

Miguel se pasó la mano por el cabello cano y suspiró, mirando a Bertha con resignación.

—Ahora no me queda otro remedio, pasaré por la fiscalía y daré tu nombre. No lo podemos negar, eres la funcionaria que ha redactado los textos. El número te corresponde, no has estado enferma el día de su elaboración ni podemos argumentar excusa alguna para negar tu autoría. Y, si lo hiciéramos, ¿a quién le cargaríamos el mochuelo?

—No te preocupes, Miguel; seguiremos con el plan inicial. Diré que me equivoqué y, si hay otro, diré que también me equivoqué... A ver cuántas pifias han detectado. Si son dos o tres no nos debemos preocupar.

Miguel parecía tan entero como Bertha, pero la procesión iba por dentro y ella también estaba aterrada. Se temía lo peor.

Ese día salieron del bar por separado. Miguel subió a la fiscalía para devolver el documento y dar el nombre de Bertha sin concederle la menor importancia. Por su parte, esta acudió a la notaría para recoger la documentación de Benigna, que dobló con cuidado y guardó en su bolso. Fingiendo normalidad, regresó al juzgado para proseguir con su trabajo; y atareada la encontró el fiscal cuando llegó con cara de pocos amigos y desapareció en el despacho de su señoría. Bertha y Miguel se miraron con gesto de preocupación. Miguel abrió un cajón, sacó una caja de tranquilizantes y, con mucho disimulo, la dejó sobre la mesa de Bertha, quien de inmediato cogió una gragea, guardó en su bolso la caja con el resto, se fue al baño y la tragó con ansiedad.

Bertha atisbaba la manivela del despacho del juez. Permanecía inerte. Hubiera dado lo imposible por saber qué se cocía dentro. Aunque poca imaginación necesitaba para acertar. No le constaba ningún otro asunto que requiriera una reunión a deshora entre el juez y el fiscal. Tras más de media hora se abrió la puerta y don Abundio asomó la cabeza.

—Bertha, pase a mi despacho, por favor.

Amedrentada y temblando, obedeció, sintiéndose incapaz de articular palabra. Don Abundio interrumpió su mirada perdida.

—Bertha, siento comunicarle que estamos ante una comparecencia formal. Como sabe, el secretario, don Carmelo, levantará acta. Debemos hacerle unas preguntas respecto de algunos autos y diligencias resueltos de forma contraria a mis indicaciones y, no obstante, todos con mi firma. ¿Nos podría explicar qué está ocurriendo? ¿Por qué por casualidad todas las resoluciones incorrectas son de su sección? ¿O no es casualidad?

Bertha tenía la mirada hundida en el suelo, incapaz de mirar a los ojos al juez o al fiscal. A pesar de tener la conciencia tranquila y de no arrepentirse de sus actos, era consciente de haber traicionado la confianza de don Abundio, y esa circunstancia la avergonzaba. Por fin consiguió subir la mirada, pero la dirigió a la ventana, como queriendo huir de sus ojos.

—No. No es casualidad, señoría. —Respiró hondo, cogió aire y continuó—: Y es cierto, todas son de mi sección —respondió a la vez que volvía, sumisa, a bajar la cabeza.

—¿Desea la presencia de un abogado?

Bertha dudó. Por un momento sintió que mente y corazón no iban parejos, que la boca se le abría y de su garganta brotaban palabras que no eran suyas. Pero se equivocaba. Sí que lo eran. Negó con firmeza y, sin saber de dónde ni por qué, una fortaleza inusitada se apoderó de ella. Con voz firme, alta, clara y mirando, esta vez sí, a los ojos del juez respondió:

—No, señoría. Contestaré todas las preguntas. No tengo nada de lo que arrepentirme o avergonzarme. Solo siento la parte en la que le he podido defraudar. Pero, por otro lado, me consta, he obrado de forma contraria a las leyes, a unas normas que no comparto ni asumo ni aplicaré nunca con complacencia.

Don Abundio hizo un aspaviento en su silla, miró al secretario en un gesto de complicidad y la escrutó con altivez.

—Vaya. Lo último que podía imaginarme, usted una contestataria —comentó a la vez que elevaba los brazos y dirigía la mirada hacia el cielo.

Don Abundio la apreciaba y no podía disimular su disgusto por la situación. Es más, hubiera hecho lo imposible para que esa silla la ocupara cualquier otro funcionario en vez de Bertha. Cualquiera menos ella. Pero la realidad es tozuda y carente de clemencia.

—¿No pertenecerá a algún movimiento político? —terció el fiscal con aire inquisitivo, al tiempo que alzaba su bolígrafo y dibujaba con él círculos en el cielo, como queriendo señalar la célula clandestina en la que militaba Bertha.

—No, señor fiscal. No pertenezco a movimiento alguno. Me guío solo por mi instinto, mis principios y los valores que me inculcaron.

—Pues cuéntenos, Bertha, qué motivo la ha llevado a infringir la ley, porque es usted buena conocedora de los delitos que ha cometido, ¿verdad?

La tranquilidad se apoderó de ella. Como si el mal trago de un deslucido concierto iniciara los acordes de la coda, sus respuestas eran serenas y, hasta cierto punto, convincentes, acordes con un pensamiento político y unos principios compartidos por don Abundio, aunque aclamados solo en la intimidad.

—Sí, señoría, soy consciente de ello.

—Y dígame, ¿actuó sola o tiene algún compinche en el juzgado?

—Soy la única responsable de los hechos que se me imputan.

—¿Seguro que nadie sabía nada? Tiene usted mucha relación con Miguel, el oficial. ¿Tampoco él estaba al corriente?

—No, señoría. Miguel es mi superior, una persona a la que respeto y aprecio, y, de haberse enterado, no lo hubiera permitido.

Bertha llevaba más de una hora en el despacho de don Abundio. En un determinado momento, ambos, juez y fiscal, cuchichearon. Bertha no pudo escuchar el diálogo, pero sí observar sus gestos, sus expresiones. Eran de angustia y desazón. Era una posición incómoda tanto para el juzgado como para la fiscalía. Desde luego, de haber podido optar, los dos se hubieran inclinado por el más atroz de los delitos, antes de ver a Bertha en esa dantesca tesitura.

Bertha, preparada para hacer frente a todo tipo de adversidades, aunque esta situación la superaba con creces, oía a don Abundio sin escucharlo, intentaba adivinar aquellas frases que con la aquiescencia del fiscal inundaban el despacho. En cuanto entraban las palabras en sus oídos, la congoja se apoderaba de ella y solo conseguía llorar; no era capaz de pensar, de recapacitar, de tomar conciencia de la posición que ocupaba en esa comparecencia. Tan solo después de constatar un cuchicheo entre el juez y el fiscal y de ver cómo don Carmelo, el secretario, rellenaba a mano unos documentos que a Bertha le eran demasiado familiares, se percató de que la decisión estaba tomada. En esa ocasión fue el juez quien tomó la palabra.

—Mire, Bertha, es usted muy buena funcionaria, de las mejores del juzgado, pero los actos que ha cometido son muy graves, y, muy a mi pesar, no me deja más salida que abrir diligencias contra usted por varios delitos. La instrucción correrá a cargo del juzgado correspondiente y, como usted conoce, en el lapso que duren las actuaciones permanecerá suspendida de empleo y sueldo. A partir de mañana no puede volver al juzgado, y, con toda probabilidad, sintiéndolo en el alma, créame, pronto me veré obligado a dictar un auto de prisión preventiva contra usted. De momento, permanecerá en libertad con cargos y comparecencias quincenales, pero no sé por cuánto tiempo podremos mantener la situación.

—Voy a intentar ayudarla cuanto pueda —dijo el fiscal, terciando—. Pero la ley es la ley y debo aplicarla; no puedo hacer distingos. Es muy probable que, como bien señala su señoría, en unos días, con nuevas diligencias practicadas, la fiscalía tenga que pedir su ingreso en prisión.

A las palabras del fiscal continuó el juez, pretendiendo que Bertha tuviera, en ese momento, toda la información sobre su situación personal.

—Y, por mucho que lo lamente y me duela, no podré dictar otra resolución, como le he comentado. Un auto de prisión preventiva sin posibilidad de fianza.

Bertha parecía muy entera para la grave situación del momento, pero era solo eso, mera apariencia. Asintió a las palabras de uno y del otro, solo con la cabeza y mirando al suelo. No tenía duda de la calificación jurídica de los actos que había cometido; al analizarlos se asustó. A punto estuvo de perder el conocimiento cuando volvió a intervenir el juez:

—Bertha, le pregunto de nuevo, ¿actuó usted sola o la ayudó alguien del juzgado?

Bertha reiteró con firmeza:

—Yo sola, señoría. Nadie supo de mis intenciones ni de mis actos. Fue cosa mía de principio a fin.

—Muy bien, hemos terminado. Puede recoger sus cosas e irse a casa. El secretario supervisará su salida del juzgado. Tenga presente que solo puede llevarse lo estrictamente personal —dijo haciendo una señal a don Carmelo para que la acompañara.

—Así lo haré, señoría. Siento lo ocurrido; tal vez algún día pueda explicarle los motivos que subyacen a mi conducta.

Fue cuando salía del despacho cuando Bertha se sintió peor, mareada y tambaleándose, con movimientos desvaídos; solo alcanzó a acercarse a Miguel y musitar: «Debo irme a casa». A continuación, seguida del secretario, se dirigió a su rincón y comenzó a depositar sus cosas en una caja de cartón. Entretanto, Miguel y el resto de la plantilla observaban impertérritos. Intuían que algo grave había ocurrido; con todo y con eso, se mantuvieron simulando concentración en sus quehaceres. A Miguel le costaba mantenerse sereno y a punto estuvo de perder el control. Pero él, precisamente él, era quien más debía disimular. Sin embargo, una actitud distante también llamaría la atención de los demás. Era sobradamente conocida su estrecha relación, aunque lo mejor sería actuar como uno más del resto de la plantilla; no parecía lógico mostrar un total desapego ante tal conflicto en el que la protagonista no era otra que su querida Bertha.

Decidido, enfiló hacia el despacho del juez y llamó a la puerta.

—Señoría, ¿da su permiso?

—Pase, Miguel. ¿Qué se le ofrece?

—Quería pedirle un favor. No sé lo que ha acontecido, pero veo a Bertha muy mal. Me ha comunicado que debe abandonar el juzgado. ¿Me permite conducirla hasta su domicilio? Temo que le pase algo.

—Sí, Miguel. Me parece una buena idea, acompáñela. Está metida en un asunto muy turbio y pasará una temporada sin venir a trabajar.

—Con su permiso, señoría, voy a dejarla en su casa y regreso al juzgado lo antes posible. Gracias.

Miguel preparó un vaso de agua y unos tranquilizantes, sabía la paz que generaban esas grageas en el cuerpo de Bertha. La sujetó con un brazo; le temblaba todo el cuerpo y, sin embargo, se encontraba a punto de desfallecer. Con el otro agarró la caja. El día estaba nublado. Barcelona había amanecido cubierta, como si las nubes también quisieran unirse a Bertha en su duelo. Cuando entraron en el metro, se aliaron con el ambiente taciturno, hermético y con el silencio. Un silencio helador, a pesar del gentío, el chirrido de los vagones y el rumor de las voces.

Al salir de la boca del metro Bertha seguía encontrándose mal. Miguel lo advirtió y se ofreció a dejarla en el interior de su casa, prepararle alguna infusión, algo para comer y dejarla acomodada. Ante tal ofrecimiento, Bertha le confesó que no estaba sola. Su prima Benigna se encontraba con ella y podría cuidarla unos días, hasta que se repusiera. No hubo ningún otro comentario el resto del camino.

Bertha intentó abrir el portal, pero no atinaba. Miguel le echó una mano y, con una mirada cómplice, le entregó sus pertenencias.

—Cuídate, Bertha. Te llamaré. Es mejor que no venga a visitarte. Aguardemos a ver cómo se desarrollan los acontecimientos, y no padezcas a cuenta.

Bertha asió la mano de Miguel y, sin responderle, entró en el portal, atisbando desde la puerta cómo se alejaba cabizbajo.

Subió las escaleras con parsimonia, las fuerzas flaqueaban. Metió sigilosa la llave en la cerradura y abrió con tanta suavidad que Benigna se sobresaltó al verla aparecer.

—Bertha, menudo susto me has dado —afirmó con asombro y mirando su reloj.

No era la hora habitual de su llegada y, para colmo, la vio alicaída, con la respiración entrecortada y una extraña caja de cartón en las manos.

—¿Qué te pasa? ¿Estás bien? Te veo pálida, sin fuerzas. Ven, siéntate. Te prepararé un café y mientras tanto dime algo, cuéntame…

Benigna fue hacia la cocina para poner una buena cafetera. Sabía del efecto excitante que producía en Bertha, solo el olor a café le subía las endorfinas. No obstante, una vez que el aroma invadió la estancia, dejó a Bertha indiferente.

—Toma. Mira qué café tan bueno. Algo muy gordo debe de haberte pasado… Habla de una vez, hija, di algo.

Benigna no sabía cómo actuar. Nunca había visto a su prima en ese estado. Aunque de inmediato se percató de que su actitud era una consecuencia de su mente, no de su cuerpo. Algo gordo, pero muy gordo, le tenía que haber ocurrido. Sin embargo, prefirió seguir indagando.

—¿Quieres que llame a un médico? ¿Alguna persona te ha hecho daño? ¿Qué te sucede?

—Ahora no, Benigna, gracias; solo quiero acostarme. Estoy bien, pero mi cabeza no rige. Mañana hablamos tranquilamente. Ahora déjame descansar, por favor.

—Está bien, acuéstate. Si necesitas algo, estaré aquí, a tu lado. Después de verte en estas condiciones no sé si podré pegar ojo. Nos vendrá bien a las dos tomar unos tranquilizantes. Sea lo que sea, pasará —dijo mientras se dirigía al botiquín a por las pastillas. Le suministró dos píldoras sin tener conocimiento de que ya sumaban cuatro.

—Gracias. Qué suerte tenerte aquí, conmigo, en este brete —dijo Bertha con una voz tenue, casi imperceptible.

—Brete, ¿qué brete? Estoy en ascuas, prima.

—Mañana, por favor. Ahora no tengo fuerzas —dijo a punto de sumirse en un profundo sueño.

Eran las ocho de la tarde y Bertha seguía dormida. Benigna dudó si despertarla para que cenara algo, pero optó por no hacerlo. Sin duda, necesitaba descansar más que ninguna otra cosa. Entre el esfuerzo de su mente durante la declaración, llevar un retraso en el sueño de más de cuarenta y ocho horas, y los medicamentos, Bertha dormía plácida. A pesar de ello, su mente iba a mil por hora y pasaba de un escenario a otro. Igual rememoraba a su padre sentado en el sillón con el periódico entre las manos que se cruzaba Luis —un poco olvidado, inmersa en tanto ajetreo judicial— tomando un café con ella en el Múnich, que aparecía Benigna con la caja de *navettes*. Su cerebro era un torbellino de gente, imágenes inconexas, rápidas y difusas.

A las doce de la noche, Benigna se acercó al dormitorio, Bertha seguía sin modificar la postura. «Con la luz del sol los problemas y las cuitas se apaciguarán», pensó. Se tomó un vaso de leche con galletas y un tranquilizante, cosa inhabitual en ella. Los ansiolíticos le causaban estragos, pero el escenario lo merecía, era desolador. Antes de acostarse volvió a visitar a su prima; seguía profundamente dormida, y la arropó. Luego, ya en su cama, apuró la lectura de un libro hasta que el sueño la venció.

Bertha fue volviendo en sí y en ese duermevela aprovechó para replantearse su situación e intentar trazar un plan: los pros, los contras, los indiferentes, los máximos y los mínimos. Empezó por analizar dónde estaba. Tardó solo unos segundos en alcanzar una correcta composición de lugar. De modo que lo abrevió en una sola frase. «A punto de entrar en la cárcel. Así de claro y así de duro», se dijo. A partir de ahí dedujo cada uno de los posibles caminos por los que discurrir. Descartó de inmediato esperar a que fueran a por ella. ¿Qué le quedaba? Perderse. Ir a algún lugar donde nadie pudiera, de momento, localizarla. Eso sí, el contacto con Miguel debería permanecer intacto. Él y solo él, la única persona en quien confiar. Tomó la inmutable determinación de llamarlo con asiduidad desde alguna cabina de teléfono. Él la mantendría informada de la tramitación de su expediente. Pero esa posición tendría un grave inconveniente: ser una fugitiva. Formar parte de las personas que se hallan en busca y captura. Es decir, no poder dar un paso, no solo por España, tampoco por el extranjero. Un movimiento en falso y, zas, ingreso inmediato en prisión con una condena superior. Además de los delitos existentes se le sumaria el de evasión, incluso el de resistencia a la autoridad y tal vez el de obstrucción a la justicia. No obstante, a pesar de las nefastas desventajas era la ruta más correcta. No había otra. O desaparecía y no ingresaba en prisión o comparecía e iba directa a la cárcel. Y no precisamente a la de Huelva o Badajoz, donde habría contado con buenos compañeros de celda. Una vez que recobró el intelecto, intentó mover el cuerpo. Primero una mano, luego el brazo, a continuación una pierna, otra, hasta conseguir erguirse.

Y entonces, casi al amanecer, intuyó un halagüeño presagio, una intuición, una visión: una desconocida Bertha acababa de ponerse en pie.

12

Debía huir, pero no sabía adónde. Ni tan siquiera podía esperar a hablar con Benigna, a la que ya llamaría cuando pudiera. Lo sabía de sobra, pero no estaba de más recordarlo. Don Abundio era un juez implacable, no modificaría la calificación de los hechos acordada con el fiscal y empezaría por dictar un auto de prisión, en cuyo caso nadie impediría esos años de cárcel, acusada de varios delitos de sobra acreditados. Para colmo de males, tenía su confesión, de suerte que ni el mejor abogado de Barcelona podría salvarla.

Mejor no despertar a Benigna. Acudió a su dormitorio, dormía como un lirón; ni las campanas de la iglesia del pueblo repicando las doce lograrían despertarla. Pero, por si las moscas, Bertha sacó con cuidado una pequeña maleta del armario y metió lo imprescindible: un par de pantalones, una falda, tres camisas, dos jerséis, un pijama, algo de ropa interior y un par de zapatos, sin olvidar su pequeño aparato de radio, diciéndose que sería un buen compañero de viaje. Concluyó guardando en el neceser el cepillo de dientes, la pasta, crema hidratante y algún medicamento de los habituales. Acto seguido, se vistió con ropa cómoda: pantalón, zapato plano, camisa y chaqueta de punto. Quién sabe si refrescaría en alguno de los lugares a los que el azar la llevara. Con presteza, fue a por la cartilla del banco, pensando, en primer lugar, retirar sus ahorros. Sesenta mil pesetas le darían para vivir despreocupada un tiempo. Luego, Dios diría… Pero Bertha no iba a olvidarse de lo más querido para ella: los sellos. Siempre pensó que serían un recurso en caso de apuro, y tal vez había llegado el momento de vender la colección. Abrió la alacena bajera de la que extrajo todos los útiles de cocina allí almacenados, incluso las ollas en desuso y, al llegar al fondo, donde se localizaba la cazuela de los sellos, tan solo encontró polvo. Se quedó quieta, en el sitio, acuclillada frente al armario, con el menaje llenando el suelo a su alrededor. Desconcertada, se preguntó si no los habría puesto en otro sitio. Sin embargo, enseguida desechó tal posibilidad y llegó al convencimiento de que era en ese y no en otro el lugar en donde debían hallarse: la cazuela con tapa donde los había dejado la noche inolvidable que pasó con Luis. Las ideas empezaron a brotar de su cabeza como la lava de la boca de un volcán. Imparables, corrosivas. ¿Cuántos días, cuántas semanas habían pasado ya desde aquella noche inolvidable, romántica y perfecta? Aquella madrugada imborrable hasta entonces e infausta a partir de ese momento.

«Cabrón. Luis es un auténtico cabrón. Con razón no ha dado señales de vida desde entonces. Solo le interesaban mis sellos. Inocente de mí, llegué a creer que me quería», se reprochaba. Dios santo. Jamás imaginó semejante cosa; no solo por la pérdida económica, que no era poca, sino, sobre todo, por los recuerdos sentimentales que los sellos le suscitaban.

En efecto, eran una parte viva de su querido padre, el que le había transmitido el carácter optimista y la resistencia innata para actuar contra la ley de la gravedad. Cuando caía al suelo, una fuerza natural la impelía a ponerse en pie, como si la elevara un resorte.

Bertha terminó su equipaje, acabó de vestirse y puso un cazo con agua a hervir. Un buen té calentito con miel la reconfortaría antes de partir sin rumbo. Mientras se acicalaba, seguía devanándose los sesos acerca de su futuro y ordenando mentalmente las secuencias. «En primer lugar, sacaré el dinero. El banco abre a las ocho; tal vez me convenga coger un taxi y dejar la maleta y los bultos dentro en tanto que hago la gestión. Para cuando salga de la sucursal, serán ya más de las ocho y cuarto. Y ¿adónde voy?, ¿a la estación de tren, al puerto, al aeropuerto?». De repente, abriendo cajones y buscando objetos de valor, se topó con las llaves de las casas de su prima, las de Mahón y las de Marsella, y, en ese instante, se le presentó una iluminación. «Mahón. Ese será mi destino. Benigna me ayudará a organizar mi nueva vida; podré esconderme en su casa y estar acompañada. Además, con lo discreta que es, será mi cómplice; nadie advertirá mi presencia», planificaba mientras organizaba su maleta.

Procurando no hacer ruido, bajó las escaleras apoyando cuidadosamente las puntas de los pies con la finalidad de mitigar el impacto de sus pasos. De esta forma, y con el peso de la maleta, la bolsa y su bolso, los dos pisos que la separaban de la calle se le hicieron eternos. Al llegar al portal, abrió con cuidado y miró hacia uno y otro lado, por si estuviera Antonio. Pero, nada más pisar la calle, quien la abordó bruscamente fue Miguel.

—Menos mal que ya has bajado, Bertha.

—Me has dado un susto de muerte.

—Tranquila, llevo aquí más de media hora. El sereno se ha ido hacia la zona norte. Ya no volverá.

—¿Cómo lo sabes?

—Tengo un amigo que vive cinco manzanas más arriba y se lo encuentra cada día camino del trabajo. Siempre se saludan cuando el sereno ya va de retirada, de modo que no te preocupes.

Bertha estaba confundida. Se alegraba de ver a Miguel, pero, por otra parte, necesitaba alejarse de allí a toda prisa.

—¿Qué haces aquí, Miguel?

—He venido a ayudarte, no puedes volver al juzgado. Además, he cogido el dinero en efectivo que tenía en mi casa para que te lo lleves. No es mucho, son tres mil trescientas pesetas, pero para los primeros días te servirá.

Pararon el primer taxi que pasó por la calle Aragón y subieron.

—Al puerto —indicó Miguel con firmeza, con la idea de que una vez allí ya decidirían el destino.

—¿Al puerto? —preguntó Bertha en voz baja, extrañada de la pericia de su amigo al adivinar el destino final, aunque antes una gestión importante requería su presencia.

—Sí. Al llegar ya valoraremos adónde te embarcas, pienso en alguna ciudad lejana con puerto. ¿No me comentaste algo de una prima en Marsella? Ese podría ser un buen destino.

—Estás en lo cierto, Miguel, pero antes debo pasar por la caja de ahorros para sacar mi dinero; no puedo dejarlo aquí. Más adelante me será imposible presentarme ante una entidad bancaria —le susurró Bertha al oído.

—Llevas razón, Bertha, no había caído en esta circunstancia. Debes sacar todo el dinero de la cuenta —respondió también en un susurro.

—Perdone, por favor: llévenos a la plaza de Cataluña, esquina con el paseo de Gracia; de camino haremos unas gestiones —dijo Miguel.

El viaje transcurrió en silencio, salvo algún que otro comentario liviano de Miguel referido al tiempo. Pronto amanecería y el día prometía ser fresco, con sol y sin lluvia, es decir, uno estupendo, propio de la primavera.

El vehículo se detuvo en la esquina indicada. Miguel abonó la carrera y descendieron. El taxista, como si hubiera intuido algo, les deseó un feliz día al tiempo que les daba la maleta. Para hacer acopio de fuerzas entraron en un pequeño bar y eligieron una mesa discreta, al fondo, donde les sirvieron unos cafés. Por un instante, rememoraron las salidas a media mañana, los dos solos, al margen del resto de los funcionarios, haciendo una pequeña piña. Cuando se apartó el camarero, retomaron la conversación.

—Ahora escúchame bien, Bertha. Una vez que hayas sacado el dinero, debo dejarte en algún lugar donde puedas tomar un medio de transporte. Debes alejarte de aquí.

—Sí, Miguel. Llevas razón, ya he decidido el lugar, pero no quiero compartir con nadie mi destino. Será mejor para ti no saber dónde me escondo.

—Pero ¿estás segura de que es el destino idóneo? ¿Has valorado bien las ventajas y los inconvenientes? ¿Cómo podré localizarte si tengo que hablar contigo?

—No lo sé, Miguel. No me pongas más nerviosa de lo que ya estoy. Ya veré. Iré resolviendo los problemas de uno en uno y a medida que surjan. Recuerda una de mis frases favoritas, «Todo es mucho a la vez». Además, ya sabes, no hay obstáculo que me amedrente. Me conoces bien, Miguel. Saldré de esta, tranquilo.

No dejaban de mirar el reloj con el afán de que el tiempo transcurriera más rápido, pero su impaciencia hacía el efecto contrario. Guardaban un silencio sepulcral que quebró con brusquedad la sirena de un coche de bomberos cruzando el paseo de Gracia. Los dos giraron la cabeza hacia el camión y observaron cómo se alejaba y cómo el sonido de la sirena se iba apaciguando hasta desaparecer. Aún faltaban veinte minutos para las ocho. El nerviosismo se acentuaba. Ninguno era capaz de sacar a colación un tema trivial. A las ocho en punto Bertha entraba en la sucursal y a los diez minutos salía con todo su capital. Miguel andaba ya por su tercer café cuando lo abordó.

—Deberías irte al juzgado y no preocuparte más por mí; si llegas más tarde de lo habitual, llamarás la atención, y no quiero que nos relacionen en esta coyuntura.

—No, Bertha. No te dejaré sola.

Nada más pisar la calle, a lo lejos, vieron un taxi libre y lo pararon. Miguel metió la pequeña maleta de Bertha en el maletero y le estrechó las manos.

—Prométeme que pronto darás señales de vida. Escribe una carta en cuanto puedas, es lo más seguro. No la envíes al juzgado, tienes mi dirección. ¡Ah! Y pon un remitente inventado, tus señas me las pones dentro, en la carta. Que hasta un simple sobre puede cargarlo el diablo. Bertha, promete escribir, por lo menos una vez al mes.

—Te lo juro, Miguel. Mil gracias por todo. Estarás presente en mis oraciones.

—Y tú en las mías, Bertha. Suerte.

—Buenos días, al puerto, por favor —indicó Bertha al taxista girando la cabeza para ver cómo se alejaba Miguel.

No sabía cuándo volvería a ver una cara amiga y la de su fiel compañero le transmitía confianza, paz y serenidad. Las calles le parecían conocidas y extrañas a la par, como si hubiera detalles de la calzada —esquinazos, farolas, letreros— de los que nunca hubiera tomado conciencia. El olor de la ciudad, que entraba por la ventana entreabierta, también le resultaba foráneo. Una sensación nebulosa y un confuso desasosiego invadieron su alma con la incertidumbre de lo desconocido y el temor por lo venidero.

Apresurada, se apeó del taxi y fue a la ventanilla de los billetes. El barco a Menorca aún tardaría en zarpar; mientras, Bertha se colocó la radio junto al oído y buscó un canal de música clásica que la relajara. Al compás de las primeras notas de *Don Giovanni*, se amodorró unos minutos, los suficientes para que su cuerpo recobrara fuerzas. Aquella era la primera gran aventura de su vida, se repetía.

Como si emulara sus innumerables viajes en metro, ocupó en el barco el segundo asiento de la derecha, con la esperanza de que la fortuna no sentara a nadie a su lado. De esta manera podría estirar las piernas, dejar sus pertenencias o recostarse tranquilamente. Acomodada en su asiento, volvió a encender la radio y sintonizó un canal tradicional. Quería estar al corriente de las últimas noticias. Recostada junto a la ventana, apoyó el codo en el reposabrazos e hizo un rollo con su chaqueta de punto, se acercó el transistor e intentó dormitar. Como sentía un ligero picor de garganta, rebuscó en el bolso con la esperanza de encontrar algún caramelo, pero no hubo suerte. De pronto, su mano se topó con un sobre; lo sacó y cayó en la cuenta; era la documentación completa de su prima: pasaporte, tarjeta de identidad francesa, documento nacional de identidad español y sus fotocopias legitimadas por el notario. Vaya trastorno para Benigna. Ahora le tocaría denunciar su pérdida y solicitar un duplicado, aunque también se lo podía enviar por correo certificado a Barcelona, le llegaría en unos días.

Secuencias inconexas, disociadas e ilógicas, pero sorprendentemente razonables para el momento, se arremolinaban en la conciencia de Bertha. De pronto, la radio introdujo una pausa en sus elucubraciones: «En el pasaje Vintro, n.º 7...». Le dio un vuelco el corazón. «Aún no se sabe cómo se originó el incendio que ha afectado principalmente al piso segundo derecha. En este momento se encuentra prácticamente sofocado, pero se desconoce si ha habido víctimas. Seguiremos informando en cuanto tengamos más noticias».

Bertha no daba crédito a lo que estaba oyendo. Como una exhalación, le vino una imagen: el cazo con agua para el té, allí, en el fuego, con líquido suficiente para hervir no más de media hora. El corazón se le aceleró, quiso aferrarse a la esperanza de que Benigna estuviera indemne, pero tal deseo se desvaneció cuando dieron el nombre y los datos de la persona que encontraron calcinada en la vivienda. «Bertha Berzosa, veintitrés años, funcionaria de justicia, única habitante de la vivienda».

Segunda parte

13

Bertha, exhausta, percibía el sórdido y estridente zumbido de los propulsores, la aturdían hasta llevarla al límite de lo soportable. No conseguía distraerse con ningún pensamiento, ni triste ni alegre. Ni el estallido más ensordecedor le haría alejarse de la imagen de Benigna envuelta en llamas. Se estrujó la cabeza pensando qué podía hacer, además de llorar y sufrir por la muerte de su prima. Llegó a una conclusión. Nada. En un intento de evadirse mientras sollozaba sin parar, aunque, intentando no llamar la atención, como la enseñó su madre («¡Es de mala educación provocar ser el centro!»), comenzó a escrutar a los viajeros uno a uno, a analizarlos e inventar, tratar de adivinar sus vidas, sueños y destinos. Eso no era otra cosa que poner en práctica su juego mañanero del metro. Lo único distinto era el medio de transporte, el barco, más excitante y ensoñador que el metro de la ciudad en hora punta. Echó un vistazo a su alrededor y atisbó a una pasajera de unos treinta años, con la mirada perdida, quién sabe si rumiando su culpa sobre lo que debió hacer y no hizo; a su lado, un chico joven, de no más de dieciocho, al que solo en el ademán se le adivinaba prepotencia y altanería. Echó en falta la concentración suficiente para seguir profundizando en el análisis y, además, el gancho, para ella fundamental, de indagar a qué libro concreto dedicaban sus lecturas. Por más intentos, su vista no alcanzó a ver a ningún pasajero con un libro en la mano. Tal vez los hubiera, pero quedaban fuera de su radio de acción.

El sonido constante, monótono y desabrido, el balanceo continuo y repetitivo —a ratos más intenso— creaban una atmósfera cargada y asfixiante que, unida al bombeo, al repique de pensamientos amontonados y de ideas inconexas pululando en la cabeza de Bertha, la empezaban a marear. Decidió salir a la cubierta y una bocanada de aire puro y frío refrescó sus cavilaciones. La fuerte tramontana, húmeda y ensordecedora, la envolvió de improviso. Su atención se vio atrapada por el viento. Al poco, la megafonía del barco dio unas instrucciones precisas: «Debido al fuerte oleaje, queda terminantemente prohibido la salida a cubierta». No tenía más remedio que regresar a su asiento y aguantar. Todavía quedaban tres horas de travesía para arribar a puerto.

De pronto, una mirada clavada en sus ojos hizo a Bertha sentirse incómoda. La responsable la examinaba de arriba abajo; hasta sus zapatos fueron objeto de tal impertinencia. Las dos mujeres cruzaron la mirada; la desconocida sonrió; en cambio, Bertha respondió con un leve rictus en los labios mientras se esforzaba por recordar la ciudad de Mahón, un lugar para ella por explorar sola; siempre lo había visitado con su prima ejerciendo de cicerone. En su recuerdo se le presentaba como una isla tranquila, donde el tiempo transcurría con sosiego. El ambiente de la ciudad hacía gala de una frase que Benigna hizo suya y repetía con asiduidad de tanto oírla a sus moradores: «No passis pena» —no sufras—. «Qué certera», pensó la primera vez que la escuchó, y enseguida la relacionó con otra similar repetida a sí misma con frecuencia: «No padezcas a cuenta. Los problemas se resuelven de uno en uno y a medida que se presentan».

Sin embargo, la realidad es terca y no lograba sacar de su mente a su prima y la parte de culpa en su fallecimiento. Pero ya era demasiado tarde, nada podía hacer para remediar su muerte. En esas eventualidades madre se hallaba presente y se preguntaba cuál sería su respuesta al batallón de incógnitas y preguntas que se autoformulaba. Como si fuera la voz de madre, debía asumir las consecuencias de la tragedia y tomar decisiones. Y siempre, en cualquier situación, sacar el máximo partido sin hacer daño a nadie. Lo importante no son los sinsabores de la vida, sino cómo se afrontan, se decía recordando esa concreta frase de madre. Y, después de mucho cavilar, analizando de nuevo la tesitura de su concreta ubicación vital, empezó a sopesar desde que oyó la noticia una posibilidad: suplantar la identidad de la difunta Benigna. Todos los dioses se habían aliado para estar de su lado: el parecido físico era irrefutable, la edad, la posesión de sus documentos de identidad —además, por duplicado, si contamos con las legitimaciones—, el certificado de su fallecimiento... «Dios mío —pensó—, hasta muerta me serviría de ayuda». Al recordarla, irremediablemente se le empañaban los ojos y se acongojaba. Pero en el fondo la presencia de su prima tenía más incógnitas que certezas. En realidad, se iba a apropiar de una existencia bastante ignorada. Entonces comenzó a interpelarse qué conocía de la vida de su prima. Intentó hacer memoria y rememorar detalles vividos juntas. Recapituló; siempre había llevado una vida espartana, celosa de su soledad, incluso se le conocían aptitudes hurañas. Le molestaba ser reconocida por los vecinos, el quiosquero, el panadero... Solo se relacionaba con su prima. Ambas compartían la falta de trato con el resto de los familiares. Aunque tampoco tenían muchos por tratar, si acaso, algún desconocido primo segundo. Pero, en el supuesto de Benigna, la obsesión por preservar su intimidad había provocado que muy pocos se percatasen de su existencia. Los vecinos no ignoraban lo evidente: en una de las fantásticas casas de la calle Isabel II, desde las que se divisaba el maravilloso puerto, vivía una chica rara, atípica, extraña, excéntrica, maniática... Cualquier calificativo era bueno para definir a alguien que rehuía de esa manera el contacto con sus congéneres. Ni tan siquiera se tomaba la molestia, por cortesía, de corresponder cuando la saludaban. En esa tesitura más de uno, con toda la razón, le había retirado el saludo. Pero con Bertha su actitud era distinta. Era su prima del alma; no una cualquiera, sino su única familia, amiga y confidente, a la que visitaba de tarde en tarde, viajando desde Marsella o Mahón, ciudades entre las que repartía su vida. O al menos esa era la imagen que se esforzaba por transmitir, pues la realidad era muy distinta.

Con un cúmulo de sensaciones conectadas con su prima, se apartó a un lugar discreto de la cubierta, repasó con minuciosidad el contenido de su bolso, cogió su documentación y alguna tarjeta de visita extraviada, lo cortó en trozos pequeños —siempre llevaba encima una tijera— y formó una bola compacta que agarró con una mano. Miró a su alrededor y dejó caer la pelota de papel al agua, cerca del casco. «Ya está», se dijo.

Cuando volvió a entrar, tenía otro aspecto, más decidido, frío y distante, a la manera de su prima; sin embargo, se sentía abatida y solo percibía el peligro ligado a la nueva identidad. «Soy Benigna —se dijo—, no lo puedo olvidar». Entonces, surgió su vena práctica. Era el momento de concentrar esfuerzos, de pensar en nuevas estrategias y planificar pormenorizadamente la mutación.

Bertha, en ese momento, no imaginaba el perverso personaje al que estaba dando vida. Ni por asomo sospechaba nada malvado de su prima. Luego, con el tiempo, el desengaño y la decepción serían los vocablos incrustados en su remembranza. Nadie, nunca jamás imaginó causarle heridas tan profundas, dolor tan intenso ni frustración tan desmesurada. Y todo, lentamente, poco a poco, como si la única botella de agua de ese desierto tuviera una grieta imperceptible.

De momento, no quedaba más solución, era inevitable proseguir con el plan trazado, una metedura de pata inconsciente podría ser fatal, tanto que la llevaría directamente a prisión. Por eso le incumbía una preparación minuciosa, meticulosa, detallista. Ni un solo elemento al azar. Comenzaría por lo más evidente.

Las voces inconscientes constituyen un problema porque son automáticas. Cuando a uno le preguntan por su nombre, no piensa la respuesta, la dice de forma instintiva, porque así lo ha hecho toda su vida y, además, es de los primeros vocablos que aprende un niño. Primero lo chapurrea y luego lo va perfeccionando hasta decirlo de forma entendible. Más tarde ya no se le olvida y a lo largo de una vida son cientos y cientos las veces que responde a la pregunta:

—¿Cómo se llama, señorita?

—¿Su nombre, por favor?

Distintas maneras de decir lo mismo. La tarea de Bertha no era una nimiedad, debía forzar su fuero interno y construirse otra historia de vida. «Mi nombre es Benigna Berzosa. Mi nombre es Benigna Berzosa. Mi nombre es Benigna Berzosa», se repetía una y otra vez. Después de Berzosa decía espontáneamente Gargallo. Pero ahora tendría que seguirlo de Vivas. «Benigna Berzosa Vivas», recalcaba una y otra vez. Ambos nombres de pila comenzaran por la sílaba «Be». No parecía una casualidad. Más bien era una causalidad, pues, entre los gustos compartidos por sus padres, se contaba la poesía de Bécquer, Antonio Machado, Rosalía de Castro o Zorrilla, cuyos versos recitaban con soltura. Para ellos el ritmo, la armonía y las palabras con compás resultaban más gratas al oído. Por esa circunstancia, cuando nacieron sus hijas buscaron nombres sonoros y similares. Al compartir el primer apellido, acordaron buscar dos nombres coincidentes en las dos primeras letras. Y así fue como llamaron Benigna a la primera y Bertha a la segunda, también por el gran cañón, en este último caso. Ese detalle, conocido por Bertha, era aplaudido en la elección de su nombre, pero no en el de Benigna, a quien nunca gustó tal apelativo. Con tantas opciones a disposición de su tío —Begoña, Belén, Beatriz, Betsabé...—, «Tuvo que elegir el más horrendo y encima, en este dichoso momento, resulta ser el mío», pensó Bertha.

Una vez que asimiló en su fuero interno su nuevo nombre, dirigió su atención a la fecha de nacimiento; Benigna era unos meses mayor; había nacido el 26 de diciembre de 1943, fecha que debía grabar a fuego en su memoria. ¿Cuántas veces a lo largo de una vida se menciona el día del nacimiento? «Muchas», se decía. Conque tocaba repetirlo hasta sentirlo como propio. Ningún detalle era nimio; el dominio de los datos del documento de identidad era una necesidad imperiosa. No obstante, algo concreto le causaba una contrariedad especial. En el apartado profesión ahora figuraría «sus labores». «Hay que fastidiarse, después del esfuerzo para obtener mi plaza de funcionaria —se dijo—. Qué agobio tan grande. Tranquilidad. Todo es mucho a la vez», pensó, echando mano de nuevo de una de sus expresiones preferidas. Pero también le inquietaban otros asuntos cuya resolución desconocía: el cuerpo de su prima, ¿dónde la enterrarían?, ¿quién habrá asistido a su funeral?

Pegada a la radio, seguía pendiente del incendio del pasaje Vintro que, con un fallecido, destacaba entre las noticias de alcance. «Intervino el juez de guardia para proceder al levantamiento del cadáver carbonizado», anunciaban. Al tratarse de una persona muerta en extrañas circunstancias, era primordial indagar, entre otros extremos, si el fuego había sido intencionado o fortuito.

Miguel se enteró del trágico suceso de la misma forma que Bertha, por la radio, en su puesto de trabajo. En cuanto comunicaron la identidad de la víctima, la noticia del siniestro corrió como la pólvora. «¡Bertha ha muerto!», se oía en los corrillos de la sede judicial. Era indiferente el lugar: por los juzgados, por los pasillos, por la galería central, en los calabozos, en el puesto de la Guardia Civil. Te acercabas y oías a alguien preguntando:

«¿Te has enterado? ¡Bertha se ha muerto!». Y cerca algún agorero añadiendo: «¿Se habrá suicidado? Ya sabéis el futuro que le esperaba. Esas cosas pasan cuando te tomas la justicia por tu mano». Y entonces comenzaban las críticas despiadadas hacia Bertha, el apaleamiento del indefenso. «Se creía impune, como era la predilecta de don Abundio… Pues mira de qué le ha servido», decía uno. «Yo estoy segura de que se ha quitado de en medio, con el marrón que dejó en su juzgado. Vaya brete para el secretario, quien, en definitiva, vela por la pulcritud de las resoluciones. Y parecía tan modosita. ¿Sabéis si tenía novio? Porque para el mozo, también, vaya papelón», contestaba otra. «Qué insensata, ya podía haberse matado de un modo más sereno, más tranquilo. No sé, tomándose un tubo de pastillas, por ejemplo, y no arriesgando la vida de sus vecinos. ¿Y si el fuego se extiende por el edificio? ¿O cae algún objeto incendiado a la calle? Podría haberse llevado a alguien por delante. Menos mal que el fuego no fue más allá. Porque yo, vamos, estoy seguro de que se ha suicidado. A ver qué dice la autopsia», comentaba alguien. «Pues qué quieres que diga el informe del forense, que murió calcinada. ¿Qué va a decir? Pareces tonto. Ahí el quid de la cuestión es si el fuego fue accidental o bien ella misma lo prendió, se tomó cualquier pastilla y a dormir. Ahora los bomberos tienen muchos medios para averiguar cuál fue el origen del incendio, ya lo sabremos en su momento». Y así uno tras otro. Todos sabían, todos daban su opinión y todos hacían leña del árbol caído. Solo cuando veían acercarse a Miguel, serio y alicaído, paraba el cuchicheo. Era pública la amistad entre ambos y se corrió la voz de que era él quien representaba a la familia en esos momentos. Aunque nadie se atrevía a formularle pregunta alguna.

En efecto, Miguel, en cuanto oyó en la radio el nombre de Bertha, pidió permiso al secretario, cogió un taxi y a los diez minutos ya estaba en la casa. Se presentó ante la policía, explicó que Bertha no tenía ningún familiar cercano y se autoproclamó representante de la familia. De inmediato tomó las riendas del asunto, tal y como Bertha supo con posterioridad.

Tras marcharse los bomberos, Miguel dio un repaso al piso, llamó a la aseguradora y puso a salvo los muebles, los enseres y la documentación que se habían librado del fuego. Al día siguiente, al salir del juzgado, se ocupó de adecentar la casa con la ayuda de una limpiadora pagada de su bolsillo. Y, por último, llamó a un carpintero, reparó la puerta que los bomberos habían destrozado, encargó una cerradura nueva y cerró la vivienda. También organizó el funeral, al que asistieron, junto con el personal del juzgado de Bertha, el fiscal y el forense de este, algunos funcionarios con un par de jueces de otros juzgados y varios abogados. Miguel, siempre tan eficaz, solicitó al Registro Civil un certificado de defunción de Bertha, con la finalidad de adjuntarlo a las diligencias penales. De esta forma, el juez se vería obligado a dictar un auto de archivo por fallecimiento de la autora responsable del delito. Después, localizó el testamento y comprobó que la única heredera era una tal Benigna. Enseguida ató cabos. La muerta era la prima, que debía de ser de su mismo porte y edad. Miguel recordó que, cuando acompañó a Bertha a casa, esta le anunció la presencia de su prima y pronunció el nombre de Benigna. Estaba perplejo; tantas horas juntos, tantos cafés compartidos, tantas intimidades al descubierto, y de Benigna tan solo conocía el nombre y su existencia. Nada más.

Miguel se hallaba confuso. Sabía que el cuerpo encontrado en la casa no era el de Bertha, sino el de Benigna. Pero el forense, tras completar la autopsia, certificó su fallecimiento. Para Bertha, tal resolución era insuperable: provocaba el archivo de su incriminación. Demasiadas coincidencias llevaron al forense a la confusión: era la única habitante y dueña de la casa, a la hora del siniestro se encontraba en el piso y concordaban, por añadidura, la edad y la estructura del esqueleto. A todo ello se unía el conocimiento por el juez de guardia de la situación ilegal de Bertha; por tanto, no sería extraño aventurar un suicidio. A pesar de los indicios, si se hubiera investigado con más celo su armario, sus objetos personales, el tamaño de la cama y de la habitación, se habría llegado a una conclusión: el cadáver no yacía en la habitación principal. Era evidente que en la vivienda existía una habitación principal, por lógica, la de la única moradora del piso, y otra secundaria para invitados, donde se halló el cadáver, pero los investigadores no cayeron en la cuenta o no dieron importancia a esa tesitura.

Por otro lado, Miguel quiso descartar por completo el fallecimiento de Bertha; por ese motivo, investigó si ese día se había producido algún otro incendio, y no había sido el caso. El camión de bomberos que observaron mientras tomaban café aquella mañana fatídica se dirigía a casa de Berta. A Miguel no le quedaba otra, debía centrarse en saber algo más de la tal Benigna, la heredera, y, desde luego, volvió a razonar, lo mejor para Bertha en la delicada situación en la que se encontraba era la muerte legal.

Dentro del barco, el ambiente cargado no desaparecía con las pequeñas bocanadas de aire fresco que se colaban por la escotilla. La condensación actuaba como un somnífero. «La próxima vez, aunque me salga mucho más caro, cogeré un camarote», pensó Bertha. Al poco rato, las máquinas enlentecieron su potencia; con el mar en calma el barco se deslizaba suavemente y apaciguaba el espíritu de la muchacha, quien contemplaba el panorama, divisando a lo lejos algunos navíos y disfrutando de ese relente grato y oloroso. Situada en la popa, atisbaba tierra firme a derecha e izquierda, como si unas fauces enormes estuvieran a punto de engullir la embarcación. Ya había comenzado la maniobra de entrada en el puerto de Mahón, la tierra parapetaba por completo los flancos de la embarcación. Fue entonces cuando los motores desaceleraron aún más su marcha y apareció una visión de ensueño: a la derecha, S'Altra Banda, casitas que besaban el mar con los pequeños *llauds* amarrados a su vera. Y casi se podía tocar, junto al barco se alzaba el islote del antiguo Lazareto. Poco después, a la izquierda, en lo alto, Mahón, una ciudad dibujada a través de la silueta de sus casas, unas más señoriales, otras más sobrias. En el puerto hormigueaba un permanente trasiego: entradas y salidas a las cocheras, sillas de la noche anterior, los pescadores y algún bañista tempranero junto al Club Marítimo. Bertha, entretanto, disfrutaba de la maniobra de aproximación, aunque su mente no podía abstraerse y solo deseaba llegar a la casa, acostarse y, si fuera posible, despertar al cabo de unos años.

De pronto, una viajera que estaba a su lado, la misma que la había intimidado con anterioridad, puso fin a su ensimismamiento.

—Maravillosas vistas, ya queda poco —exclamó, deseosa de pegar la hebra.

Sin embargo, Bertha se encontraba ausente, deleitándose con las rocas y los pinos de S'Altra Banda. Aunque había oído el comentario, se demoró en contestar.

—Sí, preciosas; en unos diez minutos atracaremos.

Y retiró la mirada hacia el lado contrario con la vana esperanza de que la mujer no volviera a hablar, mas, muy a su pesar, esta insistió:

—¿Viene usted a visitar a algún familiar?

—No. No tengo familia en la isla —replicó Bertha con sequedad, sin apartar la mirada del paisaje.

Pero la mujer no daba tregua a su deseo irrefrenable de fisgonear en la vida de su compañera de viaje:

—¿Se va a quedar mucho tiempo? —prosiguió.

Ante tanta insistencia, Bertha se dio por vencida.

—Bueno, realmente vivo aquí desde hace años. Mi nombre es Benigna Berzosa. ¿Y usted? —preguntó fingiendo interés y simpatía.

—Yo vivo en Menorca desde hace quince años. Mi nombre es Marta Riera y soy mallorquina. Encantada de conocerla —dijo mientras le tendía la mano derecha.

—Mucho gusto —contestó sonriente.

Pero Marta erre que erre. Era insistente y parlanchina, y no iba a desistir en su propósito. Finalmente, a Bertha le pudo su buena educación y correspondió al saludo.

—Es un placer conocerla.

—¿Y en qué zona vive? —preguntó Marta.

—En Mahón. Es una suerte tener el puerto tan cerca. Cada tarde paseo y, si hace bueno y no hay viento, me doy un baño o leo un rato. Mi casa está ubicada en el centro de la ciudad, en la calle Isabel II. ¿Y usted, vive cerca? —preguntó Bertha, a quien ya le había entrado el gusanillo de averiguar quién era aquella mujer de aspecto joven, de buena presencia, bien vestida, con un pantalón granate elástico con una goma que recogía el pie, zapato plano a juego, camisa blanca de lino y rebeca a tono. Siempre había valorado a las personas que sabían escoger la ropa adecuada para cada lugar y ocasión, y Marta era una de ellas.

—Bueno, yo resido en San Luis. Lo conoce, ¿verdad? Un pueblecito cercano a Mahón.

Bertha tuvo que inventar e improvisar, porque no le sonaba el nombre del dichoso pueblo, aunque recordaba que el aeropuerto se ubicaba próximo a un lugar de nombre parecido. Con prudencia, prefirió no dar demasiadas pistas y replicó:

—Sí, claro, cómo no voy a conocer un pueblo tan bonito.

—Me vendrá a recoger en coche mi hermano. Por cierto, pasamos por su calle para ir a San Luis, podemos acompañarla. Lleva usted un pesado equipaje y los maleteros resultan muy caros. Puede venir con nosotros, la acercamos en un momento.

—No, por Dios. No me gustaría causarles ninguna molestia.

—¿Molestia? Si son cinco minutos —dijo Marta, dándole una palmadita de complicidad en la espalda.

Se acababan de conocer y a Bertha tanta familiaridad le pareció excesiva.

—Pues, si se empeña, estaré encantada de ir con ustedes. Iba a buscar un maletero y coger un taxi, pero acepto su ofrecimiento.

El puerto de Mahón era majestuoso, no en vano, con sus seis kilómetros de longitud, encabezaba el segundo puerto natural más grande del mundo. Mientras navegaban los impregnaba su fascinante historia, pues había sido espectador principal de tanta conquista y reconquista de la isla. La visión tan próxima de la fortaleza de la Mola, construida bajo el reinado de Isabel II, transportaba a quien la veía varios siglos atrás para imaginar las vidas en esa fortificación. Luego, bordeando la isla del Rey, uno se empapaba de la brisa marina y del olor a salitre. Una especial energía y vitalidad recorría el cuerpo del visitante, como si le infiltraran hierro puro en vena. Era la entrada por mar a una ciudad del Mediterráneo más deslumbrante, o al menos eso pensaba Bertha.

—Ya hemos atracado.

—Sí, vayamos a recoger nuestros equipajes —apostilló Marta—. No se me ha hecho nada pesado el viaje. Qué pena no haber empezado a hablar al inicio. La observé, estaba usted sentada a mi derecha, pero la vi demasiado cansada y tan somnolienta que no me atreví a importunarla.

Reunieron sus pertenencias y se colocaron junto al rumor de la cola, en el grupo de salida. Cuando llegaron a la pasarela, Marta elevó el tono de voz:

—Ahí, mire. Mi hermano Julio. Estará encantado de conocer a una señorita tan guapa. ¿No estará usted casada? —le espetó con una sonrisa pícara y cierto temor de una réplica afirmativa.

—No, no, estoy soltera… —contestó, a la vez que afloraba cierto rubor en sus mejillas.

Marta notó el sofoco y pretendió quitarle importancia.

—Como mi hermano, a sus veintisiete años solo se le ha conocido una novia a la que tuvo la desgracia de perder en un accidente de coche, hace ya tres años. Mejor no se lo mencione. Se enojaría si se entera de mi comentario sobre tal episodio de su vida. Hace lo posible por olvidarlo.

—Lo entiendo perfectamente. Yo también perdí a un ser querido en un accidente de moto, mi primo, tres años mayor que yo. —Hacía mucho que Bertha no hablaba de Cesáreo.

—Qué horror morir tan joven —respondió Marta, mientras se afanaba en localizar de nuevo a su hermano entre el gentío agrupado al final del puente—. ¡Julio, Julio! —exclamó agitando la mano mientras descendía por la pasarela.

—Hola, hermanita. ¿Cómo ha ido el viaje? —preguntó mientras se fundían en un caluroso abrazo. Al contemplarlo, Bertha sintió envidia y nostalgia.

—Muy bien, Julio. Cuánto te he echado de menos. Mira, quiero presentarte a Benigna. Nos hemos conocido durante la travesía. Vive en Mahón, pasamos muy cerca de su casa. ¿Te importa que la acompañemos?

—Encantado de conocerla, señorita Benigna —dijo Julio a la vez que alargaba la mano en un ademán de coger la de Bertha para besarla. Sin embargo, ella no se dio cuenta del detalle y le estrechó la mano.

Subieron al Simca 1000 de color azul, Marta en el asiento del copiloto y Bertha en la parte trasera. Julio guardó el equipaje, comprobó el cierre de las puertas y emprendió la marcha hacia el centro. Por su parte, Marta rebuscó en su bolso, sacó un bolígrafo y un papel, anotó su teléfono y su dirección, y se lo dio a Bertha.

—Para lo que pueda necesitar.

Y a Bertha no le quedó más remedio que hacer otro tanto; escribió en la parte trasera del billete el nombre de Benigna, el número de teléfono y la dirección. Era la primera vez que usaba la identidad de Benigna y sintió resquemor. Notó un sofoco. Con seguridad las dichosas manchitas en el cuello le comenzaban a brotar, pero, como estaba en la parte trasera del vehículo, nadie lo apreciaría. Durante el recorrido, Julio se mostró amable y se ofreció a quedar un día con ella para mostrarle lugares recónditos de la isla, enseñarle a fondo la ciudad o llevarla al cine. No paró de hablar. Le hizo saber que era médico en Ciudadela, donde vivía con su madre viuda. A medida que Julio avanzaba en su charla, a Bertha le parecía cada vez más interesante: un médico, bien parecido, con coche, soltero. Podría ser un buen antídoto para olvidar al ínclito Luis, el *gentleman*. Llegaron, al fin, a casa de Benigna. Julio detuvo el coche y se bajaron los tres, la hermana para despedirse y reiterarle su deseo de volver a verla, y Julio para sacar la maleta de Bertha, darle un fuerte apretón de manos y repetir el mantra de su hermana.

—Los llamaré —apuntó Bertha—, tengan por seguro que lo haré.

14

Y ahí se encontraba Bertha, frente al número 34 de la calle de Isabel II. Abrió la puerta con timidez y entró cautelosa, como si alguien fuera a acusarla de allanamiento de morada. Cerró sin hacer ruido para no perturbar la soledad del inmueble. Dejó sus pertenencias en el recibidor. Nada más entrar notó un tufo, una mezcla de humedad y ventilación deficiente. Recordaba la gran entrada con una estantería blanca, empotrada y profunda, que parecía traspasar al domicilio del vecino. Adentrándose un poco más, se hallaba la «habitación de Bertha», una cama y una mesa camilla provista de brasero, junto a la única ventana de la casa que daba a la calle; una estancia agradable en invierno. Desde ella era fácil cotillear y fiscalizar los movimientos de los vecinos. Luego, prosiguió con la inspección: el cuarto de baño, alicatado de blanco y sin luz natural; la cocina, tan oscura como el baño, con aquella mesa cuadrada de madera, testigo de tantos desayunos. Era allí, cuando Benigna recibía la visita de Bertha, donde se sentaban y confesaban, acompañadas de buen café, las aventuras del día a día.

Al avanzar apareció la estancia más especial. Una sonrisa se dibujó en su cara al contemplar la sala de estar y el comedor que desembocaba en el hermoso y ajardinado patio con vistas al puerto. Entonces, como si un viento huracanado tirara de ella, salió a la intemperie y, tras haber palpado las hojas de un limonero, olfateó sus dedos humedecidos por el néctar, rememoró escenas con su prima, en ese idílico lugar en cuyos rincones reinaban la paz, el sosiego y la armonía. Luego, hizo lo mismo con un naranjo y, al volver la cabeza, avistó un grupo de tamarindos. Y, al fondo, su añorado el mar, su trocito de Mediterráneo arropado por los confines del puerto.

Después de inspeccionar todas las estancias, comenzó a deshacer el equipaje. Hizo hueco en los armarios y colocó su ropa junto a la de Benigna. Algunos de los ropajes de su prima le recordaban las veces que, durante sus viajes a Barcelona, Benigna, con esos trajes, se hacía pasar por ella; o bien iba a la compra con prendas de Bertha, imitando sus andares, su peinado, su tono de voz, e incluso dejaba de usar su perfume para ponerse la colonia de su prima, una a granel barata. Y en esas compras, los dependientes, distraídos, saludaban a la impostora: «Buenos días, señorita Bertha»; Benigna contestaba satisfecha de su éxito y, con esfuerzo, esbozaba una mueca complaciente más propia de su prima. Luego, las dos se regocijaban rememorando esas pequeñas fechorías. «Siempre serás una niña traviesa», le decía Bertha, incapaz de gastar ese tipo de bromas. En cambio, Benigna, si bien aparentaba ser más distante, escondía a una auténtica comediante, provista de una personalidad doble y antagónica. Tanto podía ponerse la piel de un corderito como mudar repentinamente a la del lobo si algo la contrariaba. «Tenías que haber sido actriz, prima. Hay que ver con qué facilidad me imitas». Pero la conducta de Benigna no era consecuencia de una diversión como aparentaba. Benigna sentía pelusilla. En muchas conversaciones dejaba entrever cierta admiración por Bertha, la sentía más lista y más atractiva. Y así era. Bertha siempre había sido mejor en todos los aspectos.

Continuó rebuscando en el armario de Benigna. Acariciaba todos y cada uno de sus vestidos; algunos le eran familiares, otros los observaba por primera vez. De pronto, le pudo la tristeza y se puso a llorar sin consuelo, con la respiración entrecortada, sintiéndose desfallecer. Se acurrucó sobre la cama y agarró la almohada; al poco su llanto empezó a serenarse y se fue aplacando por el sueño. Un buen rato después, al despertar, volvió al trajín de la ropa: una falda, un jersey, una camisa o un pantalón; daba igual, cualquier prenda de su prima le quedaba de molde, incluida la colección de zapatos, ordenados y clasificados en tres columnas apiladas hasta el techo, con una foto del modelo en el exterior de cada caja. Bertha desconocía la posibilidad de atesorar tal cantidad de zapatos, todos de piel y de marca. El azar también les había asignado el mismo número de pie, entre otras características compartidas. Pero, de sopetón, recordó el lunar. Ay, Dios, el lunar tan peculiar de Benigna. No entendía cómo su prima, tan presumida y coqueta, aún lo conservaba. En realidad, no se trataba de un lunar, sino de una verruga. Bertha se sentó en el tocador, aproximó la cara al espejo y comprobó el punto exacto donde se ubicaba el dichoso lunarcillo. Se palpó allí con el dedo varias veces. Debería adquirir tal gesto para tocarse con total naturalidad cuando le preguntaran y ensayar la respuesta pertinente: «Me lo quité en Barcelona hace unos meses. No se nota, ¿verdad?». En el tocador, fisgoneó los cosméticos y demás útiles de belleza, casi todos franceses.

Luego, vio sobre la cómoda libros apilados y marcados con trocitos de papel blanco anotados. Dichas notas unas veces detectaban errores, otras contenían comentarios. Se trataba de un hábito compartido por ambas primas. Junto a los libros, había unas libretas de igual tamaño, pero de distinto color, ordenadas por años; una especie de diario donde figuraban fechas y cantidades indescifrables. Los dos primeros cajones de la cómoda guardaban carpetas con documentos clasificados por asuntos: propiedades, bancos, viajes, correspondencia, etcétera. En el último, aparecieron cartas atadas en bloques y de apariencia antigua. No quedó ni un solo rincón de la vivienda sin examinar; no obstante, allí no había rastro alguno de material relacionado con el oficio de traductora, ni cuadernos transcritos, ni diccionarios, ni una máquina de escribir, ni folios en blanco…

Bertha tenía la intención de heredar el trabajo de Benigna y actualizar su francés, pero, si hacía memoria, no había visto jamás a su prima traduciendo ni en la casa ni en ningún otro sitio. «Tus visitas son sagradas, querida prima; cuando tú estás, me cojo unos días de vacaciones: ventajas de ser tu propio jefe», exclamaba las pocas veces que Bertha se dejaba caer por la isla.

En ese momento, a través de la ventana llegaba el son de la habanera de un vecino cantarín que se esforzaba en alegrar la mañana. A Bertha la melodía la animó para su recopilación de datos sobre la vida cotidiana de Benigna: qué tiendas frecuentaba, cuáles eran sus aficiones, quiénes eran sus amigos, qué libros había leído. La recordaba leyendo, en su último viaje a Barcelona, *Últimas tardes con Teresa*, de Juan Marsé, y a saber qué habría sido del libro tras el incendio. Por lo demás, era como si Bertha estuviera descubriendo el domicilio de una desconocida. Regresó al recibidor y vació de nuevo la cómoda, el primer cajón, el segundo, luego el tercero, esperando con ansiedad alguna pista que desvelara el secreto del verdadero oficio de su prima. El orden era ejemplar y esa circunstancia facilitaba mucho la labor; ningún papel descabalado ni fuera de lugar, cada asunto dispuesto en cajas o sobres atados por gomas. La obsesión de Benigna por el orden no conocía límite. De pronto, atrajo la atención de Bertha una cajita cuadrada de madera, forrada de tela adamascada en tonos rojos. Al abrirla su interior guardaba tres llaveros, dos de propaganda y uno especial, con un sofisticado sistema de apertura en forma de cascabel. Inmediatamente, Bertha identificó uno de ellos, el que contenía una copia de las llaves de su domicilio de Barcelona, de la época en la que vivían sus padres, ya inservibles. Luego comprobó que, del otro llavero, pendía una copia de las llaves de la casa de Mahón. En algún momento le podrían ser de utilidad. Ahora bien, no lograba identificar el más singular, con dos llaves pequeñas y dos de mayor tamaño. Lo sacó de la caja y lo dejó a un lado de la mesa. Asimismo, se topó con sobres usados con facturas, útiles de papelería, pañuelos de seda y un montón de guantes. Sin embargo, no halló ningún otro objeto significativo, tan solo encontró bolsas de plástico y de papel, un par de paraguas plegables y una caja francesa de galletas de latón llena de fotografías, algunas muy antiguas. De inmediato, las fotos despertaron la curiosidad de Bertha; se arrellanó en la butaca más cómoda y, a pesar de ser un poco pronto, decidió servirse una copa de buen oporto y ojear las instantáneas: alegres tardes de juego, celebraciones de cumpleaños familiares, una excursión conmovedora con su prima y sus padres a Linares de Mora. «Si mis padres imaginaran su casa ardiendo y Benigna muerta por mi culpa...». No podía zafarse de la imagen de la tetera con el té esperando el agua y las llamas sin control. «¿Por qué? ¿Cómo pudo suceder?», se lamentaba. No obstante, su pragmatismo pudo con su congoja. Nadie como Bertha sabía respirar hondo y profundo y reponerse. Así, sus pensamientos pesimistas se fueron diluyendo hasta desvanecerse, al tiempo que emergía la Bertha práctica, fría, equilibrada y estoica. Ya restablecida, se quedó tan ensimismada con las fotografías que casi no oyó el timbre de la puerta. Durante unos segundos se paralizó e incluso pensó en no abrir. Pese a su mente tan calculadora, no había previsto una situación tan simple. Se acercó con sigilo a la puerta, apartó la cortinilla de hilo que cubría la pequeña ventana y, al vislumbrar al cartero, abrió con determinación. Al fin y al cabo, estaba en su casa.

—¿Señorita Berzosa? —preguntó a la vez que le tendía un sobre.

Bertha respondió espontánea y con rotundidad: «Sí, soy yo», y de inmediato notó una paz interior. Siempre había sido la señorita Berzosa. Sin embargo, cuando por inercia se dispuso a firmar el certificado, algo la frenó en seco. Con un comentario absurdo acerca del tiempo, intentó ocultar su inquietud y ganar unos segundos.

—¿Me permite que me apoye en la mesa? Firmaría con más comodidad. —Entonces depositó con pulcritud la hoja sobre el mueble del recibidor, con el bolígrafo preparado para trazar lo que se le ordenara, y se esforzó por recordar, aunque fuera vagamente, la firma de su prima. Todo resultó en vano.

—Por favor, señorita Berzosa, ponga también su número del documento nacional de identidad.

En ese instante se le iluminó la tez con una sensación de tranquilidad.

—Perdone un momento, voy a buscarlo; siempre hay dos números que me bailan.

—Pues debería aprenderlo, le será muy útil —le aconsejó el cartero.

«Lleva toda la razón», pensó Bertha, quien podía recitar de carrerilla no solo el número de su carnet de identidad, sino también el de su padre, el de su madre y el de su hermano Cesáreo. Sin embargo, el de Benigna no. Aún no se había ocupado de ese asunto. Copió el número e intentó imitar, con más pena que gloria, la firma de Benigna. Con una sonrisa nerviosa, le entregó el papel y cerró despacio la puerta aferrándose a la manivela, como si temiera que volviera a llamar y la desenmascarara.

Esa inesperada visita le impuso un cometido acuciante: aprender el número del documento de Benigna y practicar la firma. El número era fácil, pero no ocurría lo mismo con la letra tan peculiar y artística de la firma. Bertha recurrió una vez más a su gran inventiva, tomando la decisión de colocarse una férula en la mano derecha, lo que le proporcionaría un margen de tiempo para cumplir con la tarea. «Solo la llevaré un par de semanas. Mañana localizaré una ortopedia y acudiré con la mano vendada». Acto seguido, abrió el sobre y extrajo un tarjetón blanco, lo leyó:

> Con motivo de mi trigésimo cumpleaños, celebro el próximo 22 de mayo un baile en la Cova d'en Xoroi; me gustaría contar con tu asistencia. Salida del autocar de Mahón, a las 22.30 de la noche desde la pensión Roca. Se ruega confirmación.
>
> Francisco Montañés

Buf, tal vez fuera pronto para aceptar una invitación.

Bertha dejó a un lado la caja de las fotografías. «¿Cómo se pueden acumular tantos trastos?», pensó. En el dormitorio, despertó su curiosidad un arcón rectangular metálico con un candado, oculto en uno de los grandes cajones del mueble inglés. Tanteando las llaves sin identificar, acertó a abrirlo con una de ellas. El arcón contenía documentos notariales otorgados por un solo notario. Bertha los fue identificando: varias actas, poderes a favor de un desconocido, la escritura de la casa de Mahón, la de Marsella y el testamento. Entonces le ganó la tristeza al recordar cuando pactaron que cada una heredaría a la otra. Lo que nunca pudo prever Bertha fue que, por azares de la vida, iba a heredarse a sí misma. Qué desvarío. Debía modificar su testamento, bueno, el de Benigna, ya que su heredera oficialmente estaba muerta.

Bertha se acomodó en el balancín, junto a la ventana, con el fin de leer el testamento de Benigna, solo por curiosidad, pues de sobra conocía el contenido. Es más, en una ocasión Benigna le había entregado una copia, pero no había encontrado el momento de leerla ni le había apetecido o interesado especialmente. Esos asuntos eran como una obligación si uno es previsor, quiere facilitar a sus herederos las tareas *post mortem* y ordenar y distribuir su patrimonio. Pero no es un acto alegre ni divertido, ni tan siquiera desabrido, sino solemne. Hay que acudir a una notaría si uno no quiere escribirlo de su puño y letra, y luego confiar en quien lo encuentre y en cumplir con todas las formalidades y requisitos para su validez; esos asuntos Bertha los conocía bien: cuando estaba en un juzgado civil le tocó tramitar la validez de algún testamento ológrafo. Otorgar un testamento no dejaba de ser un acto perezoso, tanto para Bertha como para la mayoría de los mortales. Acudir a una notaría a encargar su redacción y luego volver otro día a firmarlo. Sin embargo, ellas, sin ascendientes ni descendientes, creyeron oportuno nombrarse, de momento, herederas. Bertha recordaba con sorna la pregunta de Benigna.

—Y si luego tenemos hijos, ¿qué hacemos?

Esto provocó en Bertha una carcajada incontrolable. No podía creer la ignorancia de Benigna.

—¿Me lo estás preguntando en serio?

—¡Por supuesto! —repuso enfurruñada—. Y no entiendo a qué viene tanta diversión.

—Te creía, querida primita, poseedora de unas leves nociones de derecho. Esas de andar por casa. Pero, bueno, te doy una clase rápida y elemental: el testamento es la única escritura donde figura hasta la hora, dejando de lado las actas notariales de presencia, claro está. Si ese mismo día otorgas otro testamento posterior vale siempre el último. De modo que, cuando tengamos descendencia, lo cambiamos. Bueno, incluso lo podemos cambiar antes por si alguna de las dos fallece en el parto. Se puede dejar heredero a un concebido no nacido. Fíjate si nuestro derecho está preparado para todas las situaciones.

—Pues gracias, listilla, por tu lección jurídica —comentó Benigna dejando entrever cierto complejo por su evidente incultura legal.

Y en ese momento, venturas de la vida, se encontraba en casa de Benigna a punto de leer su testamento, bueno, en realidad, ahora el suyo. Acomodada en el balancín y saboreando su copa de buen oporto, aproximó a sus ojos el documento con la intención de examinarlo, esta vez con esmero, pero una fotografía se precipitó al suelo. La observó sin levantarse, con una leve inclinación de la cabeza. No era posible. Abrió y cerró los ojos varias veces. Entonces la cogió y la alzó.

«No es posible», se repitió. En ella aparecían Luis y Benigna abrazados y sonrientes.

15

Bertha intentaba no volver a la imagen de la fotografía, pero su afán no consiguió alterar el ímpetu del recóndito sentimiento. Y sí, esa representación regresaba como si de un bumerán se tratara, y, cuanto más presente estaba, más se aferraba Bertha a la esperanza. «¿Y si no es Luis?, ¿y si es alguien que se le parece? Está tomada desde lejos, las caras no se ven nítidas, aunque el parecido es indiscutible», se repetía machaconamente. Pasaban los días y no acertaba a liberarse de la foto de marras. Por otro lado, en un vano intento de no indagar, de diferir el sufrimiento, trataba de recrearse paseando por el lugar. Mahón era una bonita ciudad para descubrir cada día nuevos rincones.

Esa mañana, al regreso de su paseo matutino, desplazó un silloncito de mimbre y una mesa junto a la barandilla del patio, y convirtió aquel lugar en su preferido para tomar el té. Y, allí, entre sorbo y sorbo, inhalando la brisa del mar, se adueñaba de ella una visión placentera, se deleitaba con el ir y venir de los barcos de carga, demasiado grandes para un puerto tan estrecho. Más de una vez se descubría asombrada de que no encallaran. Reposar la vista en el mar constituía su mejor consuelo; sus ojos se perdían en él como los de una muchacha en las pupilas de su enamorado.

Pero ni la inmensa belleza del puerto ni la serenidad y la calma de la isla, donde el *«poc a poc»* —poco a poco— era uno de sus lemas, alcanzaban a apaciguar las turbaciones de Bertha. El empeño en escapar de la realidad y eliminar esa desafortunada fotografía de su cabeza no daba sus frutos. Ahí estaba, manifestándose de repente, mostrándose cuando menos se lo esperaba, y, con esa imagen en la mente, una noche más, se acostó.

Su primer amanecer en Mahón ocurrió temprano. El hábito de madrugar no se pierde nunca; al contrario, más bien se acrecienta con la edad, incluso aunque no se tenga un lugar de trabajo al que acudir o unas obligaciones que atender. Un madrugador se levanta pronto pese a faltarle quehacer concreto o determinado. Le bastaría solo el cometido de contemplar el puerto, el bullir de las gentes, el lento arribar de los barcos procedentes de Barcelona o Valencia, escoltados por gaviotas, atracando sin estridencia, como si no quisieran despertar a la población. Fuera, en el patio, el aroma fresco del mar llegaba sin esfuerzo alguno e inundaba toda la terraza.

Bertha, absorta en el panorama, seguía descubriendo imágenes inéditas cuando un ruido brusco la perturbó. Lo identificó de inmediato; era la puerta de entrada de la casa, que se abría y cerraba de sopetón. Se quedó atenazada. Sin duda, alguien había entrado, pero no se atrevió a girarse. Estupefacta, sin mover un solo músculo de su cuerpo, reconoció otro sonido como de compuerta de bisagras oxidadas. Después, la casa enmudeció. Ya solo se advertía el exterior, el mar, los jilgueros, la sirena de algún barco... Bertha ignoraba quién tenía llaves. Una asistenta, quizá; una amiga o, por qué no, un novio, un amigo o un amante de Benigna... Por su cabeza pasó un sinfín de posibilidades; sin embargo, decidió seguir como si nada, con el primer libro a mano, *Le Droit à la Paresse*, de Lafargue, que tanto la intrigaba. Lo más sabio era esperar. De lejos, sin previo aviso y a través de las paredes, le llegó la voz de una mujer, joven y enérgica:

—Buenas tardes, Benigna.

—Muy buenas —respondió Bertha sin levantar la vista del libro, como si la entrada de esa persona en la casa fuera algo usual.

Enseguida oyó otra vez ese suave chirrido mecánico a sus espaldas. Y quedó a la espera de algo que delatara un acto posterior; no obstante, el silencio empapaba toda la estancia. Bertha, inerte, perdió la noción del tiempo. Cuando ya no pudo soportar más el peso del sigilo y de la angustia, se levantó lentamente, cruzó despacio el patio y llegó al recibidor. Ni rastro de la mujer misteriosa. Luego, deambuló en busca de alguna huella o pista. Nada. Ni un solo vestigio. ¿Dónde se habría metido?, ¿qué hacía en su casa?, ¿quién era?, ¿se habría ido sin despedirse? Solo tenía la certeza de esa extraña aparición.

Turbada por el acontecimiento, salió a dar un paseo por el puerto, sentarse en una terraza y despejar su mente, rociada por la visita. ¿Tendría su prima la casa arrendada? ¿Quién y para qué tendría llaves? Después de no pocas elucubraciones, logró alguna lógica suposición. Era alguien conocido, de su confianza, eso estaba claro; de lo contrario, no la habría saludado sin más. Eso le exigía demostrar naturalidad, no alzar la voz, no alarmarse por su entrada, no modificar sus hábitos y, por supuesto, no llamar a la policía. ¡Ni siquiera era allanamiento de morada! Esa mujer tenía acceso a su vivienda de todo derecho.

Sumida en todo tipo de explicaciones e hipótesis, cada cual más fantasiosa, Bertha se acomodó en la terraza del Club Marítimo, donde servían el mejor café de la isla, y disfrutó de un solo, largo, en taza pequeña, oreada por la brisa del mar. Apenas le quedaba el último trago cuando una joven desenfadada se sentó a su mesa y le espetó un alegre y sonoro: «Buenas tardes, Benigna». Bertha, perpleja, teniendo en cuenta que desconocía amistad alguna de su prima en la isla, solo osó lanzar un «buenas tardes» —eso sí, amable, pero sin poder añadir nombre alguno—. La desconocida había ocupado una silla sin pedir permiso, circunstancia que dejó a Bertha perpleja, y comenzó a hablar sola. «Menos mal que no pregunta», pensó. Parecía dialogar consigo misma, enlazando un tema con otro y exhibiendo un placer especial al juzgar comportamientos ajenos. Dio cuenta de pormenores de mahoneses, sin interés alguno para Bertha, quien asentía con la cabeza, soltaba un ligero resoplido o bien exclamaba un «¡Válgame Dios!». Sin embargo, iba grabando información. La extraña llevaba un buen rato centrada en un solo asunto, la vida de Juan, uno de los farmacéuticos de la cuesta de Hannover o de la calle de Las Moreras, no lo recordaba bien. Recién enviudado andaba tonteando con María Pons, la hija pequeña de los dueños de la fábrica de queso más rentable de la isla. Se la notaba enfurecida por esta circunstancia. Bertha ni deseaba meter baza ni hubiera podido hacerlo. Más de una vez, le costaba hasta asentir. En su larga perorata, repasó la vida y milagros de toda la familia del farmacéutico. También sacó a relucir las fechorías del gobernador, Francisco Sintes, y de su prepotente esposa, la «señora gobernadora», como le gustaba que la llamaran en cuanto nombraron al marido. Entre otros hechos altaneros, contaba la interlocutora, dejó de saludar a los amigos de siempre si estos carecían de poder o dinero. Además, la tarabilla explicó que, el viernes anterior, el matrimonio había estado en Sa Tanca, de San Luis, celebrando el día de Italia; actuaban Los Miki's.

—Pues bien —hilaba la dicharachera—, la pareja llegó tarde y no había mesas libres. ¿Y sabes lo que hicieron? Levantaron a un matrimonio sentado junto a la orquesta en primera fila. ¡Tendrán poca vergüenza!

De vez en cuando, si la joven no se percataba de ello, Bertha colaba alguna pregunta indagatoria sobre algún vecino. «¿Y de qué murió la mujer del farmacéutico? No lo recuerdo». «La fábrica de queso es de varios hermanos, ¿verdad?». «¡Qué buen alcalde es Rafael Timoner! Cómo fomenta la semana de la ópera y la feria de bisutería SEBIME. Es también procurador en Cortes y fundador de Catisa, ¿no es así?». La muchacha, que se lo sabía todo, respondía con suma diligencia. Menos mal que, siguiendo con su retahíla, comentó:

—Pues no oigo el otro día gritar por la calle «Tomasa, Tomasa», y me dije ¿quién me llama ahora? Y ¿sabes quién era? El mismísimo Antoñito, que había regresado a la isla después de estar cinco años viviendo en Gerona.

Bertha suspiró. Menudo alivio supuso para ella. No tenía ni idea de quién era Antoñito, tampoco le importaba, pero, por fin, podría despedirse llamándola por su nombre. Aunque analizando el encuentro desde su sentido práctico, no solo pasó un rato ameno, sino también instructivo. No estaría nada mal quedar de tarde en tarde, hacerse su amiga... Eso le procuraría la posibilidad de introducirse en las costumbres, tradiciones, modas y chismorreos de la ciudad. Así es que no se lo pensó dos veces.

—Tomasa, ¿qué te parece si quedamos cada martes a la misma hora? —soltó, así sin más, un tanto inquieta, y sin capacidad para medir la respuesta continuó—: Para mí este café es el mejor de la isla, lo traen directamente de Colombia, recién tostado, y vaya diferencia con el que sirven en otros lugares, amargo como diente de león. Ya sabes, el café cuanto más amargo de peor calidad es, implica la quema de más bichos o moho. Las brasas le dan ese amargor. El buen café tiende a ser dulce.

—Pero ¡cuánto sabes sobre el café, Benigna! Y la posibilidad de encontrarnos aquí cada martes me parece una excelente idea. Este último viaje a Barcelona te ha transformado. Estás más guapa, con el pelo más oscuro, tu carácter más abierto... Se te ve contenta, más feliz. Recuerda que fui yo quien te propuso quedar de vez en cuando y no sé por qué nunca se concretó.

—Sí, Tomasa, llevas razón. El cambio de aires me ha venido muy bien, necesito afianzar amistades, salir más a menudo de casa. Y eso es lo que llevo haciendo desde mi regreso. Ah, además, te voy a contar un secreto: me he quitado el lunar —confesó llevándose el dedo índice de la mano derecha a la zona superior del labio.

—Es verdad, Benigna, no me había dado cuenta. Ya te notaba algo raro y no sabía qué era. Tu lunar…

—Bueno, también me he oscurecido algo el pelo; aunque me gustaría volver a mi color habitual. Tú que lo sabes todo y te enteras de todas novedades de esta ciudad. ¿Sabes si han abierto alguna peluquería recomendable?

—Sí. Precisamente hace dos semanas inauguraron una frente a la tuya: peluquería Cati. El inconveniente es que, si te ve entrar Isabel, tu peluquera de tantos años, se va a incomodar. ¿Ya no te gusta? Siempre ha sido una buena profesional.

Bertha precisaba indagar, lo más a fondo posible, las costumbres de su prima. Una muda brusca de tiendas, lugares, servicios, personas… sería, cuando menos, sospechosa.

—No sé. Es por cambiar y actualizar un poco el corte. Ya veré, tal vez vuelva y me haga otro peinado. Esta melena está un poco larga.

—Pero, Benigna, ¿qué te ha pasado en la mano?

—Nada importante. Me hice un esguince en el dedo índice y debo llevar una férula un tiempo. Nada más.

Se despidieron con un beso en la mejilla y el firme propósito de encontrarse los martes a la misma hora en el mismo lugar.

Tomasa era una menorquina más a pesar de no haber nacido en la isla, sus padres la asentaron en ese lugar con cinco años. Hija de funcionario de policía y de maestra, a su padre lo destinaron a la comisaria de Mahón, y desde niña tuvo relación con el cuartelillo. Mala estudiante, le gustaba más el cotilleo que las muñecas. En el colegio era la chismosa por excelencia. En ocasiones las compañeras la usaban para extender un rumor falso. Le contaban alguna historia y a las horas ya se había extendido por todo el colegio.

La vida de Tomasa transcurría en las idas y venidas de su casa al trabajo, en la oficina de correos, y en sus paseos cuando no tenía prisa. Algunos la temían y cambiaban de acera. Un simple «Buen día» de Tomasa podía alargarse diez minutos sin ningún esfuerzo. Vivía sola en un piso que había adquirido con el montante de la herencia de su abuela paterna. Su padre, también hijo único, había influido en su madre para que dejara directamente sus bienes a su única nieta. De modo que, sin pagar un alquiler, sin obligaciones familiares, con buena salud y juventud, se permitía más caprichos que la mayoría de sus compañeros o de las chicas de su edad.

A Tomasa siempre le había llamado la atención el misterio que rodeaba a Benigna. De tarde en tarde, no cejaba en el empeño de acercarse a ella con cualquier excusa para intentar hacerse su amiga. Pero Benigna siempre la rehuía con un pretexto.

—Tengo prisa, voy al médico, ahora no puedo entretenerme... —replicaba Benigna a las tentativas de Tomasa.

A pesar de su empeño, nunca consiguió ni tomarse un café con ella. Por ese motivo, cuando la vio ahí sentada, no dudó ni un segundo en aprovechar la oportunidad. Total, un desinterés y un gélido alegato de Benigna era lo esperado, nada perdía por probar una vez más. Pero una grata sorpresa terminó de alegrarle el día.

Bertha emprendió con incertidumbre el regreso. Eran casi las nueve, habían pasado tres horas. «¿Seguirá estando esa enigmática mujer?, ¿por qué tiene llaves?, ¿quién será?». Al llegar, abrió el portal con cautela y no vio nada raro, salvo un sobre sin nombre encima de la cómoda del recibidor. En su interior, cinco mil pesetas en billetes de cien. Por lo demás, la casa en orden junto con un silencio extraño, solo interrumpido por el griterío de unos niños jugando en la calle.

El recelo y la incertidumbre acuciaban a Bertha. El asunto de la dichosa foto de Benigna con el tipo ese tan parecido al *gentleman* seguía flotando en el aire. Además, echaba en falta la rutina, la estabilidad de su vida anterior: del juzgado a su casa, de su casa al juzgado y poco más. Y, para más inri, la desconocida mujer que se paseaba por su casa con soltura y dejaba dinero en pago de no sabía qué.

«Ante la duda, espera», repetía madre. Y eso estaba haciendo, esperar. Aunque sin dejar de lado las tareas autoimpuestas, como el ensayo diario y tenaz de la firma de su prima.

16

Por primera vez, una mañana lluviosa, Bertha amaneció sin pensar en su antiguo yo. El chasquido del fósforo, el cazo, la cocina en llamas eran ya nebulosa. El viento flagelaba las nubes, una fuerte tramontana azotaba la isla, ya acostumbrada a los vendavales. Esos días, el aire solía barrer hasta el firmamento provocando una sensación de limpieza de norte a sur, de este a oeste, y remolcaba a alta mar, terminando por desaparecer el polvo, las briznas, las partículas, los corpúsculos, los malos augurios. Alguno afirmaba que hasta las malas hierbas también desaparecían. Lo pérfido se lo lleva la ventisca, creencia muy arraigada entre los isleños, que veneran su tierra y la consideran glorificada. Ningún menorquín deja de sentir el orgullo isleño.

Y entre vendaval y vendaval, Bertha por fin aprendió de corrido el número de su nuevo documento de identidad y consiguió que la rúbrica fuera un calco de la de su prima. Libre de la dichosa férula, adoptó un porte altivo, seco y distante. Dejó a un lado objetos de bisutería, ropa y perfumes que no eran de su agrado, y seleccionó los zapatos de tacón alto y fino, que calzaba en cuanto tenía ocasión. Bien mirado, disponía de casas, dinero, salud y juventud. No había nada en la isla que no estuviera a su alcance. Tal pensamiento le hizo, por vez primera en su vida, sentirse superior a los demás. Se encontraba a gusto consigo misma y, además, la atracción mágica por la isla se había adueñado de ella. Cualquier asunto vulgar se trocaba en extraordinario si era menorquín: no había mejor sobrasada, ni paisajes más maravillosos, ni puestas de sol más espectaculares, ni campos más bellos. El inicio de ese exagerado entusiasmo por ese lugar se lo inculcaron sus padres y sus tíos, cuando los dos hermanos acudían con sus mujeres e hijas a visitar Menorca. De ahí que ambas primas se hubiesen dejado seducir por los placeres isleños.

Fue en una pequeña cala llamada Rafaelet donde Bertha aprendió a no hundirse en el mar. En Barcelona acudía a la playa en contadas ocasiones; los deberes y las obligaciones cotidianas ocupaban demasiado tiempo. Pero, viviendo ahora en Menorca, podía disfrutar de su gran pasión: nadar en cualquiera de las playas o acantilados. Eso el día que no cruzaba hasta S'Altra Banda. Era puro regocijo cuando se acercaba la hora de sumergirse en el agua. La sensación de ir metiendo el cuerpo, más despacio si hacía frío y de una zambullida si la temperatura era alta, no podía compararse a nada. Bucear en aguas cristalinas y traslúcidas en las que se entreveían las algas, la posidonia, los peces, las caracolas no tenía parangón, un magnífico y exclusivo comienzo del día del que cualquiera podía disfrutar; bastaba solo el deseo de tomar un baño al amanecer. Es más, si uno estaba en alguna zona aislada, no necesitaba ni bañador.

Después del baño que solo perdonaba si se encontraba indispuesta, tenía por costumbre ponerse al día: escuchaba la radio, veía los telediarios y nunca dejaba de leer dos periódicos, *El Alcázar* y el *ABC*. Pero, entre unas cosas y otras, Bertha seguía con la maldita fotografía de Luis y Benigna arrinconada en su mente. Siempre presente. Ahí. No podía demorar la investigación por más tiempo. Pero ¿cómo obtener más información? Por ejemplo, ¿cómo identificar el lugar donde se había tomado la fotografía o el año, o cuando menos la estación?

A medida que la iba analizando se percataba de más detalles y al cabo de unos días identificó el lugar. El puente del puerto de Ciudadela. Y aún fue más allá. A tenor de la vestimenta se diría que se había hecho una primavera o a comienzo del otoño. Pero el año era lo más difícil de concretar, aunque, desde luego, por el aspecto de ambos era reciente, no tendría más de un par de años.

Por fin se acercaba la fecha del cumpleaños de Francisco Montañés y Bertha decidió acudir. En un principio las dudas la asediaban. Pero luego recapacitó. ¿Por qué no habría de hacerlo? No conocía a nadie; sin embargo, aventuró que a ella la conocerían todos. Revestida de una seguridad muy alejada de su antigua timidez, comenzó con los preparativos. Para la ocasión eligió un vestido de raso azul añil, entallado a la cintura y con vuelo. Dudó si era demasiado elegante para un evento en una discoteca junto al mar. La duda duró el minuto que le llevó probárselo. Parecía hecho a su medida y, sin duda, con ese atuendo iban a admirarla. No tardó en encontrar el zapato adecuado, la colección de su prima daba mucho juego. Lo mismo ocurrió con el bolso. Ya solo quedaba la elección del regalo para el cumpleañero, al que no conocía ni de oídas. ¡Qué rabia! Tomasa hubiera podido ofrecer una información muy valiosa. Pero olvidó preguntar. ¿Una corbata? ¿Unos gemelos? ¿Una colonia? Todos eran objetos socorridos. Gustan o no gustan a cualquiera. Al final se decantó por una buena corbata de seda discreta, la apuesta más segura. Emperifollada y regalo en mano, subió a su vehículo y, con tiempo suficiente, salió de Mahón en dirección a la cala en Porter. La Cova d'en Xoroi no era un lugar fácil de encontrar.

En el momento de hacer su entrada en la fiesta no pudo evitar cierto nerviosismo. Y, como no podía ser de otra manera, con quien primero se topó fue con Tomasa. Estaba junto a la puerta, fisgoneando quién entraba, si iban solos o acompañados… De esa forma descubría nuevos amoríos con los que amenizar a Benigna o a quien se le pusiera por delante. Bertha hizo su entrada con una sonrisa que invitaba y predisponía a los demás a conversar. Saludó a Tomasa y aprovechó para identificar al anfitrión.

—¿Dónde está Francisco, que no lo veo? —preguntó como quien no quiere la cosa, y con un gesto significativo, como si la aglomeración la perturbara.

—Ahí lo tienes, Benigna. ¿No lo ves? El de la camisa azul cielo que alza la copa —señaló voz en grito por el alto volumen de la música.

—Ay, sí, Tomasa. Si llega a ser un perro, me muerde. Voy a verlo. Luego te busco y nos tomamos una copa.

Bertha se mezcló con la multitud examinando y sonriendo a todo el que se encontraba a su paso. Por fin llegó hasta el anfitrión. Lo felicitó, le entregó el regalo y se dejó dar un baño alabanzas por parte del supuesto amigo.

—Pero qué maravillosa estás, Benigna. ¡Oh! Bonita corbata. Sigues teniendo un gusto exquisito. Pero ¿qué haces sin copa? Ve a la barra y pide algo. Baile y bebida que no falten —comentó mientras la abrazaba y le daba las gracias.

Cuando se dirigía obediente hacia la barra, oyó una voz.

—Benigna, qué placer verte. Estás guapísima, qué elegante. No me negarás el siguiente baile.

Y era cierto. El garbo de la nueva Bertha se había instalado en todo su ser. Se encontraba guapa y así lo mostraba hasta en el porte. Porque créete fea y vulgar y verás cómo lo vas pregonando en el simple andar.

—¡Qué sorpresa, Julio!; pensaba llamarte, pero desde que llegué de mi viaje ha sido un sinvivir. He estado arreglando papeles de mi difunta prima, ya sabes, qué trastorno. Me afectó mucho su muerte y no tenía ganas de nada. No obstante, como se dice, el tiempo lo mitiga todo y ahora me encuentro más serena, mucho mejor.

—Bueno, el destino ha trabajado por ti, y a partir de ahora no permitiré que dejemos de vernos.

—Claro, Julio, nos veremos muy a menudo.

Cada uno con su copa, se dirigieron juntos hacia los grandes ventanales de la cueva. Apoyados en el murete, se solazaron con la maravillosa vista de un mar que se perdía en el horizonte.

—Benigna, ¿conoces la leyenda de este lugar?

—No. ¿Qué leyenda? No me digas que además de singular esta discoteca tiene historia y hasta leyenda.

—Pues no sé si será legendaria, pero te digo que yo he llegado a creerme la fábula.

—¿De verdad? Uy, me apetece escucharla. Con estas vistas, este whisky y tu compañía, solo me falta una historia bonita. Porque será bonita, ¿o no? —comentó Bertha mientras saboreaba en pequeños tragos el destilado de cereal envejecido en barricas, lo paladeaba e intentaba retener el aroma a leño que le impregnaba las papilas.

—Juzga tú misma. En un tiempo remoto, un moro se enamoró de una menorquina. Pero la familia de la chica se opuso al noviazgo y les prohibió que se vieran. Sin embargo, los enamorados no podían vivir el uno sin el otro. Una noche el moro la raptó y la trajo aquí, a estas cuevas, donde vivían felices. Entretanto, los habitantes de la isla formaron patrullas para buscarlos, sin éxito. Pero un invierno nevó y el moro, como cada noche, al salir a por provisiones, marcó sus huellas en la nieve. Al día siguiente, por la mañana temprano, los dos amantes oyeron pasos. Los lugareños se acercaron hasta acorralarlos. Cuando no tuvieron más escapatoria, se cogieron de las manos, subieron a este poyete y se lanzaron al mar por el acantilado; como verás debe de tener una altura de unos treinta metros.

—Es una historia preciosa, Julio. ¿Crees que será verdadera?

—No estoy seguro, quizá en todo cuento hay algo de verdad, ¿no? ¿En qué te ha hecho pensar a ti?

—Es una forma de morir muy romántica, aunque... Uf, qué vértigo.

Las rocas formaban sinuosidades en el barranco y daban ganas de sentarse en una lisa que sobresalía en forma de mesa.

—Mira esa piedra saliente, como para que se te caiga la cartera e intentes cogerla.

A Julio le hizo gracia el comentario y, justo cuando el mar engullía al sol, dejaron las copas en el poyete y fueron a bailar. El movimiento de sus cuerpos junto con el alcohol y la música los aturdió, y el deseo hizo el resto. Terminaron echados en un rincón, más jocosos de lo habitual y enzarzados en arrullos.

Al día siguiente de la juerga, Bertha recordó su mojigatería, la asaltó el bochorno y el miedo al qué dirán. Recordaba demasiado a menudo la noche que había pasado con Luis y comparaba ambos encuentros. Aunque evocaba unas controladas intimidades con Julio, dentro de la farra, el cachondeo y el bullicio, ella se seguía preguntando. «¿Y lo de anoche?». Dudaba si debía preocuparla. Había sido placentero, divertido, pero poco más. En otros tiempos se hubiera sentido como una furcia; dejarse toquetear y magrear por un desconocido. Pero ya no. Ahora se sentía joven, libre y con ganas de volver a estar con Julio. ¿Sería oportuno marcar su teléfono e invitarlo a la ópera? El viernes estrenaban *La flauta mágica* en el teatro Principal, para ella el escenario más bonito del mundo, más pequeño, con menos planos y espacio detrás del escenario —sobre todo si se comparaba con las fotografías de la Ópera de París que Bertha examinaba en uno de sus libros—, pero ella lo prefería a cualquier otro teatro conocido. No había visto muchos, pero el Principal tenía a gala ser de los más antiguos de España; acogía representaciones de las mejores óperas italianas, francesas y vienesas desde el siglo XIX. Las compañías realizaban allí una representación antes de los estrenos en los teatros del resto de España, tal vez porque su atmósfera era mágica. Aquel telón de boca, las cortinas carmesíes con los dibujos del escudo de armas de la ciudad y las tres musas: la comedia, la tragedia y la danza. «Seguro que Julio lo conoce, ¿será aficionado a la ópera?», se preguntaba. La noche anterior, entre trago y trago, le había hablado de su afición a la lectura: «No quiero sentirme nunca solo, a veces pienso en el placer de morir en un lugar leyendo, sin comer, ni dormir, ni salir. Solo leer y soñar. Leer y soñar, eternamente...». Pero no había mencionado afinidad alguna con la música. Y en esas estaba cuando sonó el teléfono.

—¿Sí, dígame?

—Benigna, soy Julio, ¿cómo estás?, ¿has descansado bien? Porque anoche terminamos un poco chispas, te dejé en casa algo mareada. ¿Conseguiste llegar bien a la cama?

—Sí, sí, llegué bien. ¿Tan mal estaba? Mi recuerdo es grato pero vago. No sé. ¿Tuvimos una actitud escandalosa? Me siento un poco avergonzada —confesó mientras se sonrojaba.

—¿Por qué? ¿Por nuestra actitud en la cueva? —dijo él, restándole importancia.

—Sí —respondió fría y cortante, esperando palabras de sosiego que tranquilizaran su conciencia.

—Ni te preocupes. Cuando terminó la fiesta, la mayoría de los asistentes estaban peor que nosotros. Pero te llamaba para otro asunto —comentó, dando por zanjado el tema anterior—. ¿Te apetece acompañarme el viernes a la ópera? Estrenan...

—*La flauta mágica* —dijo Bertha, adelantándose a sus explicaciones—. Es mi ópera favorita. En realidad, Mozart es mi compositor predilecto. Nada de su repertorio me disgusta. ¡Qué ilusión! Claro que sí.

—Pues entonces perfecto. Ya tengo las entradas. A las ocho menos cuarto en la puerta del Principal.

—Allí nos vemos. Un beso, Julio.
—Un beso, Benigna.

Cuando colgó el teléfono, respiró hondo; no podía estar más feliz. Llena de ímpetu, buscó la ropa que consideró más apropiada para el estreno de una ópera. Se probó uno a uno hasta doce vestidos y otros tantos zapatos; no era tarea fácil. Luego estaban los guantes, el bolso, algún adorno para el pelo, pendientes... Mientras dirimía cómo rematar la indumentaria, y por más distracciones atractivas a su alrededor, la angustia por los asuntos pendientes le impedía dormir, relajarse, concentrarse en la lectura de un libro. Cada día dedicaba unas horas a resolver las incógnitas que reinaban en su vida. De hecho, esa semana recorrió todas las filatelias de Mahón interesándose por adquirir una colección igual a la suya. Lo primero que se le vino a la cabeza fue la posibilidad de que Luis la hubiera revendido. ¿Para qué la iba a querer si no? Y Menorca era el lugar perfecto. La historia de esa colección avalaba esa posibilidad. Hasta el momento las pesquisas no habían dado resultado. Pretendía seguir preguntando primero en Ciudadela y luego en Barcelona. No podía soportar la idea de que el más preciado tesoro de su padre siguiera en manos de ese truhan embaucador.

Situó la maldita foto debajo del despertador. Así, la podía examinar cada noche antes de acostarse y cada mañana al levantarse. La escudriñaba una y otra vez en un intento de captar una nueva pista. Buscó y rebuscó infructuosamente por toda la vivienda. Nada. No halló ni un solo dato más. Pensó en la forma de localizar el nombre completo de Luis, pero no se le ocurría un sistema fructífero sin saber el apellido. De repente pensó en la posibilidad de que la omnipresente Tomasa lo conociera. Tal vez enseñándole la foto. Y así lo hizo a la primera oportunidad, restándole importancia.

—Mira, Tomasa, la foto que encontré ayer entre unos papeles. Creo que es de hace un par de años. No sé si te llegué a presentar a Luis. ¿Lo conociste? Hace tiempo que no sé nada de él.

Tomasa sujetó la foto. Tardó un rato en contestar. Se la acercó a los ojos y puntualizó:

—¿Qué Luis? ¿El que está aquí contigo? Sí. Me lo presentaste en el Casino hace unos cuatro años. ¿No lo recuerdas? Pero se llamaba Carlos, no Luis.

Bertha reaccionó con ingenio y rapidez.

—Sí. Bueno, Carlos-Luis, Luis-Carlos. ¡Qué más da! Eso de los nombres compuestos es lo que tiene.

—No estoy muy segura, pero, fíjate la casualidad, me pareció verlo en misa el pasado domingo —añadió Tomasa.

La misa de doce de la iglesia de Santa María siempre estaba a rebosar. Cada domingo acudían las mismas personas, los más influyentes de la ciudad. En realidad, era un acto social más que una celebración religiosa, a la que asistía, sin excepción, el alcalde Timoner, motivo por el cual se llenaba la iglesia con la única finalidad de saludarlo. Personaje sencillo, humilde, buena persona y magnífico alcalde, gozaba de una excelente estima por parte de los ciudadanos, que a la entrada o a la salida del templo se hacían los encontradizos y algunos hasta osaban pedirle algún favor. Era recomendable, por otra parte, cumplir con el precepto dominical. Y a eso iban muchos, y a nada más: a ver y a ser vistos. Empresarios, autoridades, familias conocidas..., era la ceremonia más concurrida; todos engalanados con sus ropas de domingo, recién bañados y peinados. Y allí estaba también Bertha. Repasando a todos los feligreses, por si acaso Tomasa estuviera en lo cierto. Aunque, conociendo un poco a Luis, sería bastante surrealista cazarlo en una iglesia.

Aquella tarde la ópera se le hizo más corta que nunca. El primer acto transcurrió en un santiamén. Sin darse cuenta fueron pasando las escenas: la huida de Tamino de la peligrosa serpiente, la aparición de Papageno, el enamoramiento de Tamino… En ese instante Julio agarró su mano y ya no la soltó hasta la secuencia en la que empezaba a sonar la flauta; entonces una mirada indiscreta de la vecina provocó la incomodidad de Bertha, que, molesta, intentó zafarse un par de veces, pero tampoco era su intención desairar a su acompañante. A pesar de la noche divertida, distendida y un tanto atrevida de la cueva, no era el momento de comenzar una relación. Demasiadas incógnitas por resolver.

Transcurrieron siete días sin que la enigmática mujer hiciera acto de presencia. Bertha, pendiente a cada instante del regreso de la misteriosa visitante esa mañana, en la que se cumplía una semana de su aparición, amaneció inquieta, como si intuyera que era ese y no otro el día elegido. Se acordaba de la hora a la que había hecho su entrada y miraba constantemente el reloj, comprobando que las agujas pronto rozarían las seis. El momento se aproximaba y el pulso se le aceleraba. Esta vez optó por sentarse en el salón, con un libro, pero sin perder de vista la puerta. Con el puerto a su espalda, la luz natural iluminaba las poesías de Bécquer. Sobre la mesa, la taza de café, el cofre metálico escondido en el cajón de la mesita de noche y un manojo de llaves con el que se había topado junto a los cuchillos mientras preparaba el café. Con el ánimo de hacer tiempo, probó a ver si, por casualidad, alguna de las llaves abría el cofre y, después de tantear con varias, acertó con la correcta. El contenido la desconcertó: sobres iguales, abultados, blancos, cerrados y sujetos por una goma. En el primero de cada bloque se leía, escrito con rotulador verde, una fecha y una cifra. Inmediatamente pensó en el sobre abandonado encima de la cómoda la semana anterior. Las cantidades anotadas eran considerables: quince mil, doce mil, veintiuna mil, ocho mil… Llegó a contar hasta ciento veinticinco mil pesetas. ¡Santo Dios bendito! Una fortuna. Sin pensárselo dos veces, lo cerró y lo llevó al mismo lugar. ¿A qué se debía ese dinero?, ¿por qué no se ingresaba en el banco?, ¿y si no pertenecía a Benigna? Volvió a sentarse a su mesa con el libro en las manos, el café a medio tomar y expectante, sin saber a ciencia cierta si aparecería la inquietante visita; con una de sus rimas preferidas, intentaba calmar su nerviosismo: «Los invisibles átomos del aire en derredor palpitan y se inflaman…».

Fue dar las seis en las campanas de la iglesia de Santa María y oír el ruido de unas llaves, a la vez que se abría la puerta y una joven bien parecida, en tono alegre y cantarín, la saludaba:

—Buenas tardes, Benigna.

Bertha respondió al saludo sin atreverse a mirarla a los ojos. «Mejor no hacer nada», pensó. «Ante la duda, sé impasible», le había dicho madre con reiteración. La mujer, como si estuviera en su propia casa, trajinaba con desenvoltura en el vestíbulo. Bertha continuó con la cabeza inclinada hacia el libro y siguiéndola, a hurtadillas, con los ojos. Vio cómo se acercaba a la librería y la manipulaba, aunque estaba demasiado lejos para percibir dónde ponía las manos y qué artilugios manejaba. Otra vez el chirrido similar al mecanismo de unas bisagras. Pasados unos segundos paró en seco y volvió a reanudarse de inmediato. Algo raro ocurría en su zaguán, pero su perspectiva no le permitía captarlo. Luego, el silencio se apoderó de nuevo de la vivienda.

De puntillas, fue a la entrada y comprobó estupefacta que la joven había desaparecido. Durante un rato examinó meticulosamente la librería, intentando hallar algún pulsador secreto, pero no dio con él. Al mirar su reloj se percató: era la hora de la cita habitual con Tomasa.

Y sí, ahí estaba su amiga, tan puntual y contenta ella, pues había convertido a Bertha en la confidente perfecta, siempre atenta, conforme y aquiescente con sus críticas. Aposentadas con la consumición servida, Bertha en los primeros sorbos de su café y Tomasa con su taza de té con limón, aquella semana la conversación no podía ser otra que la comidilla del momento: la crisis del Banco Comercial de Menorca, el antiguo Banco de Ferrerías. A pesar de haber sido intervenido hacía tres años, los dueños debían esclarecer ante la justicia ciertas operaciones sospechosas y facturas poco limpias. ¿Serían unos estafadores?, ¿podrían justificar el destino del dinero?, se preguntaban. Tomasa, como de costumbre, capitaneó la tertulia, eligió los asuntos y saltó de uno a otro de forma atropellada.

Sin embargo, al poco, Bertha acertó a intervenir con una finalidad: adelantar la hora del encuentro de la próxima semana y estar libre cuando la misteriosa mujer finiquitara sus enigmáticos quehaceres. De ese modo, podría seguirla. Aunque la última vez que adoptó formas detectivescas estas no dieron los frutos deseados, esperaba en esta ocasión una mayor fortuna. Necesitaba imperiosamente alguna información adicional, clarificadora de qué, cómo y por qué se presentaba en la vivienda una vez en semana.

—Tomasa, en dos semanas tengo una cita con mi abogado a las siete. ¿Te importa que adelantemos un poco nuestra tertulia?

—Muy bien, Benigna. Podemos quedar a las cinco, si te parece bien. Lo de ver a tu abogado no será por algún problema, ¿verdad?

—Bueno…

—¿Qué ocurre? No me asustes.

—No sé si te hablé en alguna ocasión de mi prima Bertha.

—¿La de Barcelona?, ¿la que has ido a ver en este último viaje?

—Sí, la misma. Pues ha fallecido.

—Pero ¿qué me dices?, una chica tan joven, ¿no tenía tu edad?

—Sí. Fue horrible. Se incendió su casa y murió quemada.

—Dios mío, qué tragedia —dijo a la vez que miraba al cielo y se santiguaba.

203

—Sí, Tomasa. Un drama. No sabes cuánto he sufrido. Estaba soltera, sin hijos, y soy su heredera; debo arreglar los papeles de la herencia, pedir un certificado de defunción, otro de últimas voluntades y una copia de su último testamento. También debo actualizar mi testamento; ella era mi sucesora, mi pobre prima Bertha. Es mucho papeleo para mí y se va a encargar de ello mi abogado, el señor Pons.

—¿Tenía muchas propiedades?

—No, qué va. Era funcionaria. El piso que heredó de sus padres y algo de dinero en el banco, porque todos los recuerdos de familia se quemaron con ella.

—No sabes el disgusto que me das con esta noticia. Cuánto lo siento. Mañana le dedicaré la misa. ¡No somos nadie!

—Y que lo digas. Buena semana, si no nos vemos antes.

Bertha entró posando los ojos en la cómoda del recibidor, y, en efecto, allí reposaba un sobre; al abrirlo, contó quince mil pesetas y comprendió lo rutinario de esas visitas, consentidas y conocidas por Benigna. Pero ¿por qué y para qué?, ¿qué urdía la tenebrosa joven? Por más vueltas y empeño, no daba con ninguna respuesta lógica, congruente y que encajara en la vida rutinaria de Benigna. Un gran rompecabezas formaba la existencia de su prima. Por más que deseara y conviniera a su salud mental no saber, no averiguar y no indagar, era inviable. No quedaba más remedio que «puzlear» y componer los enigmas. La almohada, su mejor aliada, concluyó y trazó un plan.

Como era previsible, el martes siguiente, a la hora consabida, allí estaba de nuevo la misma misteriosa mujer: vestida con un punto de elegante sensualidad, unas piernas estilizadas remataban en unos altos y finos tacones. Un original sombrero de fieltro oscuro con un pequeño adorno de flores secas le brindaba un porte refinado, y su delgadez, sin ser excesiva, recordaba al estilismo de la mismísima Audrey Hepburn, como diría su fiel Miguel. Bertha dominaba por completo el vestíbulo cuando la mujer saludó como de costumbre, se fue hacia la librería, extrajo un libro y lo depositó sobre otro estante. Súbitamente, mientras sonaba el chirrido, cedió un trozo de la librería, dejando un hueco al descubierto por el que la joven desapareció, y después de volver a escuchar el ruido de las bisagras, reinó de nuevo el silencio. Bertha no podía llevar la mirada hacia otro espacio y, por su puesto, le resultaba imposible concentrarse en la revisión de las carpetas de documentos que tenía sobre la mesa. De forma incongruente, arbitraria y aleatoria, iba haciendo montoncitos en un intento estéril de unir carpetas con los distintos letreros. Con el raciocinio de la organización en otro lugar distinto a su cabeza, fue lentamente recogiendo. «¡Cuánto papel se amontona!», pensó. Ensimismada, pero con los cinco sentidos puestos en el lugar de marras, la librería se volvió a abrir.

—Benigna, ¿qué haces aún aquí? Ya son más de las seis, el trato es de seis a ocho la casa vacía. Guillermo se molestará. No quiere verte por aquí.

El acento inglés de la mujer la sorprendió.

—¡No me digas más! —exclamó Bertha, fingiendo estupefacción—. ¡Ay!, qué despiste el mío. Ya ves, aquí enfrascada ordenando estos papeles, se me ha ido el santo al cielo. Perdón, ya me voy.

Cogió la primera chaqueta que encontró, junto con el bolso, y se marchó. Había tomado buena nota; no podía regresar hasta las ocho. La visitante mencionó a un tal Guillermo. ¿Quién podría ser? Además, el tono familiar empleado delataba que Benigna lo conocía, y bien.

17

Bertha, entonces, haciendo tiempo, paseó primero por los alrededores del Ayuntamiento. Luego se dirigió a la iglesia de Santa María, entró, rezó un par de avemarías y prosiguió su caminata; más tarde se sentó en el bar del Casino y pidió ese café de dudosa calidad. Pero en todo momento, cualquier actividad, por dispar que fuera —mirar escaparates, otear al resto de los viandantes, andar con la espalda erguida, los hombros hacia atrás y el estómago contraído (sabios consejos de madre) o simplemente suspirar atisbando el horizonte—, la llevaba a cabo sin dejar de dar vueltas y más vueltas a lo ocurrido. La actitud de la joven visitante no presagiaba nada bueno. ¿Y el dinero? Tal cantidad obtenida de forma legal... ¿Qué pasaba detrás de esa librería?, ¿encuentros amorosos? La mujer estaba de muy buen ver, incluso tenía ese punto sexy que incitaba la libido de los hombres. Pero esa reflexión tampoco convencía a Bertha.

De regreso entró en el zaguán, sus ojos se iban sin control hacia la librería, que volvió a examinar minuciosamente; sacó los libros de varios estantes, tocó los tablones de madera que la formaban, metió la mano por la parte superior intentando descubrir algún gancho, interruptor o similar..., pero nada llamó su atención. Un asunto más pendiente de resolver. El fardo le abultaba en exceso y la lista se empezaba a hacer inabarcable. Luis —o Carlos—, su relación con Benigna, cuál era el oficio de la prima, dónde se encontraban sus sellos... Cerró los ojos por un momento, se aturdió y a punto estuvo de desfallecer; se apoyó en el brazo de un sillón, consiguió sentarse y apaciguar el peso de la losa adherida a su presencia desde la muerte de su prima. Seguía en la voluntaria oscuridad. «Todo es mucho a la vez», se repetía con insistencia. Necesitaba un rato de reposo, de sosiego, para ordenar las ideas. Acto seguido, cogió un vaso largo de cristal fino, se sirvió dos dedos de su whisky preferido y añadió hielo y agua. «Los primeros sorbos son los mejores», se decía. Siempre relacionaba un buen trago con un buen recital. Esta vez eligió a Beethoven, el *Concierto para piano n.º 5*; le apetecía escuchar una melodía enérgica y serena a la vez. Nada más comenzar los primeros acordes, se dirigió al patio con la bebida. El viento le acariciaba la cara y le alborotaba el cabello. Se sentía libre. Atada solo a los enigmas. Allí, contemplando el puerto, tomó la decisión de esperar, de dejar pasar el tiempo. No podía precipitarse, aún tenía poca información. Una actuación irreflexiva, impulsiva, podía ser nefasta. Por ese motivo maquinó qué hacer cuanto antes, siempre ratificado por su nocturna cómplice, su fiel consejera, su almohada.

Aquel martes a las ocho menos cuarto, Bertha, disimulando su presencia, se hallaba en una de las esquinas, mirando con atención su puerta. Al punto vio salir a un joven con aspecto desenfadado, la camisa por fuera del pantalón y un maletín. Pasados unos minutos, asomó la mujer, que cerró tras de sí la puerta con llave. Presa de curiosidad, comenzó a perseguir a la desconocida. Sin duda, Bertha hubiera sido una fantástica detective si el destino la hubiese llevado por ese camino y la ventura hubiera acompañado la tarea.

A pesar de los altos tacones, a diferencia de Bertha, que, previsora, calzaba zapato plano, el paso de la mujer era ligero; bajaba la pendiente hacia el mar sin perder el equilibrio, pisando con firmeza los irregulares adoquines. Caminaba suelta, ni muy rápido ni muy despacio, sin el más leve tambaleo, con la cabeza erguida sobre el largo cuello. Bertha la seguía con sus bailarinas, ajustando la distancia adecuada para no perderla de vista sin delatarse. Así, una detrás de la otra, enfilaron el último trecho hasta el puerto. Una vez allí, los barcos, atracados en hilera, hicieron el paseo más entretenido. En el primer tramo pequeños *llauds* junto a veleros de poca eslora; más adelante, las embarcaciones aumentaban su tamaño, y hacia la mitad del puerto ya se divisaban naves fastuosas, con la tripulación uniformada deambulando por las escotillas, limpiando, abrillantando o transportando objetos. La mujer se detuvo en seco delante de uno de los yates, se quitó los zapatos, los depositó en una cesta de mimbre, saludó a uno de los marineros, subió peldaño a peldaño, con elegancia, como si estuviera desfilando por una pasarela, entró por la escotilla y desapareció. A Bertha no le quedó más remedio que disimular y pasar de largo; no obstante, de reojo pudo leer el nombre del barco, Medusín, y calcular su eslora, unos veinticinco metros. Prosiguió su camino durante un trecho y volvió sobre sus pasos; así pudo confirmar otras curiosidades de la embarcación: de motor, moderna, de diseño italiano, o al menos eso le pareció a Bertha. En la cubierta trajinaban tres marineros uniformados, de un blanco impoluto, limpiando, abrillantando e incluso colocando primorosamente los cojines de la cubierta.

Entró en el mesón más cercano al atraque; desde la ventana divisaba la entrada a popa. Pidió un café y, como sin darle importancia, como un comentario inocente, por simple curiosidad, apuntó al camarero:

—Bonito barco, Medusín.

—Sí —le respondió, y añadió, sin que Bertha hiciera pregunta alguna—: Lleva aquí unos dos años, sus dueños son ingleses.

Tras semejante testimonio, Bertha prefirió no profundizar, pero siguió con la mirada fija en la embarcación. Al rato salió uno de los marineros y en unos quince minutos regresó con algo de compra. Durante más de una hora, en la que Bertha había estado degustando otro café simulando que leía el *Menorca*, no pasó nada. Cansada y deseando poner en orden los últimos acontecimientos, desistió en el empeño de seguir de vigía y emprendió el camino de regreso.

Durante el trayecto, el pasado volvía sin cesar, muy especialmente rememoraba a su padre en la isla. «Tal vez estuvo andando por esta calle, respiró este mismo aire, se tomó un café en el bar del puerto…». Habían pasado apenas treinta años, muchos para una presencia, pocos para las de todo un pueblo, y pudiera ser que aún siguieran con vida algunos de sus amigos. La Comandancia Naval sería el lugar idóneo para recabar referencias de aquella época. «Y, quién sabe, tal vez incluso me revelen algún dato sobre el lugar donde pueden encontrarse los sellos. El capitán de fragata sabrá de primera mano cómo fue la semana del C-4 en la isla», pensó Bertha.

Al cabo de unos días, Bertha entró en la comandancia con decisión y preguntó al guardia de la puerta por el capitán de fragata. Tras identificarse, tomó asiento y se entretuvo curioseando a su alrededor. «Padre debió de estar aquí; tal vez se sentó en esta butaca, subió estas escaleras una y otra vez y contempló estos cuadros». Un anuncio cortó en seco los pensamientos de Bertha:

—Señorita Berzosa, el capitán la está esperando —informó el guardia, con una voz firme y grave.

—Buenos días, capitán —dijo esbozando una sonrisa.

Mientras, un joven sentado a una mesa auxiliar se levantaba y añadía:

—Si no me necesita, mi capitán, debo atender una conferencia.

Acto seguido abandonó el despacho ante la señal de aprobación de su superior. Era un joven apuesto, moreno, de pelo ondulado, profundos ojos castaños, de unos treinta y pocos años, alto y delgado. El capitán se percató, el joven había llamado la atención de Bertha, y se sonrió, señaló una silla y tomó la iniciativa de la conversación.

—Señorita Berzosa, encantado de recibirla. Usted dirá en qué la puedo ayudar.

—Muchas gracias por recibirme, capitán, intentaré ser breve. Como he anunciado, soy la sobrina del capitán de máquinas Berzosa, del submarino C-4, que, como bien sabe, falleció al zozobrar en el puerto de Sóller. No había ni una sola persona perteneciente al personal naval que no se conociera al dedillo la historia del C-4, su fatídico final, e incluso pudiera citar el nombre y algún apellido de marineros que componían la tripulación y que fallecieron en acto de servicio; estaban de maniobras. Fue un acontecimiento demasiado sangriento, demasiado trágico y demasiado traumático para la marina, la peor catástrofe del siglo.

—Conozco bien la historia, señorita Berzosa; su hundimiento fue un desgraciado accidente, causó tal impacto en el Ministerio que aún perdura. Cada 27 de junio, en esta comandancia celebramos una misa en memoria de los fallecidos, ya es una tradición. A partir de ahora espero contar con su asistencia.

—¡Oh!, claro, capitán. Qué casualidad, yo también conmemoro esa fecha yendo a misa con mi tía y, en ocasiones, con mi prima, cada aniversario; no recuerdo cuándo fui por primera vez, seguramente ni siquiera tenía uso de razón. Al morir mi tía, quedamos solo mi prima y yo. Aun así, el año pasado, a pesar de no residir en la misma ciudad, concertamos una hora por teléfono y escuchamos la liturgia juntas desde lugares alejados.

—Será para nosotros un honor la asistencia a la celebración de un familiar de los marinos. ¡Qué infortunio la muerte de su prima! Lo siento de veras. Oí en las noticias que consiguieron desalojar el inmueble de milagro y que solo falleció ella. En la comandancia causó gran impacto. ¡La víctima, hija del capitán Berzosa! —manifestó, moviendo la cabeza de lado a lado como negando el suceso.

—Sí, fue espantoso, una muerte tan repentina, siendo tan joven y en un absurdo accidente casero.

—Lo que hubiera sido para el capitán Berzosa vivir ese drama… La vida y sus reveses. A él se lo tragó la mar. A su hija la devoraron las llamas. Como le digo, nos impresionó la historia de su prima; tal y como comentaron en los telediarios, se levantó de madrugada, puso un cazo al fuego y, probablemente, se quedó dormida. Dicen que ocurrió muy rápido. También se escuchó que pasaba un mal momento en el trabajo y quizá se tomó un somnífero, pero eso deben de ser habladurías. ¿Sabe usted algo de ello?

—Pues no. No sé nada. Siempre fue muy trabajadora, una funcionaria responsable. Mi querida y única prima —dijo suspirando; con la intención de cambiar de conversación, añadió—: Pero no quiero hacerle perder tiempo con mis angustias. El asunto que me trae es obtener información del tiempo que el C-4 permaneció atracado en la isla. Asimismo, me gustaría averiguar si se quedaron muchos sellos por aquí y si sería posible adquirir algún pliego. Mi prima tenía los que correspondieron a su padre que, lamentablemente, ardieron con ella.

—Me encantará poderla ayudar, señorita Berzosa, será un placer. Si le parece bien, el próximo jueves tendré preparada alguna documentación sobre la estancia del C-4.

—Se lo agradezco de corazón, capitán.

Se despidieron con el tradicional apretón de manos y una leve inclinación de cabeza. Bertha, complacida por la reunión, se ilusionó ante la posibilidad de obtener ulteriores noticias de padre y quién sabe si incluso le proporcionarían alguna pista para encajar su puzle. En ocasiones como esa, recordaba una célebre frase que Miguel hacía suya: «Cualquier persona que no crea en los milagros no es realista».

En cuanto tuvo oportunidad, Bertha siguió con su plan de obtener información sobre todo lo que estaba pasando a su alrededor, y la siguiente fuente a explotar la tenía clara: Tomasa. Y, bajo esa premisa, indagó de entrada acerca del Medusín.
—¿Sabes, Tomasa, el yate al que me refiero? Está atracado en el puerto, por sus dimensiones no puede pasar desapercibido, con sus marineros y…
La mujer elevó las manos y negó con la cabeza como diciendo: «¡No me digas más!».
—Conozco perfectamente ese barco y a sus propietarios, no tienes que darme más datos, pero una cosa te diré: no son trigo limpio. Nunca les han podido pillar en nada ilegal. Pero ella vive aquí sola, el marido por ahí. No sé, no huele bien. Nadan en la abundancia. Además, no entiendo qué pintan aquí. No tienen relación alguna con la isla y viven todo el año en la embarcación, con bastante tripulación. ¿Cuánto cuesta eso? No sé…
—Pues me pidió las llaves de mi casa para hacer unas fotografías del puerto y aún no me las ha devuelto.
—Pero, Benigna, ¿estás loca? Darle a esa gente las llaves de tu casa. Ya estás cambiando la cerradura.
—No puedo. No me atrevo a pedírselas. Le he cogido un poco de miedo.
—Eso te ayudo yo a arreglarlo, ya verás.
Y así fue como descubrió pormenores de la perfecta desconocida: era una inglesa llamada señora Johnson, Susan para los amigos, esposa de un ingeniero, también inglés, que aterrizaba, por lo general, el jueves por la noche y el martes a

primera hora despegaba a Londres, donde regentaba una empresa de construcción con obras repartidas por Europa y América, lo que provocaba sus largas ausencias. No tenían hijos ni intención de tenerlos. Poseían una vivienda confortable y céntrica en Londres, y en ocasiones era Susan la que viajaba hasta allí. Y, además, para colmo, del gran olfato de Tomasa venía un extraño tufo, aunque no sabía bien de dónde ni por qué.

La información proporcionada por Tomasa aclaró algún punto, pero todavía quedaban demasiados misterios por desentrañar. Por qué las reuniones se efectuaban los martes ya estaba claro, y parecía evidente que su marido no era partícipe de fechoría alguna. A continuación, la conversación, o el monólogo, según se mire, derivó por otros derroteros. Bertha le contó su visita a la comandancia y su entrevista con el capitán de fragata y, nada más nombrarlo, casualidades de la vida, resultó que el secretario del capitán era su hermano José, soltero. En esas estaban cuando de repente, los ojos de Bertha se fijaron en un muchacho; se encontraba de espaldas a Tomasa, conversando con un hombre de más edad. Era el mismo que había aparecido el último martes por su casa; tal vez fuera un asiduo. Una oportunidad de oro, la posibilidad de preguntar a un libro abierto.

—Tomasa, ¿sabes quién es el mozo que tienes detrás, junto a la farola? El de la camisa verde claro y la melena. Me lo he cruzado en varias ocasiones y me llama la atención. —Tomasa giró la cabeza e hizo una mueca de desaprobación.

—Pues vaya, en qué gente te fijas, querida. Ese es Guillermo, sus amigos lo llaman Guillem, un conocido camello drogadicto; ha pasado varias veces por la cárcel. Si se cruza contigo, huye como de la peste. Es peligroso. Sigue trapicheando y surte en verano a varios políticos catalanes, peces gordos. Estuvo en la prisión de Palma por lo menos tres años. Fíjate, con lo joven que es, pobres padres... Son personas honradas, un poco bohemios, pero buena gente, y han sufrido mucho, les ha robado bastante dinero. Se ha metido en muchos negocios y ninguno le ha salido bien. No le gusta trabajar ni sabe cómo hacerlo y, si lo supiera, desecharía la idea, pues es un vago de solemnidad. Desde hace un par de años está forrado, tiene una casa con jardín alquilada en la Explanada y vive con una chica de Barcelona, pero no se relaciona con nadie. En ocasiones se los ve, siempre solos, en algún buen restaurante o en el cine.

—Pero ¿qué me estás contando, Tomasa?, ¿hay droga en la isla? Pensaba que por aquí estas cosas… ¡Me dejas muerta!

Empezó a atar cabos, recapituló en segundos los datos almacenados como si de un encaje de bolillos se tratara. Y sí, en efecto, en la isla había droga y, por desgracia, la ubicaba cercana.

Bertha puso cara de asombro. Tragó un poco de café y miró a su alrededor. El puerto, a esas horas, acogía a gente apacible que paseaba, leía tranquilamente en un banco, familias, parejas, amigos que charlaban… Ninguna escena casaba con el consumo de estupefacientes. Solo Guillem reunía una mínima apariencia, y eso después de la información proporcionada por Tomasa.

—¿Qué te ocurre? ¿Te sorprende que por aquí también se consuma? Pues créetelo y bien. Mi amigo el comisario García me tiene al corriente de todo lo que ocurre en esta aparente isla de la calma. ¿Tú sabes cuántos suicidios hay cada año aquí y cómo intentan ocultarlos? Pues algunos de ellos están causados por depresiones de consumidores. Y la prensa no dice ni mu.

Bertha advirtió que a Tomasa le caían unas lágrimas y sacaba un pañuelo de su bolso intentando disimular, pero su estado repentino, angustioso, lleno de desvelo y desazón, no anunciaba nada bueno. El camarero pasó cerca y Bertha aprovechó para pedir otra consumición. El intenso efluvio marino, el sol iluminando el Lazareto, la serenidad de la tarde… Nada invitaba a la tristeza.

—¿Qué ocurre, Tomasa? ¿Te encuentras bien? —comentó Bertha con preocupación.

—¡Ay, Benigna, querida! —consiguió pronunciar entre sollozos—. No me quito a Pepe, mi sobrino, de la cabeza. Han pasado ya cinco años, pero cada mañana al levantarme le dedico un padrenuestro y pienso qué sería de ese apuesto muchacho si no se hubiera cruzado la droga en su camino. Mi hermano tenía dinero suficiente para enviarlo a las mejores universidades y el chico era muy listo, sacaba buenas notas en la escuela. Era mi ojito derecho. Su madre estaba celosa y rabiosa, en ocasiones repetía: «Te quiere más a ti que a mí». Y era verdad. Pasaba horas y horas en casa. Yo me adaptaba a sus placeres. Que si jugábamos al escondite, a montar un puzle, a memorizar dibujos o letras. Más tarde, lo inicié en la lectura; alucinaba con los libros de aventuras: un pirata por aquí, un guerrero por allí, los indios por el más allá… Hasta que, cuando cumplió catorce, con la excusa del deporte y los amigos, desaparecía. Alguna vez incluso le dijo a su madre que estaba en mi casa. Luego, ambas descubrimos que no era verdad. Pero ya fue demasiado tarde. Se perdió.

Bertha se sintió obligada a decir algo, a intervenir, pero no conocía si el hecho era público y si Benigna se había dado por enterada, al fin musitó:

—¡Pobre Pepe, qué desgracia! —dijo mientras del Club brotaba una agradable melodía que intentaba amenizar la velada.

Pero Tomasa, tan absorta en su historia, con tal acumulación de recuerdos en su cabeza, y mientras dejaba enfriar su té, no escuchaba acorde alguno.

—Sí. Fue una desgracia. Veía cómo iba deteriorándose poco a poco. Cada vez más delgado, con la mirada pérdida, más violento, más insensato. No era él. Hasta que los estupefacientes acabaron con su vida. La de gente que vino a su entierro. ¿Recuerdas, Benigna? Hijo y sobrino único. Me quedé muy sola.

—Sí. Lo recuerdo. No cabía ni un alfiler en la iglesia y fuera había un montón de gente sin poder entrar —aventuró a señalar, sin temor a equivocarse. Y añadió—: ¿No se pudo encontrar a los culpables? A esos mal nacidos que le proporcionaban la droga —dijo enfadada e indignada mientras fruncía el ceño y con un hilo de esperanza en el sí por respuesta.

—No, por más que lo intentamos. El comisario y el capitán de la Guardia Civil pusieron mucho empeño. Una pareja desapareció de la isla después del suceso, pero nunca pudieron relacionarlos. Aunque alguna cosa buena trajo: mi amistad con el comisario. —Y mientras pronunciaba estas palabras, sonrió, a pesar de seguir con los ojos enrojecidos.

—Menos mal, después del infortunio... por lo menos.

—Ay, Benigna, ni imaginas la utilidad de un amigo comisario cerca; es una fuente infalible para estar al tanto de lo que se cuece en la isla. A ver si te lo presento. Si necesitas alguna gestión, como renovar tu documento de identidad, poner una denuncia o simplemente preguntar por alguien..., ahí está el solícito comisario García para lo que precises —comentó, llevándose el té a la boca, ya frío con toda seguridad.

—¡Qué interesante! Llevas razón, me encantaría conocerlo. ¿Qué te parece si os invito una tarde a merendar en casa? Sobre las cinco. Así te la enseño.

Al decir estas palabras se le alegró el semblante y su mente fue mucho más allá. Imaginó por un segundo lo que luego, en realidad, ocurrió. Parecía cierto: la presencia de Bertha contaba con un ápice de brujería.

—Es verdad, Benigna, no conozco tu casa. Por fuera se ve preciosa y el patio sobre el puerto debe de ser un espectáculo.

Un espectáculo era la luz del momento. El sol había desaparecido y unos reflejos entre violetas y rosáceos iluminaban la Mola, las casas del otro lado del puerto y el Lazareto. A su vez, producían destellos en algunos puntos brillantes de los barcos. No había pintor en la tierra capaz de captar esa luz. «¡Ay, si estuviera aquí Sorolla!», pensó.

—Sí, Tomasa, es cierto. Estoy muy a gusto, es una casa acogedora, bien situada y, en primavera, huele a azahar; evadirme al patio a escuchar música, saboreando mi whisky preferido, es uno de mis pasatiempos favoritos.

—Qué sensiblera estás, Benigna. Con tu permiso, hablaré con el comisario y nos juntamos en tu casa una tarde.

Entretanto, oscurecía y el puerto se notaba más vacío. Los que habían ido a echar la tarde estaban de recogida y los que pasarían la noche aún no habían llegado.

Aquella cita la dejó intranquila. En principio Bertha no tendría motivo para inquietarse. Es más, con seguridad una explicación lógica a la irregular situación era posible: alquilaba una habitación, y, en tales casos, la propietaria no tiene acceso al espacio arrendado. Es una parte del inmueble ajena a la posesión del resto. Pero esta explicación tan razonable tenía una pega: carecía de documento alguno que la sustentara; el contrato, en caso de existir, sería verbal, cuestión preocupante. Entonces, profundizando en sus conocimientos jurídicos, y como primera medida, pensó en la urgencia de agenciarse un documento que esclareciera la situación y, con tal fin, decidió sacar a colación el asunto en cuanto se presentara la primera oportunidad.

Al martes siguiente, de forma distinta a los anteriores, Bertha esperó a la señora Johnson haciendo punto y centrada, con todos sus sentidos, en el momento de su aparición. Procuraba emanar tranquilidad, pero una fuerte mezcla de miedo, recelo, angustia y desasosiego le provocaba temblor en las manos, incapaz de pasar ni una sola vez la aguja por el lugar adecuado. En cuanto entró se sostuvieron uno, dos, tres, hasta cuatro segundos las pupilas, presagiando ambas algo inusual en aquel cruce de miradas; se palpaba en el ambiente, tenso e inerte, como si alguien hubiera congelado el espacio donde se encontraban. Tras los saludos de rigor, Bertha la abordó, el rostro serio y preocupado no anunciaba nada bueno. Por primera vez pronunció su nombre.

—Susan, no podemos seguir así. Necesitamos firmar un contrato de alquiler. Es lo mejor para todos. Para vosotros, por la seguridad de poder utilizar la habitación al precio convenido, y para mí porque...

Sin dejarla terminar, la cortó en seco y, elevando el tono de voz, de nuevo en un correcto español con marcado acento inglés, replicó:

—Pero ¿te has vuelto loca?, ¿qué estás diciendo de la seguridad, del precio convenido? Mira, Benigna, no empieces a poner problemas porque podría ser tremendo para ti. ¿A qué viene esto ahora, después de dos años?

—He estado pensando; si surgiera algún imprevisto, si hubiera algún registro en la casa... —dijo Bertha vacilante.

Susan soltó una sonora carcajada que cogió a Bertha desprevenida y, en tono sarcástico, añadió:

—¿Te has vuelto imbécil o qué? Aquí, Benigna, pagamos la discreción, tu reputación en la isla como una persona íntegra y la comodidad del lugar para realizar nuestras tareas. El acuerdo fue verbal y el pago, como sabes, en metálico. Y no hay nada más de qué hablar. Atente a las consecuencias si no cumples o nos planteas problemas. Benigna, tú a lo tuyo. Vete cuanto antes y regresa a la hora prevista. Del resto nos encargamos nosotros. Venga, vete ya..., vete. Si será estúpida... —murmuró, en un tono ligero pero colérico mientras se escabullía tras la blanca estantería.

De pronto, Bertha cayó en la cuenta: las palabras de Susan con una actitud desafiante, ofensiva, incluso vejatoria y humillante, incluían una amenaza, condición que agravaba la enrevesada atmósfera opresiva, la vileza que envolvía su existencia.

¿Serían capaces de hacerle daño? ¿Existía algún dato importante desconocido para Bertha? Después de hilvanar un trozo de aquí, otro de allá y conseguir un pedazo de tela fuerte y resistente, llegó al siguiente colofón: Susan formaba parte de una organización criminal dedicada a la venta y distribución de estupefacientes y, estaba claro, la calle Isabel II número 34 era uno de los centros de reunión y depósito de la droga. Pero ¿cuántos constituían la banda? Conocía a Guillermo, por las referencias dadas por Tomasa. Aunque, por su aspecto, parecía inofensivo, más allá de encargarle un alijo o unos gramos de sustancia. Pero, si había una circunstancia que la preocupara, era la clase de estupefaciente con el que trapicheaban y su pureza; ella, en su época de funcionaria, había estudiado numerosos expedientes de esa índole y conocía bien las consecuencias, el aumento de la condena, según el tipo, composición, cantidad y fraude de las sustancias. ¿Cocaína? ¿Heroína? ¿LSD? ¿Anfetaminas? Alguno de ellos, sobre todo si estaban adulterados, podían causar un daño irreparable, incluso la muerte por sobredosis. Pero, llegados a este punto y a la firme decisión de borrar cualquier atisbo de criminalidad, de su vida, tanto daba. Ella no iba a consumir, y las condenas y persecución por parte de las autoridades eran similares. Por tanto, lo dicho, tanto daba.

Por su cabeza rondaba, en primer lugar, la necesidad de entrar en la habitación y comprobar qué se guisaba entre esas cuatro paredes. Pero, por más que trajinaba buscando el mecanismo de apertura, no daba con él. Ella se tenía por resolutiva, hasta ese momento había conseguido salir airosa de enrevesadas tesituras. «"No sé" y "no puedo" no existen en mi vocabulario», le hacía repetir madre siendo aún muy niña. Tal vez por ese motivo solo un par de rodeos bastaron para encontrar una posible solución. Rebuscar en la agenda de Benigna, averiguar si existía algún cerrajero o carpintero que, por ventura, hubiera instalado el sistema de cierre. Así lo hizo, tomó el cuaderno y al llegar a la «C», leyó: «Carpintero-cerrajero de confianza, Adrián». Acto seguido lo llamó fingiendo una necesidad urgente, abrir la estantería y el inoportuno olvido del sistema de apertura. Nada más entrar el cerrajero, este aseveró:

—Pues claro, señorita Berzosa; esta estantería se montó hace unos siete años, precisamente vine yo mismo. ¿No me recuerda?

—Claro, ahora caigo. ¡Qué despiste el mío!

—Me acuerdo perfectamente de dónde pusimos la clavija. Mire, toque aquí —le dijo cogiéndole la mano y guiándola a una esquina del estante, donde sobresalía un diminuto gancho, imperceptible a la vista y casi también al tacto—. Presione aquí. ¿Ve? Ya ha cedido, ahora solo tiene que empujar. Cuando esté dentro —prosiguió el cerrajero entrando los dos en la oscura habitación— debe accionar esta palanca, ¿recuerda? Así se vuelve a abrir. Conviene ponerle algo de aceite, las bisagras chirrían; llevan tiempo sin engrasar. Si me espera, bajaré al coche y subiré un poco de aceite con el...

Bertha zanjó:

—No se moleste más, yo misma me ocuparé, ya ha hecho usted bastante. Por favor, dígame qué le debo.

—Nada, por Dios, señorita Berzosa. Solo han sido cinco minutos. A ver si me encarga otra estantería. Me comentó su deseo de colocar una en su dormitorio... cuando quiera ya sabe dónde me tiene.

—No lo dude, así lo haré. Muchas gracias.

De inmediato, como una exhalación y temblando como un flan, pues la incertidumbre de vadear al lado oscuro no era para menos, cruzó el diminuto hueco, pero la oscuridad le impedía ver, las contraventanas estaban cerradas y a oscuras no atinaba. Benigna guardaba una linterna en la cocina y fue a por ella. No sin dificultad, pues sus dedos no respondían bien las órdenes de su cerebro, abrió las ventanas y dejó pasar la luz natural. No había cama ni ningún otro asiento cómodo para unas horas de amor apasionado; ni tampoco baño. En cambio, la habitación se encontraba repleta de pequeños paquetes, perfectamente enfundados y apilados, unas balanzas de precisión y un gran acopio de cajas de tabaco de la marca Camel.

Bertha no daba crédito a la visión. De inmediato lo identificó con los señalamientos judiciales de entrada y registro en domicilio, como si acompañara al secretario judicial y este levantara acta de las sustancias y productos ilegales encontrados. Parecía que, de un momento a otro, el secretario del juzgado le iba a dictar el acta detallando los productos. Pero no, allí no había secretario, ni orden de entrada y registro, ni comisión judicial ni nada que se le pareciera. Tal decomiso, de realizarse, debería llevarse a cabo en su propia vivienda. Al percatarse de la gravedad en la que estaba inmersa, todo su cuerpo se convirtió en un flan desmoldado antes de tiempo. Inhaló y exhaló una vez. Inhaló y exhaló dos veces. Inhaló y exhaló por tercera vez, enseñanzas de madre cogidas al vuelo cuando estaba a punto de precipitarse al vacío. Intentó serenarse, tragó una saliva que sintió envuelta en papel de lija, se sentó en una de las butacas y continuó contemplando con estupefacción todo el alijo, cerró los ojos y esperó.

18

El Gobierno Militar, un majestuoso edificio situado en la antigua Casa del Rey de la calle Isabel II, impresionaba a Bertha. Entrar en la galería corrida que ocupaba el primer piso y daba acceso a todas las dependencias, incluido el despacho del capitán, otorgaba un poderío, una fuerza, similar al trote de un purasangre. Desde allí se divisaba la pequeña plaza que organizaba el funcionamiento del edificio, con su porche en la planta baja y sus contrafuertes del alcázar primitivo, que aún se conservaban. Cada año pintaban la fachada de un blanco puro, inmaculado. En su frente, reminiscencias de la época de dominación británica, cuando se convirtió en el Palacio del Gobernador. Las contraventanas eran verdes y las cristaleras a cuadros de madera también blanca. El blanco, el color de la isla, combinado con ese verde oscuro tan característico de puertas y ventanas, concedía una representación mágica, alejada de cualquier inquina y ostentación. En ocasiones, de manera aislada, algún edificio de color desentonaba con la idiosincrasia de la ciudad y distorsionaba el paisaje. Bertha lo fulminaba con la mirada y también a sus propietarios si osaban cruzarse con ella. «¡Qué pena! Una ciudad tan maravillosa y que algún zafio deje así su huella», pensaba. Bertha, a pesar de todos sus desvelos, emanaba energía positiva; la absorbía cada mañana del mar y del punto más oriental de la isla, Villa Carlos, donde primero salía el sol en toda España y donde, en ocasiones, acudía a recibir ese primer rayo. Esa curiosidad, saberse la primera soleada del país, le subía las endorfinas a niveles insospechados y le daba el ímpetu necesario para seguir bregando con su difunta prima Benigna, con el despreciable Carlos-Luis, con la arrogante y perversa Susan, y, por encima de todo, le permitía dedicar buenos pensamientos a su incondicional Miguel. Eso sin olvidar a sus aliados: Tomasa, el comisario y Julio. A este último no sabía qué calificativo otorgarle, pues no era su novio, aunque él creyera lo contrario, ni tampoco lo consideraba un buen amigo, ya que no podía confiarle ninguno de sus desvelos. «Será un conocido íntimo», concluyó por fin. A pesar de llevar días en los que recordaba menos todas sus cuitas y de procurar alejar las presencias malignas y, sobre todo, de llevar tiempo actuando como un avestruz, sin indagar si Benigna y Luis se conocían, la situación apremiaba. No quería profundizar en la posible relación entre ambos, pero era inevitable hacerlo. No deseaba ahondar en la vida oculta que rodeaba a su prima y, a pesar de ello, debía taladrarla hasta sus orígenes. Pero huía de pasarlo mal, no quería sufrir ni conocer una atroz realidad a la que no tendría más remedio que enfrentarse.

En aquella cita con el capitán en la comandancia, Bertha se topó con el secretario, al que saludó personalmente. Este, sorprendido, le preguntó:

—¿Cómo sabe usted mi nombre?

Bertha pensó en gastarle una broma. Recordó la escena en el metro con Luis y a punto estuvo de responder: «Es que soy bruja». Pero sería improcedente hablar en ese tono; entonces, lo miró sonriente y le dijo:

—Su hermana Tomasa es mi amiga.

A la vez que contestaba entraba el capitán.

—¡Vaya casualidad, conoce usted a la hermana del alférez! En las ciudades pequeñas todos nos conocemos.

Acto seguido, el capitán cedió el paso a Bertha abriendo una de las enormes puertas de la galería acristalada. La calidad de la madera resaltaba en el mobiliario del despacho; lo conformaban dos mesas con sus sillas, cuatro sillones, dos estanterías y un sofá al fondo de la habitación. La austeridad reinaba en todos los muebles. Era patente, llevaban desde siempre en el mismo lugar y su conjunto conformaba una atmósfera de consistencia y solidez. Lo manifestado dentro de sus dependencias tenía un halo de autenticidad superior a lo expuesto en otro lugar, tal vez otorgado por la seriedad, la lealtad, la nobleza, la honradez y la dignidad de sus moradores, o, al menos, eso creía Bertha, que tenía en un pedestal a los militares de toda índole y condición. La puerta de la galería acristalada se cerró y ambos entraron en el despacho seguidos del secretario, que ocupó su mesa, apartó un documento de los apilados y se centró en el teclado de su máquina. Sus pulsaciones llamaron la atención de Bertha. «No me gana, pero se aproxima a las trescientas por minuto», pensó. La insistente mirada de Bertha lo intimidó de tal manera que paró en seco y fijó los ojos en ella, provocando su rubor. Entonces Bertha se centró en el capitán. Una fotografía perdida en un montón de papeles ocupaba su atención. Ella, que soportaba mal los silencios, intervino:

—Capitán, estoy ansiosa por saber; ¿qué ha podido averiguar?

El hombre hizo un guiño y suspiró.

—Pues no mucho, señorita Berzosa. Tenía en este cajón una fotografía de su tío en el puerto con otros marinos... Mire, aquí está —dijo mientras resoplaba aliviado, como si su ahínco lo hubiera llevado al límite. Y sí, allí se hallaba su padre, uniformado—. Fíjese —añadió haciendo un gesto para que lo acompañara hasta la ventana—, ¿ve aquel espigón? Está tomada desde allí; parece que fuera por la tarde, en el rato de esparcimiento antes de la cena. Su tío está en el centro rodeado de compañeros, debió de ser una persona muy querida.

—Qué maravilla... —exclamó Bertha—. Mi prima tenía una parecida, pero en aquella estaban de pie, echándose los brazos por encima de los hombros, alegres y felices. Aquí también se los ve contentos.

Bertha se emocionó, controló a tiempo su lagrimal tragando saliva con esfuerzo. El nudo en la garganta estaba ahí. Cualquier novedad de padre, y más una nueva fotografía contemplada por primera vez, la transportaba a la emoción más intensa con difícil disimulo.

—Eran jóvenes, señorita, y tienen el punto de inconsciencia que otorga la edad. Como si desconocieran su condición de militares y el peligro del lugar. Imagine el escenario, el único reducto republicano de toda España; podrían haber entrado en combate esa misma noche.

Bertha atendía a cualquier comentario del capitán. Almacenaba y procesaba toda aclaración, explicación, puntualización, nota, fecha o hecho histórico. El capitán no era consciente de la importancia de sus palabras, de sus gestos, de la intensidad de su mirada. Nada escapaba al potente radar desplegado por Bertha, quien escrutaba a todos y todo a la vez. Al capitán, a su ayudante, el ruido de las botas de algún militar bajando o subiendo rápido las escaleras. El ambiente atraía a Bertha; si por ella fuera estaría horas y horas en esas estancias, escondida, observando el trasiego castrense. En el fondo le habría encantado ser militar si hubiera podido elegir. Aunque nunca se le pasó por la cabeza tal posibilidad, en sueños, más de una vez, cobraba verosimilitud y, cuando despertaba, recordaba gratamente alguna secuencia concreta.

—Qué foto tan entrañable. Me pregunto si... ¿Me la podría quedar? Tengo tan pocos recuerdos suyos... —suplicó Bertha mientras la contemplaba con emoción.

El hombre se abrió de brazos.

—Claro, con esa intención se la mostré. Estará mejor en sus manos. En el archivo histórico, para cuyo acceso luego le haré una autorización, hay una copia y otras similares. Parece ser que uno de los marinos era muy aficionado a la fotografía y dejó una buena muestra. También he sabido que su tío Calixto dormía en el submarino cuando otros se alojaban en una pensión. Cada tarde, si no estaban de guardia, se reunían, paseaban por el puerto o subían a la ciudad y tomaban unas buenas «pomadas» en el casino; allí hay buena ginebra de la isla y el limón es natural, no como en otros bares, que lo mezclan con limonada embotellada. Ese lugar es especial, trabajan con la receta original: un cuarto de litro de limón, igual cantidad de agua, otro tanto de azúcar y lo mismo de ginebra. Todo bien revuelto con unas hojas de menta y al congelador, se toma granizado. Si no lo ha probado, señorita Berzosa, debe hacerlo, pero asegúrese de que sea la auténtica, la artesanal.

Y el capitán seguía contando, como si hablara solo. Rememorando las batallas leídas, las anécdotas contadas y las historias aprendidas en la academia. Pero si algunas proezas dominaban eran las relativas al C-4.

—Me consta que uno de los tripulantes del C-4 trabó amistad con Sito Pons, dueño de una librería con sección de filatelia. Sigue abierta en la cuesta de Hannover con el mismo dueño. Puede usted pasar y hablar con él, apreciaba mucho la colección de los sellos submarinos. Cuando llegaron a la isla, a cada marinero le correspondieron varios pliegos, y algunos los vendieron, otros los dejaron en depósito. ¡Qué tiempos! De aquella época se mantienen abiertos el restaurante Rocamar, en el Fonduco, donde hay una fotografía de una de las celebraciones, y el Casino del puerto. En ambos aún trabajan personas que vivieron la guerra. ¿Por qué no se pasa por allí y habla con ellos?

—Buena idea, capitán. Toda la información a la que pueda acceder me será útil. Soy muy aficionada a la historia y me gustaría conocer el papel que desempeñó Menorca durante nuestra guerra civil, y fíjese si seré atrevida, que, si me animo, escribiré la biografía de mi tío. ¡Qué periodo tan peculiar! No conozco bien la labor del C-4 en la isla, pero creo recordar que, a principios del año siguiente, en el 39, la isla volvió a caer en manos de las tropas franquistas a pesar del esfuerzo de los republicanos por mantenerla. ¿No es cierto?

—Sí, así fue, señorita Berzosa —apuntó el capitán, con un deje melancólico—. Las autoridades tuvieron una actitud encomiable. Eran personas con un hondo sentido del servicio público. Negociaron y llegaron a un acuerdo. Salvaron muchas vidas cuando los nacionales estaban a punto de tomar la isla; he leído mucho sobre aquel acontecimiento, hubo tres personas fundamentales en todo el proceso: el gobernador militar, un representante franquista y el entonces jefe de la base naval de Mahón, el capitán de corbeta Luis González de Ubieta.

—Cierto, lo que hubiera dado por estar presente en aquellas conversaciones. Eran personas de distintas procedencias y, en muy pocos días, cerraron un gran compromiso. Por lo que sé, la intermediación de Gran Bretaña fue fundamental.

—Así es, se la nota instruida en la época, señorita Berzosa. En efecto, fue decisiva la intervención del emisario británico, que puso a disposición el buque Devonshire, que acogió a personas cuya vida corría peligro. En aquellos días, el general Yagüe, con una expedición de fuerzas del ejército marroquí, estaba presto para auxiliar a los pocos nacionales que se habían sublevado. Poco antes de partir, el general recibió una noticia: en la base de Mahón se había enarbolado una bandera nacional. Gracias al sentido común y al buen hacer de aquellas gentes, no se libró una cruenta batalla. Porque, no lo dude, Benigna: sin un acuerdo, la toma de la isla hubiera sido una auténtica masacre.

—Ay, sí, tiene razón, capitán, ahora recuerdo. Me apasiona esta parte de nuestra historia. Fue González de Ubieta quien, una vez perdida toda esperanza de victoria, puso como condición para rendirse embarcar a todos los que temieran por su vida. Y así fue como el Devonshire, con cuatrocientos cincuenta y dos refugiados a bordo, zarpó con destino a Francia la mañana del 9 de febrero de 1939 —concluyó Bertha, satisfecha de la frescura de su memoria.

—Conoce bien el suceso, señorita. Su tío estaría orgulloso de usted.

—¡Ay, capitán! Podríamos estar horas y horas hablando, pero no quiero robarle más tiempo; seguiremos otro día, si me lo permite. No sabe cuánto disfruto conversando con usted, pero debo irme y dejarlo con sus obligaciones.

Bertha se levantó de su silla, se alisó las arrugas del vestido, metió en el bolso la libreta con algunas notas y la foto entre sus hojas, y, con una enorme sonrisa llena de satisfacción en el rostro, se despidió del capitán con un fuerte apretón de manos. Luego se acercó al secretario y, con la misma sonrisa de agrado, emitió un sonoro «Hasta otro día, alférez», al tiempo que le ofrecía una ligera inclinación de cabeza.

Tanto al capitán como al secretario les dejó un grato sabor de boca. Una mujer tan joven, con ese interés por la historia, y en concreto por algunos acontecimientos de la Marina española, no era muy frecuente. Además, Bertha radiaba destellos de energía positiva. Cuando formaba parte de un grupo, sin saber cómo ni por qué, se convertía en minutos en el centro de la reunión. Sería porque su conversación era más amena, porque congregaba más simpatías o simplemente porque el resto del grupo resultaba menos brillante, pero lo cierto era que la charla giraba en torno a su persona. Fue perdiendo esa cualidad al introducirse en el personaje de Benigna, seguramente por prestar más atención al entorno y a cualquier señal de interés, por andar con mil ojos. Una metedura de pata podría ser mortal de necesidad. En la intemperie, sin la protección de las cuatro paredes, Bertha se embutía en Benigna de forma concienzuda; concentraba toda su energía en ese quehacer. En ocasiones, también en su casa, como ocurría cada vez que aparecía por ahí la intrusa inglesa.

Bajó trotando las escaleras del Gobierno Militar, hasta sus piernas expresaban alegría, y, mientras enfilaba la cuesta que la llevaría hasta su domicilio, recordó a Susan y la última vez que había hablado con ella; incluso al rememorar la conversación le pareció aún más peligrosa, tanto su presencia como la tenencia de la mercancía. Dándoles vueltas y más vueltas a posibles escenarios, se imaginó primero a la policía entregándole una citación, tal vez alguien se hubiera ido de la lengua; después, a un funcionario con una orden de entrada y registro, seguido del secretario del juzgado; quizá se estaban tramitando algunas diligencias declaradas secretas. Más tarde fantaseó incluso con los bomberos acudiendo a la vivienda; era muy probable que la tal Susan manejara productos inflamables. Cualquier cosa extraña y comprometida podía ocurrir en ese zulo. Entonces, como continuación de esas reflexiones, adoptó una determinación inmutable: zanjar de una vez el negocio de Susan y sus secuaces. Hay ocasiones en la vida en las que no queda más remedio que coger el toro por los cuernos, y esta era una de ellas. Uno de los principios de madre, inculcados desde que tenía uso de razón, era el de finiquitar los problemas en cuanto se hacían presentes. En caso contrario, ofrecías al asunto la posibilidad de crecer, de hacerse grande, de desarrollarse, invirtiendo para atajarlo más recursos, más energía y más tiempo. Muerto el perro, se acabó la rabia, tal y como también repetía madre. Y exactamente eso es lo que decidió hacer con el negocio de Susan. Pero ¿cómo lo llevaría a cabo? Comenzó a valorar posibilidades de actuación, cada noche, junto a su almohada y, a medida que iban viniendo, ambas, almohada y Bertha, las devolvían a su lugar de nacimiento por su inviabilidad. No podía ir a la policía porque podría verse implicada: hacía ya tiempo que era conocedora de esta situación y podrían inculparla como cómplice de un delito de tenencia de estupefacientes. No podía pedir ayuda. Nadie más debía conocer el delito, porque, desengañémonos, eso era un delito, y de los gordos. Podrían ser ocho o diez años de cárcel. ¿Cómo iba a implicar a otras personas para ayudarla a deshacerse de los delincuentes y del género? Además, en el supuesto de que tomara esa decisión, ¿a quién le pediría ayuda? No tenía a nadie de confianza. No de tanta, al menos. Pensándolo fríamente, no tenía a nadie. ¿Qué otra posibilidad que no fuera hacer sola el trabajo? Confiar en sí misma, de nuevo, como tantas otras veces.

Pero una noche su almohada estaba inspirada y cada vez le proporcionaba soluciones más viables a la par que ingeniosas. Al fin, una de ellas caló y fue merecedora del beneplácito. Dicho y hecho: en menos de dos días Bertha acudió al polígono de Mahón. Pensó en ese lugar, una amalgama de tiendas de ropa, enseres de ocasión, naves repletas de barcas de todos los tamaños y almacenes de muebles, inmejorable emplazamiento para ocultar mercancía sin levantar sospecha alguna. Necesitaba cajas donde almacenar los paquetes de droga y los cartones de tabaco: de un tamaño mediano, manejables sin mucho esfuerzo por una sola persona algo enjuta. Por otro lado, calculó un sencillo almacén donde depositar amontonadas las cajas, bien precintadas. Y no le costó mucho obtener ambas cosas. Resueltas ambas tareas. Las cajas de cartón plegadas en el maletero y las llaves del almacén recién arrendado en su bolso, según dijo al dueño, para guardar un pequeño *llaud* y sus aparejos: una nevera, varios salvavidas, cañas de pesca, gafas de buceo, aletas, alguna mesa y sillas plegables. «Cuánto trasto se acumula en la barca», comentó al hombre, que le facilitó un fantástico local con salida directa a la calle y espacio para más de un vehículo. Una nave perfecta para una única misión: llevar a cabo cómodamente la descarga de la mercancía. Tampoco descartó, más adelante, la compra de un *llaud*. Se acercaba el verano y ahí tenía, muerto de asco, el título de patrón que había obtenido años atrás ante la insistencia de su prima.

Pasó la semana sin pena ni gloria y fue el miércoles siguiente cuando, después del desayuno, se entregó a la tarea de guardar el contenido de la dichosa habitación en las cajas. Las existencias constituían un volumen superior al imaginado. Pero la previsión hizo que Bertha acumulara para otros menesteres. «Siempre me será de utilidad una reserva: no ocupan lugar y en un momento concreto dan buen apaño», pensó. Y, como en la mayoría de ocasiones, acertó. Las abrió y llenó una a una, acomodando los paquetes de papel de estraza compactos bien atados. Todos cuadrados del mismo tamaño, lo que facilitaba la labor. Cuando terminó de colocar toda la mercancía, cerró las cajas con cinta de embalar y adhirió una nota a cada una de ellas: «libros de historia», «literatura antigua», «literatura moderna…». No era de extrañar; Benigna tenía fama de gran lectora.

En un principio el tiempo dedicado fue menor del esperado; antes del almuerzo los bultos estaban amontonados en el recibidor, esperando su traslado al almacén. La noche fue el momento idóneo para cargar el coche. El maletero no era suficiente; si quería hacer menos viajes, debía ocupar también los asientos traseros, el del copiloto y el suelo de la parte de atrás del vehículo. De este modo, bastaron dos idas, aunque en la última llenó también el bajo de su propio asiento. Y así fue como todos los efectos quedaron a buen recaudo. Bertha vislumbró la habitación de su casa vacía; se sintió aliviada, aunque agotada. No podía tirar ni de su sombra. Pero aún quedaban algunos enseres: una mesa baja, un par de butacas y muebles cuyo propietario desconocía, pero prefirió no pensar en esas menudencias; al fin y al cabo, eran algo irrelevante. Examinó la estancia con detalle; las posibilidades de utilidad de esa parte de la vivienda eran varias, desde convertirla en su despacho secreto, dejando las estanterías tal cual se encontraban, hasta transformarla en un dormitorio de invitados con su zona de estar y mucha intimidad al cerrar la estantería, o incluso en una zona para alquilar a personas honradas con alguna necesidad de tener una oficina o estudio en el centro de Mahón, tal vez un pintor, escritor, un bohemio, imaginó. Pero la realidad es terca. Para qué necesitaba un despacho si disponía de toda la casa para sus quehaceres. ¿Invitar? ¿A quién? No conocía a quién convidar. Y la posibilidad de arrendarlo y tener todo el santo día a algún errante pululando por su casa no la atraía en absoluto. Desechadas esas opciones, la que más la sedujo fue la de volver a unir esa zona con el recibidor, dejando tan solo un trozo de estantería que hiciera de pared frente a la puerta; así evitaría la visión directa desde fuera. Luego, llamaría a Adrián, el carpintero-cerrajero, lo antes posible. Sería necesario, asimismo, repasar las paredes, rematar la estantería y quizá cambiar el color de la pintura por un tono más moderno. No estaría de más comprar una mesa camilla y ponerla junto a una de las ventanas, creando un acogedor lugar para relajarse con un café o con amigos.

Bertha, en ese momento, consciente de lo que había pensado en su día, recordó una conversación con Tomasa en la que se ofrecía a presentarle al comisario de policía de Mahón e incluso involucrarlo en la devolución de las llaves. Recordaba la charla. ¡Que si puede serte de utilidad en un momento determinado, que si ha llegado hace poco, no conoce a mucha gente y está encantado de hacer nuevas amistades, que si es paisano…! En fin, según Tomasa, conocer al comisario solo podía traerle fortuna. Bertha, convencida por el empeño de su amiga, terminó ese café con el firme propósito de conocer pronto al maravilloso comisario que tanta dicha le iba a proporcionar.

Estaba el pintor dando los últimos retoques cuando llegaron la mesa y los silloncitos. A las diez de la mañana de aquel martes, Bertha disponía de la estancia según lo barruntado. Media estantería desaparecida por obra de magia y el trozo de la que quedaba reparado. Hasta cayeron en la cuenta de utilizar una pintura moderna: secaba a las dos horas y precisaba solo de una capa. De repente tuvo una idea que le iluminó el semblante y se sorprendió sonriendo sola consigo misma. A la vez sentía un cosquilleo placentero en el vientre. El pensamiento tomaba fuerza hasta el punto de quedar como único. Imaginaba la situación y se sentía en paz con Susan, después de tanta humillación, ofensa y desprecio. Era su pequeña gran venganza y la revancha a destiempo pero eficaz de Pepe, el pobre sobrino de Tomasa, que Dios tenga en su gloria. Otra incauta víctima de las redes de una banda criminal como la que estaba a punto de desarticular.

En la ejecución del plan llamó a Tomasa para invitarla a tomar el té, a las cinco de la tarde, y de esa forma conocer a su amigo el comisario. «Me apetece charlar con vosotros», le dijo así, de carrerilla, como quien no quiere la cosa y sin detenerse mucho en las consecuencias imprevistas que podría ocasionarle esa visita. Si bien le anunció la aparición de Susan para devolverle las llaves. Tomasa lo entendió como una necesidad de protección frente a la reacción de la poseedora del llavero. Si los martes Bertha se encontraba inquieta, aquel día estaba completamente desquiciada. Imaginaba la cara de Susan al entrar y sentía pánico. «¿Y si saca algún arma, o le da un ataque de locura y nos golpea con lo primero que encuentre? No obstante, lo más probable será que la situación la petrifique, la inmovilice. Igual se desmaya. ¡Por Dios! ¿Y si le da un ataque al corazón y se muere? Menos mal que estará el comisario, algo sabrá de primeros auxilios. Aunque se la ve una mujer fuerte, fría, calculadora y bastante altanera, a juzgar por el trato que me dispensó la última vez», reflexionaba Bertha.

Acuciada por los pensamientos, preparó el té y dispuso el juego de porcelana inglesa, el de las celebraciones especiales; sacó la bandeja redonda de tres pisos y colocó los manjares adquiridos poco antes. En la primera fuente dispuso, elaborados por ella misma, unos pequeños entrepanes de buen jamón extremeño del mercado del Carmen. El pernil comercializado en las tiendas de Mahón solía ser de baja calidad y el refinado paladar de Bertha ya no aceptaba vulgaridades. En la segunda colocó unas empanadillas diminutas, para ingerir de solo un bocado, recién hechas, encargadas en el Horno de Paco. Y en la última, unos pastelitos variados adquiridos en la selecta repostería *El Forn Curniola* de Ciudadela. A la izquierda de los platos, ubicó unas servilletas de lino bordadas con las iniciales «B. B.», le resultaban familiares, ya que ambas primas realizaban encargos similares, incluso en ocasiones se las intercambiaban si eran de distinto formato o color; la coincidencia de las iniciales facilitaba esa labor. Sobre ellas el tenedor y el cuchillo, también grabado con las mismas iniciales. La cubertería de plata correspondía a parte del ajuar confeccionado poco a poco, prenda a prenda. Un año la mantelería, otro las sábanas, al siguiente las cucharas, otro los tenedores… Al fallecer madre, tanto Bertha como Benigna habían acumulado un armario repleto. Ella no distinguía entre su hija y su sobrina. Además, era el día apropiado para poner también las copas de la cristalería de Bohemia.

Con la mesa preparada, agobiada y con los nervios a flor de piel, se metió en la bañera. Le vendría bien relajarse de los sofocones provocados por la angustia que su imaginación suscitaba. Salió del baño con un albornoz blanco como la nieve fresca y se dirigió al patio; le gustaba sentir el viento sobre la melena mojada. El aroma de las plantas del jardín —limoneros, jazmines y rosas—, unido al vapor de su cuerpo, la envolvía gratamente. Miró el reloj; era casi la hora, pero se sintió relajada, como si el baño de agua caliente y espuma de jabón hubiera derretido también su pesadumbre. Aprovechó para cortar unas flores y preparar un centro. Un sencillo vestido camisero, azul eléctrico, con una tela de caída vaporosa y unas bailarinas en idéntico tono serían el atuendo apropiado.

Con solo cinco minutos de retraso, llegó Tomasa, llena de curiosidad y acompañada del comisario.

—Pero qué bonita casa, Benigna —comentó mientras se adentraba en dirección al patio sin que nadie la invitara a hacerlo.

—Adelante, Tomasa, como si estuvieras en tu casa —dijo Bertha con un poco de sorna.

El comisario dudó al ver la plata fina y la mesa a rebosar.

—Tal vez hubieran estado mejor las dos solas, hablando de sus cosas... Conocerla es para mí un honor, señorita Berzosa, he oído hablar mucho de usted...

Era evidente, se había dejado arrastrar por Tomasa, una verdadera experta en liar a todo el mundo en los asuntos más inverosímiles.

—No diga tonterías, comisario. Es un placer tenerle aquí y charlar con usted un rato. Solo nos interrumpirán a las seis, viene mi amiga Susan, la señora Johnson, a devolver unas llaves.

—Me sorprendió esa estrecha relación con la señora Johnson —replicó Tomasa haciendo una mueca de desaprobación.

—Llevas razón. Ya te contaré, es una larga historia —contestó Bertha, cuidando que el comisario no escuchara la conversación y señalando los árboles del patio que avistaban el puerto.

Los tres se asomaron y contemplaron un panorama fascinante. La majestuosa luz de esa hora de la tarde y la estupenda temperatura —aún no había refrescado demasiado— hacían el resto.

Entraron en la casa; de inmediato Bertha tomó las riendas de la conversación y condujo a los visitantes a la mesa camilla.

—Voy a serviros el té antes de que se enfríe —anunció—. ¿Os apetecen unos bocaditos?

El reloj marcaba las seis en punto.

19

El leve sonido de unas llaves en la cerradura hizo que Bertha terminara la frase en seco y aguzara el oído.
—La puerta; será Susan, viene a devolverme las llaves.
Y, alzando la voz, la conminó:
—Susan, pasa, he preparado té, aquí tienes tu taza.
La señora Johnson enmudeció al cruzar el umbral y aparecer de repente frente a ellos, se puso lívida; su mirada bailaba atónita una y otra vez entre el tramo de librería desaparecido y los visitantes.
—No sé si conoces a Tomasa y al comisario. Quédate un rato con nosotros, no seas tímida; te estábamos esperando.
Ante la parálisis de la susodicha, Bertha insistió:
—¡Venga!, no te hagas de rogar, deja las llaves sobre la cómoda o, mejor, dámelas; las pondré en el cajón, allí estarán a buen recaudo. Has venido a eso, ¿no? Ya no las necesitarás más. En eso habíamos quedado.
Bertha se levantó, tendió la mano y Susan depositó en ella las llaves, con la cara desencajada y un espanto creciente en el semblante.
Luego carraspeó y se llevó una mano a la frente, fingiendo un mareo.
—¡Ay, Benigna! Parezco medio tonta, perdóname. De camino me ha dado un vahído y me encuentro aturdida. Voy a

pasar un momento al cuarto de baño, algo me habrá caído mal, siento náuseas.

Bertha sonrió. En ese momento percibió el desparpajo de Susan y su capacidad para salir airosa de cualquier situación. Entrar en el baño le permitiría serenarse, recapacitar, asumir lo evidente y, en su caso, tomar algo que la relajara. Una mujer precavida y con recursos. El problema, al menos para ella, estibaba en que ahora Bertha lo era también.

—No me digas... Ya te notaba rara, Susan. Si necesitas algo, no dudes en decírmelo —respondió Bertha mientras volvía a sentarse, probaba el té y reanudaba con toda naturalidad la conversación—. ¿Por dónde íbamos? ¡Ay, sí! Os hablaba de las flores: todos los centros que veis son del patio. La verdad, es un placer salir cada mañana temprano y cortar la mejor flor del amanecer: que si arranco una de aquí, que si estas las cambio a otro jarrón... Pero, probad los bocaditos, por favor, ¡es una tentación tenerlos delante! Yo ya he tomado suficientes, están riquísimos.

El comisario observaba perplejo cada detalle de la merienda. Pocas veces había sido agasajado con cubiertos de plata, servilletas de hilo y manjares tan exquisitos. Por un momento, pensó que había merecido la pena aceptar la invitación.

Desencajada, Susan consiguió llegar hasta el cuarto de baño. Allí, cerró la puerta con pestillo y, tras apoyarse en la pared, respiró hondo intentando mantener el equilibrio. Pasados unos minutos, abrió el grifo y se echó agua fresca en la cara, el cuello y la nuca, sin recordar su maquillaje. Después, en el espejo, observó su expresión demudada, el rímel corrido y la mandíbula tensa. No era ella. La imagen la alteró aún más. Intentó tranquilizarse, pero su ansiedad se desbocaba y el corazón palpitaba con fuerza; solo la presión de su mano sobre el pecho atemperaba la agitación.

El toc, toc de unos nudillos en la puerta perturbó su espera.

—Susan, querida, ¿estás bien?

Un suspiro al otro lado de la puerta. Más sudor frío.

—Sí..., salgo enseguida, aunque sigo indispuesta. Deben de haber sido los mejillones, con seguridad alguno no estaba en condiciones. Ya voy, tranquila.

Bertha regresó; los invitados merecían su atención. Tomasa ya había tomado las riendas de la tertulia y analizaba con el comisario el patrimonio de un tal Cosme, desconocido por Bertha y sin interés alguno para ella. Le producía indiferencia averiguar si era propietario de uno o de tres inmuebles, si su herencia había sido cuantiosa o si había tenido una novia fumeta. En ese punto de la conversación se encontraban cuando Susan hizo su aparición.

—Ya me encuentro mejor, algo me ha sentado mal. Muchas gracias, Benigna, por la invitación, pero prefiero irme a casa y acostarme. Mañana te llamo y charlamos un rato. Siento no compartir esta maravillosa merienda con ustedes, buenas tardes, ya nos veremos en otra ocasión...

Abandonó la casa sin dar a Bertha oportunidad de respuesta y el sonido de la puerta volvió a alterar la reunión. Las miradas perplejas de los presentes se cruzaron sobre la mesa antes de que, entre los sorbos al delicioso té y los bocados a los dulces, se entregaran de nuevo al coloquio.

Al día siguiente, Adrián cambió la cerradura. Dada la coyuntura, esa era una de las faenas pendientes. Además, la nueva contenía unos modernos anclajes de seguridad que aportaban a Bertha mayor tranquilidad. La siguiente tarea de la lista era la revisión de más papeles. Ahí estaban, apilados sobre la mesa, pendientes de ser escrutados uno a uno.

Para la grata sorpresa de Bertha, Susan se esfumó. Aunque tardó tiempo en descubrirlo por vicisitudes y casualidades, lo cierto era que la señora Johnson había huido de la justicia francesa. Trapicheaba con droga desde hacía muchos años. Por motivos relacionados con la adquisición de estupefacientes se encontraba en busca y captura en Francia. Si pisaba territorio francés, indefectiblemente entraría en prisión, y no por pocos años. Exponerse a terminar igual en España era un disparate. Ella y solo ella era dueña de los alijos de droga y tabaco. A nadie debía dar explicación alguna. Simplemente cerrar cuentas con Guillermo y con algún otro ayudante en la isla, y desaparecer. Y así lo hizo. Al fin y al cabo, la mercancía se traducía solo en dinero. Su libertad estaba por encima de cualquier otra cuestión. La amistad entre Benigna y el comisario le hizo desechar la idea de, cuando menos, recuperar el alijo. Vengarse de Benigna o intentar que pagara su traición iba más allá de su afán, no ocupaba ni un trocito de su pensamiento. Por ese motivo, Medusín acabó zarpando con su tripulación para no volver jamás a puerto menorquín.

 Menorca a la mañana siguiente despertó con un ritmo más pausado, más sereno. Bertha desconocía si se había contagiado de la isla o la isla se había contagiado de ella. Pero ambas, la isla y Bertha, caminaban en armonía. Por primera vez comenzó el día con sosiego en derredor, pero sin olvidar el cúmulo de cometidos pendientes. Eso sí, cada tarea, por pequeña que fuera, era un homenaje a Miguel, su maestro. Así, cualquier documento en sus manos lo revisaba con la misma minuciosidad con la que un cirujano instala un catéter: inmuebles, bancos, escrituras, certificaciones administrativas. Con los montones de papel frente a ella, sobre la mesa, junto a una buena taza de humeante café, Bertha comenzó por examinar la escritura pública de la casa de Mahón, calle Isabel II número 33, cuya única propietaria era Benigna. Adquirida siete años atrás a varios hermanos que la recibieron en herencia, carecía de cargas. A continuación, leyó concienzuda la escritura de otra finca. Esta vez otorgada en una notaría de Ciudadela; en apariencia, un inmueble excepcional del que no poseía conocimiento alguno. Una casa grande —más de cuatrocientos metros— situada cerca del mercado, en la zona de los soportales. Llamó su atención el apunte que identificaba a los compradores: «Corresponde en un cincuenta por ciento a Benigna Berzosa Vivas y el otro cincuenta por ciento a Carlos Pons Orfila». Un nombre nada familiar, unos apellidos muy comunes en la isla. ¿Cómo averiguar quién era ese hombre y qué relación tenía con Benigna? De nuevo, otro momento para echar mano a sus dotes detectivescas, que, a tenor de los resultados, no caían en saco roto. En el afán por descubrirlo, cogió el listín telefónico de la isla, lo abrió por Ciudadela y buscó en la «P» el apellido «Pons» seguido de «Orfila». Había demasiadas personas con ambos apellidos, pero ninguna respondía al nombre de Carlos.

¡Cuánto papel sobre la mesa! Y un importante cometido pendiente: gestionar su propia herencia. A pesar de dominar paso a paso los trámites habituales, que no eran pocos, y acostumbrada a vivir rodeada de escritos, tanta burocracia la desbordó, y para cualquier gestión, por sencilla que esta fuera, recurría al abogado, el señor Pons, otro Pons en su vida. Ciertamente, en esa isla era difícil vivir, gestionar tu día a día, comprar el pan, ir a la farmacia, a la cafetería, adquirir la prensa, ir al cine… sin cruzarte con un Pons. Y, así, iba analizando todo el papeleo. Cuando terminó con el primer montón, halló en el siguiente, en el mismo lugar en que lo había dejado, el testamento de Benigna, ahora suyo, cuyo contenido conocía, o al menos eso pensaba. No obstante, le resultó extraña la fecha, posterior a la esperada. Convencida de que el nombre de Bertha figuraba como única heredera repasó el documento. Pero, pronto, quedó estupefacta, pues su nombre no constaba en absoluto y, en cambio, volvía a leerse el del misterioso Carlos Pons Orfila, heredero universal. Ese maldito nombre la perseguía y, por mucho que estrujara su cerebro, no encontraba recoveco alguno en el que escarbar. Solo Tomasa osó articular el nombre, pero sin apellidos y sin proporcionar ningún dato adicional. Bueno, es cierto, hizo alusión al hombre que acompañaba a Benigna en la misteriosa fotografía. Tales eventualidades, en vez de atosigarla, la estimularon y, tomando bolígrafo y papel, confeccionó una de sus listas. Como primera tarea se impuso modificar el testamento, ya que se había quedado sin heredera. Y, ahora, ¿a quién designaría? «Desde luego, he de hacerlo cuanto antes; me puedo morir hoy mismo y prefiero dejar mi capital a cualquier institución benéfica antes que a ese enigmático tipejo», remató.

Con el paso del tiempo una mayor incógnita ocupaba la vida de Benigna. Comerciar con droga y tabaco de contrabando, sin duda, producía buenos lucros. Ahí estaba el patrimonio de Benigna, con el que Bertha podría vivir con holgura el resto de sus días. Pero era necesario seguir rastreando qué sucedía con la maldita foto hallada junto al testamento. ¿Era o no era Luis? Por si no fuera suficiente, a todo eso se añadía otra incertidumbre: ¿quién era Carlos Pons? ¿Sería Luis, tal y como había aventurado Tomasa?

Con todo y con eso, Bertha seguía rememorando placenteras jornadas con su prima, cuando Benigna hacía lo imposible por hacerse pasar por ella. Aunque ambas se lo tomaban como un juego, algún día se pusieron de acuerdo para hacerse un corte de pelo idéntico, y los amigos no salían de su asombro al comprobar el parecido. Pero lo que Bertha creía un entretenimiento, jugar a parecerse e intentar confundir a amigos y vecinos, tal vez para Benigna fuera una manifestación distinta.

Entre pensamiento y pensamiento, Bertha continuaba examinando el cúmulo de carpetas, cada una de ellas con distintos letreros: Banco de Crédito Balear, Ayuntamiento, Casa Ciudadela, Casa Mahón, Casa Marsella... Cuando los ojos le escocían de cansancio y notó la sequedad de los dedos, guardó los portafolios e intentó calmar el picor de la vista con colirio y recomponerse las manos con una crema hidratante. Como ya tenía previsto desde hacía tiempo, se vistió y se dirigió a uno de los bancos en que figuraba su prima como titular de una cuenta corriente. A menudo la mejor manera de aprender, de saber, de averiguar algo era preguntando. Madre siempre lo decía.

—Buenos días, señorita Berzosa. ¡Cuánto tiempo sin verla por aquí!

Bertha estaba acostumbrada ya a este tipo de reacciones cuando llegó al mostrador y el hombre al otro lado la miró boquiabierto.

—Sí... He estado de viaje. En la península, viendo a la familia. Pero ya he vuelto para quedarme.

—Qué gran noticia. ¿Y en qué la podemos ayudar?

—Quería actualizar mis cuentas. Tengo la numeración de cuatro de ellas, no sé si habré olvidado alguna. ¿Sería posible unificarlas?

El amable empleado esgrimió que se había hecho así precisamente por su propio deseo.

—Como sabe, en una de ellas está autorizado el familiar que cada mes realiza una transferencia a nombre de la misma persona. Los ingresos provienen de países diferentes y la imposición a plazo fijo, tal y como usted ordenó, ya suma nueve millones de pesetas.

Así fue como se enteró de su depósito de divisas y de la existencia de una transferencia no sabía aún a quién. Bertha no se desmayó porque dio la casualidad de que estaba apoyada en el mostrador con ambas manos.

—Perdone, me he levantado con cierto malestar, la tensión demasiado baja; si no le importa, voy a salir a tomar un café. Me dan estos mareos con frecuencia...

Bertha dejó al señor del banco con la palabra en la boca, cruzó la calle y entró en el bar Monterrey, donde, nada más verla, le sirvieron su café solo, largo, en taza pequeña. Bertha disfrutó del café, despejó la cabeza; necesitaba pensar con agilidad y reponer fuerzas. Mientras esperaba el efecto de la cafeína, se puso a hojear el diario *Menorca* sin enterarse de lo que leía, concentrada en el esfuerzo para asimilar una información que no hacía más que añadir interrogantes: ¿quién era el familiar que cada mes disponía de dinero? ¿Tendría familia sin saberlo? Nueve millones de pesetas, madre mía, ¡esta noche le contaré a la almohada que somos ricas!

—Jaime, por favor, póngame otro café —le dijo al camarero.

«Peor sería no poder pagar la luz a final de mes, pero hubiera preferido menores ingresos procedentes de las traducciones», pensaba. A su vez se sentía satisfecha del modo en el que había zanjado su relación con la delincuencia. Repuesta: regresó a la sucursal.

—Ya me encuentro mejor —le dijo al dependiente del banco—. Vamos a continuar, por favor. Deme los movimientos del último año. Como le dije, quiero dejar solo una cuenta y, además, si me hace el favor, quitaremos también la autorización a mi familiar.

—Como usted ordene, señorita Berzosa. Entonces ¿don Carlos Pons ya no podrá disponer cada mes de su transferencia?

—¿De qué cantidad estamos hablando? Ahora mismo no lo tengo presente.

—De diez mil pesetas; se ingresan periódicamente en una cuenta de la Caja de Pensiones de la sucursal de Jaime III en Palma, a su nombre y al de doña Catalina Puig Aguiló.

—Sí, yo creo que sí, vamos a anular esa transferencia.

Aunque todavía no acabara de entenderlas, Bertha por fin hallaba algunas respuestas a los enigmas de la vida de su prima. El tal Carlos Pons era su heredero y, además, cada mes recibía una importante cantidad. Pero ¿cómo indagar su identidad? Solo cabía una explicación: era el novio, el amante de Benigna. Pero, si esto era así, ¿por qué no había dado aún señales de vida? En todos esos meses instalada en Mahón construyendo una nueva vida para sí, pero también para Benigna, había arrojado luz al menos sobre algo: su prima vivía bastante aislada, apenas tenía trato con vecinos o amigos, estaba sola.

Después de esperar dos horas, el empleado le entregó un sobre con la relación de los movimientos de las cuatro cuentas durante el último año, y, una vez en la casa, examinó los ingresos, de dónde provenían, qué gastos se cargaban y en concepto de qué. Era obvio; parte de su pequeña fortuna, por no decir su totalidad, procedía de una actividad ilícita. Cierto era también que en la actualidad había prescindido de cualquier ingreso cuyo origen se alejara de la legalidad. A pesar de ello, su conciencia se rebelaba. ¿Debería donar todo el dinero acumulado a una organización caritativa? Más de una vez se hacía esa pregunta, pero resultaba demasiado arriesgado, en sus circunstancias, privarse voluntariamente de su suerte. Sin embargo, al leer los extractos bancarios comprobó que los ingresos se realizaban, tal y como le había adelantado el empleado del banco, desde países distintos y en cantidades que oscilaban entre las veinte mil y las treinta mil pesetas al mes, y que a su entender eran fruto de una inversión en distintas divisas, pero dudaba de su origen y la determinación de eliminar cualquier atisbo de ilegalidad era inmutable. De este modo, ordenó de inmediato el rechazo de cualquier ingreso proveniente de país extranjero.

Aunque esa noche, fruto de las cavilaciones, su almohada no paró de elucubrar y ella pegó poco ojo, los motivos eran contrarios al que solían padecer el común de los mortales. Azares del destino, su angustia resultaba del exceso de efectivo y de la desmesurada cantidad en cuentas corrientes. Ante tales tribulaciones, lo primero que hizo al día siguiente fue regresar a la sucursal y dar las instrucciones precisas.

—¿Está usted segura? —preguntó el empleado con cierta sorpresa.

—Por supuesto, no quiero un solo ingreso en mis cuentas sin mi autorización. ¿Lo tiene claro?

—Por supuesto. Lo que usted ordene —respondió diligente.

Por otra parte, por más esfuerzo y empeño, no identificaba a ningún familiar ni conocido llamado como el omnipresente Carlos Pons. Ese nombre resonaba en su cabeza una y otra vez, día y noche, sin ningún resultado esclarecedor. Otra noche en vela pensando en torno a ese nombre, intentando encontrar algún indicio, descubrir algún acertijo, dar con alguna presencia pasada por alto, identificar algún gesto, alguna insolencia a destiempo. Pero nada. Tan solo la pista que le había ofrecido Tomasa: «Se llamaba Carlos». Una posibilidad era que ese y no otro fuera el nombre verdadero de Luis. Pero tan solo era una hipótesis, una conjetura. No tenía certeza alguna de tal evidencia.

Otro amanecer, otro despertar, inmersa en un mar de dudas. Se encontraba con la cabeza embotada, no podía discurrir con nitidez. Tal vez después de un suculento desayuno —unos sabrosos cruasanes de mantequilla— y dos buenas tazas de café, lucubraría mejor.

Entre las incógnitas pendientes de despejar se encontraba el llavero no identificado. Era probable que esas llaves abrieran la casa de Ciudadela, de la que solo tenía noticias por la lectura de la escritura. No daba crédito, solo le correspondía la mitad y la otra mitad al susodicho, cavilaba bajo un ferial de incógnitas. Por lo menos, era lógica una primera medida: confirmar si el llavero correspondía a la casa en cuestión, dilema que descifrar esa misma mañana. Cogió el coche y el llavero, y emprendió rumbo a Ciudadela. Esta vez, sin hora concreta de llegada, se adentró por la carretera bonita, la de Fornells. Más relajante, tranquila y agradable, tan solo el recorrido le insuflaba buenas vibraciones. La estética del entorno la complacía. El paisaje tenía un indefinido encanto originado por la armonía de los ojos que se posaban en él. El campo flanqueaba la carretera a izquierda y derecha, su sola presencia fascinaba a Bertha, y tal era la intensidad de su contemplación que, en cada viaje, descubría algo nuevo. Un rebaño de vacas inédito; un grupo de pinos altos y perdidos en el horizonte; un predio desconocido. Al llegar a Ciudadela, sin perder ni un minuto, se dirigía a los lugares programados. Pero esa mañana, mientras paseaba tranquila por la plaza des Born y miraba distraída el obelisco, no le importó dedicar tiempo a rememorar sus lecturas en los libros de historia. La ciudad bien merecía ese monumento conmemorativo de la gran resistencia de los ciudadelanos ante el saqueo de los piratas turcos en el año 1558 y de los miles de habitantes que se llevaron prisioneros. En esas estaba cuando una llamada interrumpió el disfrute de sus reflexiones:

—¡Benigna, Benigna!

Se giró, vio a Julio y fingió sonreír con ganas.

—Qué sorpresa, Julio. Me alegro de verte.

—No pensaba encontrarte hoy en la otra punta de la isla. ¿Qué haces por aquí? ¿Estás tramando algo o has querido darme una sorpresa, dime?

—¡Qué cosas tienes, Julio! Me he levantado temprano; ayer anularon mi cita de esta mañana con el abogado y pensé que era una buena ocasión para ver a una amiga. No quise molestarte, creí que estarías muy atareado.

—¡Pues esa amiga soy yo! Me disfrazo de mujer y vengo a tu encuentro —comentó socarrón—. Es cierto, tengo trabajo, pero para ti siempre estoy disponible. Hasta las doce no hay pacientes, he salido a tomar un café, y vaya sorpresa. ¿Dónde vive tu amiga?

—En Ses Voltes.

La cara se le iluminó.

—¡En esa calle vive una tía mía! Qué casualidad. Hermana de mi madre, la mujer. ¿Y en qué número?

—El cinco.

—¿Cómo se llama? Creo conocer a todos los vecinos del inmueble, solo son cuatro dueños.

Rápidamente, Bertha pensó en el nombre de alguna funcionaria, compañera suya en los juzgados de Barcelona.

—Gracia Carbonell.

—¿De veras? Creo que en el número 5 vive una tal Julia Carbonell, pero no me suena el nombre de Gracia. ¿No te habrás equivocado? Quizá sea en otro número...

Bertha habría preferido estar sola, pero desvió la conversación hacia otros derroteros y se dejó llevar.

—Es probable. No sé nada de ella hace más de siete años, tal vez ya no viva allí o incluso se haya marchado de la isla. Luego me acerco y pregunto a algún vecino.

Juntos entraron en La Española, donde servían el mejor café de la ciudad. Julio era cordial y seductor en el trato con las mujeres, y en especial con una joven soltera y posible candidata, con quien hacía valer un aire de superioridad. Sentados el uno frente al otro, a Bertha le llegó el olor de la leche al mezclarse con el café de Julio, servido en un vaso de cristal, lo que además transmitía el calor a los dedos. Madre habría puesto el grito en el cielo, y como resultado de ese pensamiento le preguntó:

—Julio, ¿sería mucho pedirte que cuando estés conmigo tomaras el café con leche en taza? El olor de la leche mezclado con el café me produce náuseas, y el colmo es ver ese brebaje en un vaso —argumentó Bertha con expresión de asco en el rostro y con los dedos debajo de la nariz.

Julio, divertido, soltó una carcajada.

—¿Nos vamos a ver a menudo, entonces, Bertha? Sinceramente, no me importa tomarme el café con leche siempre en taza, e incluso prescindir de la leche el resto de mis días, si a cambio te veo a menudo. ¿Qué me dices? ¿Trato hecho?

Entonces fue ella la que soltó una risotada, clavando los ojos en los de Julio. Sorprendentemente, Bertha siempre había dudado de la oportunidad de su compañía; disfrutaron de un rato ameno de complicidad y conversación, pero nada más. Los sentimientos de Julio distaban mucho de los de Bertha.

Cuando Julio partió a sus quehaceres, Bertha inició su marcha hacia la parte antigua, la hondonada, mientras contemplaba los soportales de entrada a palacetes, grandes y señoriales casas, en algunas de las que podía leerse arriba el año de construcción. La sorprendió una en especial, del año 1697, denominada Can Saura, con un pozo en el centro del patio que cubría casi por completo el vergel al que miraban todos los huecos del interior del inmueble. Cuando descubría alguna puerta o ventana entreabierta, Bertha atemperaba el paso. Entonces, con parsimonia, contemplaba los maravillosos patios que convocaban las entradas a los inmuebles. Era en esos momentos cuando dejaba volar su imaginación y recordaba la época en la que los viajeros del metro y el libro que sostenían en las manos eran objeto de ese mismo ejercicio. Pero aquí se trataba de los habitantes de cada una de las viviendas, de sus moradores, a los que en raras ocasiones conseguía ver. ¿Cuántos habitarían allí? ¿Cómo serían sus rutinas en esas mansiones? ¿Tendrían una indumentaria especial para las cenas? ¿Dormirían entre sábanas de hilo? ¿Sus vajillas y cristalerías serían palaciegas? ¿Las habrían heredado?

Mientras tanto, enderezaba los pasos al número 5 de Ses Voltes. Cuando llegó, una infinita inhalación paralizó sus pasos, el recelo a lo desconocido la superaba y no hallaba aire bastante para llenar los pulmones. Se quedó unos minutos junto al majestuoso portón ovalado, admiró la belleza de la carpintería; un diestro ebanista había ejecutado figuras en la parte superior y ramas que caían por los lados. Otra profunda exhalación la conminó a entrar y subir al piso principal, con la incertidumbre en la mente y un lazo de nervios adornándole los intestinos. Mientras ascendía buscaba las palabras idóneas para romper el hielo, y tomó la determinación de responder a conveniencia. «Según me diga, le diré», pensó. Pulsó el timbre con suavidad, con pavor, como si una presión insolente pudiera alterar al destinatario. En el interior sonó un tintineo de campana, pero nadie acudió a la llamada. Bertha insistió, entonces, con energía, y pegó la oreja a la puerta; contuvo la respiración con la finalidad de que ni un tenue soplo perturbara el sonido. Pero solo percibió un silencio expectante. Por la ancha escalera de madera, con una trabajada balaustrada de hierro negro, bajaba una mujer de unos cuarenta años, bien parecida, con aire juvenil, portando una cesta de la compra; la saludó y, en el rellano, al constatar la puerta frente a la que Bertha se encontraba, preguntó, en un intento de ayudar a la desconocida:

—¿Está usted buscando a Carlos?

—Sí, señora. Soy una amiga, hace tiempo que no sé nada de él. —Improvisó Bertha ante una pregunta inesperada.

—Pues le va a ser difícil, porque Carlos no suele estar por aquí; la mayor parte del tiempo reside en Barcelona, aunque viaja por negocios a Mallorca. Hemos coincidido en algún vuelo. No le puedo decir más. Si quiere dejarme alguna nota, se la daré en cuanto lo vea.

—Muchas gracias. No se preocupe. Volveré en un par de semanas. Prefiero darle una sorpresa.

Ante tal información, a Bertha no le quedó otra que abandonar el intento a los ojos de la vecina. Salió del inmueble y dio un rodeo por las manzanas adyacentes con un nombre incrustado en el cerebelo: «Carlos». El puzle iba encajando. Ese era el nombre de su heredero, el nombre del propietario de la mitad de la casa de Ciudadela y el nombre, según Tomasa, del acompañante de Benigna en la susodicha foto. «En un determinado momento las casualidades dejan de serlo para convertirse en una tozuda causalidad», se dijo. Y este era uno de ellos, pensó. Regresó con sigilo para probar la llave con la certeza de que en esa casa habitaba, por temporadas, el tantas veces presente Carlos. La enorme puerta de madera maciza, otra vez con dibujos en la parte alta, como continuando el estilo del portal, y un brillante picaporte dorado cedieron sin dificultad. La cerró sigilosa y permaneció quieta, apoyando la espalda en la puerta, presionando con las manos, como si quisiera retener el paso de alguien más; con los ojos cerrados, a pesar de que la oscuridad le impedía ver, mientras notaba cómo le palpitaba el corazón. Colocó la mano encima del pecho y respiró hondo. Temía la visión que le depararía la claridad. ¿Quién era el personaje que habitaba la casa? ¿Quién era realmente Carlos Pons? ¿Quien ella imaginaba? A la insistente pregunta la acompañaba la lobreguez, solo un pequeño haz de luz asomaba bajo la puerta principal. Había llegado la hora de descubrir aunque solo fuera una pizca de verdad.

20

Bertha palpó la pared en busca del interruptor. Antes de encender la luz, no obstante, tocó algo que cayó y chocó con estrépito, rompiéndose en mil pedazos. Sintió un escalofrío y tuvo la tentación de marcharse, pero permaneció inmóvil, como si el estruendo fuera a obtener respuesta. Un olor desagradable a humedad y falta de ventilación atestaba el ambiente, un signo evidente de que la casa llevaba cerrada semanas o meses. Al prenderse la luz, hizo su aparición un recibidor sobrio y destartalado, sin apenas decoración. Un banco de madera con marquetería, junto a él un paragüero, un perchero de formas onduladas y un jarrón de porcelana fina hecho trizas integraban todo el mobiliario. Siguió unos segundos, más bien unos minutos, absorta, temerosa, contemplando la escena que tenía frente a sus ojos y sin querer ver más allá. Pero la fortaleza de padre y el empuje de madre se hicieron presentes en unos instantes. Y, entonces, se lanzó, abrió con arrojo la doble puerta que daba al salón. Sin pretenderlo, golpeó la puerta con tal intensidad que la majestuosa araña de cristal colgada en el techo tintineó, sus cristalitos comenzaron a chocar entre sí provocando, en el silencio, un sonido de cascabel que intimidó a Bertha. Esa era a todas luces la estancia principal; la delataba una gran mesa de comedor redonda en el centro con ocho sillas, al fondo un mueble con diversos ornamentos y distintos enseres: vasos, platos, salseras, soperas, cubiertos, cristalerías. Para no llamar la atención evitó subir las persianas y abrir las ventanas. A tientas, siguió inspeccionando habitación por habitación; caminaba con intencionada lentitud, encendía luces a su paso y la acompañaba únicamente el zumbido leve de las bombillas. El orden y la limpieza reinaban en la casa. Las camas hechas, los baños limpios, la cocina sin un atisbo de pringue. Solo el viciado tufo a rancia humedad impregnaba la atmósfera de toda la vivienda.

Ya no quedaba resquicio ni rincón por examinar, o al menos eso pensaba Bertha. Hasta ese momento, en su investigación no había hallado cosa alguna de interés. Eso sí, la morada emitía ese eco al que solo replica la soledad. Era evidente, la casa estaba muy poco, por no decir nada, vivida. Deshizo sus pisadas y regresó al salón. El sofá reclamaba su presencia. Se reclinó en uno de sus extremos, con el alma abatida pidiendo reposo al cuerpo; cerró los ojos por un momento en el que pasaron como un relámpago, como destellos, instantes de su vida. Aquellos prodigiosos momentos infantiles con su hermano. El corazón roto en mil pedazos la noche de su muerte. La carta de Cesáreo revelando lo inconfesable. Los ratos cafeteros y distendidos con Miguel, otros llenos de tormento y pesadumbre, y sus curiosas visitas a la rebotica para jugar al dominó. Las idas y venidas a Barcelona de su prima Benigna con sus magníficos regalos. El respeto reverencial a don Abundio y el instante en que cruzaron las miradas después de la declaración. Los encuentros en el metro con Luis y sus apariciones y desapariciones, como el Guadiana. Aquella noche de amor que resultó ser un infortunio. Y tantos y tantos recuerdos que yacían en el arcón de la memoria y que solo rememoraba de tarde en tarde. Pero a Luis, Carlos, Luis-Carlos, a ese nadie consiguió arrebatarlo de su mente. Miró el reloj, había pasado más de una hora tendida en el sofá. Seguía cansada, pero no podía permitirse el lujo de ceder a sus apetencias.

Desde el rincón del sofá, al que ya había amoldado su cuerpo, divisó unas fotos con marcos de plata modernos junto a otros más antiguos, de distintos tamaños y cubiertos de polvo, que ocupaban un hueco del aparador. Las fotografías mostraban a dos niños, de alrededor de dos y diez años, en diferentes situaciones y posturas, riendo, en su primera comunión, etcétera. Pero, al tomar las situadas al fondo del estante, Bertha se quedó perpleja, sin habla. Tragó saliva, hizo acopio del poco coraje que aún permanecía en sus entrañas y la tortura le atravesó sin compasión los ojos.

Allí estaba la verdad.

Bertha permaneció lívida, paralizada, ante la visión de Luis y Benigna abrazados en la playa, brindando en una cena en el puerto de Mahón, de la mano paseando por Marsella... Retrocedió, buscó a tientas con la mano libre el brazo del sofá y volvió a dejarse caer, pero esta vez sin suavidad, levantando una nube de polvo a su alrededor de la que apenas fue consciente. Sus pupilas, su mente, todo su cuerpo era incapaz de fijarse en nada más. En el último portafotos, aparecían Luis y Benigna en Barcelona, en la plaza de Cataluña, riendo mientras daban de comer a las palomas. Sí, eran ellos. Ya no cabía la más mínima duda. El hombre de la foto desenfocada no parecía su Luis, sino que lo era realmente. Benigna y él se conocían. Algo más que conocerse, a tenor de la cantidad de fotos y de la cercanía y el cariño que demostraban en ellas. El aparador lo componía también una vitrina en la parte inferior, con puertas de madera y dos grandes cajones. Bertha no pudo resistir la tentación de abrirlos y sacar los papeles y carpetas que escondían. Fue allí, en el cajón de la derecha, donde encontró unos sobres atados. Eran cartas dirigidas a Carlos. La remitente era Benigna. Unas veces desde Marsella y otras desde Barcelona. Por un instante se sintió desfallecer, pero no era ni el momento ni el lugar. Agarró el paquete y lo metió en su bolso. No quiso ver más. Ya tenía más que suficiente. Carlos Pons era Luis.

Ya no quedaba ni un solo vestigio de error. Se sentía traicionada, le resultaba espinoso admitir que los días disfrutados con su prima hubieran sido una patraña, una auténtica impostura. Iracunda y furiosa, propinó un sonoro portazo y desapareció sin rumbo por las callejuelas de la ciudad.

Después de asimilar el significado de las fotografías, de tener clara la relación entre Benigna y su adorado Luis, deambuló desorientada por la ciudad. Sin embargo, en su tarea de visitar todas las filatelias de la isla —le quedaban muy pocas, por no decir ninguna, sin inspeccionar—, una papelería llamó su atención. Exhibía en su escaparate una sección dedicada a la filatelia y, para su sorpresa, en una de las esquinas se mostraba un pliego del Correo Submarino. De inmediato le entró nostalgia, rabia, impotencia, indignación y tristeza, una profunda tristeza. Tan inteligente para algunas cosas y tan necia para otras. Parecía que en Ciudadela estaban las respuestas a todos los interrogantes. Pero ahora afloraban nuevos misterios. ¿Estaría Benigna confabulada con Luis para apoderarse de los sellos? ¿Habría sido una casualidad que Luis hubiera aparecido en su vida o estaría orquestado por Benigna? ¿Hasta qué punto ella era la víctima y Benigna su verdugo? Enfrascada en componer el jeroglífico, irrumpió intranquila en la papelería. El dependiente, un experto en filatelia, sacó con esmero la caja plana de cuero marrón y colocó un tapete de terciopelo negro en el mostrador, sobre el cual desplegó, valiéndose de unas pinzas, los tres primeros pliegos.

—¡Qué buen ojo tiene usted, señorita! ¿Conoce esta serie?

—Un poco —respondió Bertha con voz cansina y afán de no dejarse llevar por la emoción del momento.

—Para nosotros, los menorquines, tiene un valor muy especial.

Y entonces el empleado explicó la historia del submarino C-4 como si Bertha fuera una ignorante en la materia. Encantada la volvió a escuchar, pues le resultaba muy grato que la hazaña fuera tan popular en la isla. Ojalá pudiera propagarla a la manera de los *speakers* londinenses, imaginaba, mientras el joven continuaba narrando: «El submarino perteneció al bando republicano durante la guerra civil española. El Gobierno de la República estaba necesitado de divisas y decidió implantar un servicio de correos». Y subrayó: «En aquel entonces todas las islas se hallaban en manos franquistas, a excepción de Menorca». ¡Cuántas veces habría escuchado ese relato, cuántas lo repetiría su memoria y cuántas había imaginado a su padre, aquel gran marino, depositando los pliegos a buen recaudo!

—Sí, así es —corroboró Bertha—. Conozco bien la historia de estos sellos. ¿Tiene algún pliego más?

—Está usted de suerte, señorita. Precisamente le puedo enseñar una pequeña colección muy valiosa, en perfecto estado de conservación. A mi entender, su dueño pide más de lo que vale. Me la ha dejado en depósito por si a algún caprichoso le diera por pagar semejante cantidad. Espere un instante, que se la muestro.

Enseguida el afanoso tendero regresó con una caja de madera, de dos dedos de grosor, de la que extrajo una carpeta azul con gomas y mostró a Bertha su contenido continuando la perorata sobre la historia de Menorca y su aislamiento al final de la Guerra Civil. La colección, denominada «Correo Submarino», era una serie filatélica desconocida, lo que incrementaba su valor.

—Parte de los sellos se distribuyeron entre la tripulación. Estos pertenecen a un sobrino de uno de los marinos del C-4, si no me equivoco; al capitán de máquinas.

Bertha enmudeció. Por más que intentaba balbucear algún sonido de admiración, no le salía. El dependiente se percató de la conmoción de la compradora.

—Veo que se emociona. No es frecuente encontrar mujeres aficionadas y tan entendidas. No sé si usted lo conocerá, son dibujos de Antonio Serra, impresos en huecograbado, en un establecimiento especializado, Oliva de Vilanova, que se encuentra en Vilanova y la Geltrú, Barcelona. En las series de sellos de una y quince pesetas tenemos el submarino D-1, y la de dos y seis pesetas muestran un submarino del tipo A-1. Como curiosidad, le diré que el submarino de clase C, el que hizo la travesía, no figura en ninguna de las series.

Bertha no escuchaba la perorata, tantas veces oída y repetida. No daba crédito. Desconcertada, aturdida, no conseguía seguir el hilo, solo captaba retazos del palique del vendedor. Pero daba igual, conocía mejor que nadie la colección, su colección.

—Perdone, ¿podría pasar al cuarto de baño? No me encuentro muy bien, me siento algo mareada.

El vendedor la acompañó y regresó a su puesto tras el mostrador. Bertha se miró en el espejo, vio su cara desencajada y pálida, los ojos brillosos, cansados, sin poder disimular esa amalgama de angustia, tristeza, rabia, desazón y furia, una cólera maniatada que debería aflorar en algún momento, con toda seguridad. Abrió el grifo, se refrescó la nuca, respiró profundo, esperó unos minutos y salió con fuerzas suficientes para continuar la compra. La facilidad de Bertha para reponerse a los golpes bajos era siempre sorprendente. Pero este era demasiado ruin, demasiado intenso. Aun así, en apariencia, recobró el aplomo.

—Es una colección maravillosa. Andaba buscando algo parecido. ¿Cuánto me ha dicho que pide el propietario?

—Todavía no le he dicho la cantidad. Ya le comenté, me parece desorbitada, pero es lo que pide y no rebaja ni mil pesetas.

—Pero, dígame, ¿cuánto es?

—Me da apuro pronunciar la suma, a mi entender más del doble de lo que vale: ochenta y cuatro mil pesetas —dijo por fin; se le notaba apurado, incluso un poco avergonzado.

No estaba acostumbrado a vender en su papelería material por mucho más valor del margen ordinario que le proporcionaba su negocio y, a pesar de llevarse solo el diez por ciento de comisión por la venta de los sellos, conocía su valor, muy inferior al señalado por su propietario. Esperaba que una mujer tan joven, por muy filatélica que fuera, no cayera en la trampa de pagar esa locura. Por ese motivo quedó estupefacto cuando escuchó:

—Me la quedo. Mañana a primera hora iré al banco y pasaré por aquí sobre las diez. ¿Me la puede reservar hasta entonces?

Por más flema que intentara transmitir, le temblaba todo el cuerpo. Una mezcla de alegría y cólera le corría por las venas. Júbilo por haber recuperado su colección, aunque la pagara a precio de oro. Y un odio desmedido hacia el abominable.

—Claro, faltaría más; a partir de las nueve puede usted pasar cuando quiera. Tiene que gustarle mucho y ser muy aficionada para pagar ese precio —comentó, abriendo los ojos como órbitas, sin salir de su asombro.

Entre las fotografías grabadas a fuego en su mente, las cartas de Luis o Carlos, o como se llamara el indeseable, en su bolso, y la compra que había apalabrado, se notaba al borde del síncope. Echó a andar ligera, sin parar, sin propósito. Primero cruzó el puerto y siguió bordeando la costa. Cuando llevaba un buen rato, se sentó en un banco, fatigada. Mientras atendía tan solo al sonido del mar batiendo las rocas, sacó el manojo de cartas. Las contó. Eran once en total. Las ordenó por fecha. La primera escrita cinco años antes, la última de ese mismo año; es más, coincidía con la visita de Benigna a Barcelona. No acertaba a sacar el papel del sobre. El temblor de sus manos le impedía atinar. Por fin sacó una y otra y otra... Pero no pudo completar su lectura. «Todo es mucho a la vez», se dijo de nuevo; cerró los ojos y desfalleció.

Era incapaz de rememorar cómo había vuelto en sí, cómo había llegado hasta el coche y cómo había iniciado el viaje de regreso. Pero ahí estaba, camino de Mahón, con un paisaje de distintas tonalidades según la zona de almiares desperdigados y la inquina germinando en sus arterias. Las vacas pastaban y sus manchas blancas resaltaban sobre el verde de los prados. Acebuches. Megalitos. Veía la cara del despreciable ante sus ojos. La imagen del monte Toro con el sol bajando por uno de sus costados se iba acercando a medida que avanzaba hacia Mahón. Pero nada de eso servía de sosiego a Bertha, abstraída entre el asfalto y sus reflexiones. No podía dejar de pensar en la reaparición de sus sellos. Por instantes volvió a rememorar con inquina los momentos vividos con Luis, con Carlos Pons, ahora, en el salón de su casa leyendo la prensa, la tortilla de patata con cebolla, la inolvidable noche de amor. Y en su mente retumbaban ciertas palabras: «Trabaja usted en los juzgados... ¿No es cierto?». «Soy detective». «Yo me bajo en la próxima, pero a usted aún le quedan tres paradas, ¿verdad?». «¿Cómo sabe cuál es mi parada, si usted siempre abandona el metro antes que yo?». «Está usted, señor detective, sentado junto a una bruja».

Y la frase definitiva, por la que Bertha había caído en la trampa: «Vaya, vaya, vaya... Por lo menos es ocurrente. ¿Le parece que quedemos esta tarde para tomar un refresco en el Múnich?».

La propuesta había pillado a Bertha desprevenida, envalentonada por las emociones vividas en el juzgado al confabularse con Miguel para saltarse la ley en favor de sus principios. Picó el anzuelo y eso ahora era tan evidente que no podía sino sentirse boba e infantil. Después de la lectura de las cartas, no había duda; había sido Benigna la que había puesto a Luis al corriente de infinidad de datos sobre ambas y sobre la familia difunta de Bertha, sobre los puntos débiles de su prima e incluso sobre sus costumbres cuadriculadas, prusianas, inamovibles. Luis sabría sin dificultad dónde encontrarla cada día a la misma hora; no solo dónde trabajaba, sino cuál era su carácter y personalidad, qué le llamaría la atención y cómo habría de ganarse su interés. También la lectura del libro de Lafargue era una acción premeditada, estaba segura, para resultar más intelectual y atractivo. ¡Los muy torticeros! En una de las cartas le decía dónde adquirir el libro en Barcelona. A Bertha la abrumaba tanto engaño, sobre todo de su querida prima. Cuando tuvo que admitir lo obvio, se consoló imaginándola muerta, consumida en su propia perversidad, carbonizada, acartonada, ennegrecida. No merecía menos.

Esa noche no hubo infusiones ni tranquilizantes ni consultas con la almohada capaces de aplacar el desasosiego y la furia de Bertha. Despertó más de madrugada de lo habitual, desayunó, se acicaló y a las ocho en punto entraba en la sucursal, donde un afable y casi servicial empleado salía a su encuentro.

—Buenos días, señorita Berzosa; hoy ha madrugado mucho.

—No se imagina usted cuánto —le contestó ella sonriente.

Bertha salió de la sucursal con las ochenta y cuatro caras de Benito Pérez Galdós en un sobre color castaño con el membrete del banco, después de haber contado los billetes dos veces. Sin entretenerse, arrancó el dos caballos naranja tantas veces soñado en su época de funcionaria. Esa vez la carretera bonita debía esperar. En el trayecto alternó el casete *Mediterráneo* de Serrat —su coche de tanta reproducción ya lo tarareaba— con Radio Popular de Menorca, donde se repetían las noticias. Ni una cosa ni la otra conseguía sosegar la mente de Bertha, en plena ebullición. En el instante en que comenzaba a sonar la canción «Lucía», aparcó el auto junto al establecimiento. Al observar la puerta de la papelería notó una desazón en lo más profundo de su alma y una triste impotencia. Pero hizo de tripas corazón y entró.

—Buenos días, señorita; acabamos de abrir, estaba preparando lo suyo. Espere un segundo, le vuelvo a mostrar los sellos y los coloco en su caja para que no se estropeen —dijo el dependiente.

—No se moleste. Estoy decidida a adquirirlos y tengo algo de prisa, debo estar a las once en la notaría de Mahón.

—¡Entonces manos a la obra! —añadió el hombre, preparando un envoltorio precioso y de gran calidad para los sellos.

Bertha abandonó el comercio con el paquete bajo el brazo. Cómo se iba a imaginar, meses atrás, cuando abandonó su casa, Barcelona y la península, con el corazón en un puño y una identidad robada, que acabaría recuperando el tesoro de su padre y reconstruyendo una vida nueva allí, en Menorca. De cualquier modo, ni las grandes gafas de sol lograban ocultar las lágrimas que caían sin cesar sobre su rostro. Varias veces las enjugó con la mano hasta que una profunda respiración acompañada de un tenue jadeo calmó su desdicha.

Lloró todo el trayecto de vuelta, pese a su intento de evadirse escuchando otra cinta. Esta vez el *Concierto n.º 1 para piano y orquesta* de Chaikovski, dirigido por Karajan, el preferido de madre y, a todas luces, su predilecto. No podía pedirse más. Tenía por delante una hora para sacar su brío característico y aflorar, de nuevo, la fuerza del cañón Bertha. Y, *poc a poc*, como decían en la isla, la música fue impregnando su congoja. Bertha renació, entre otras cosas, porque no le quedaba más remedio; no hacerlo era sucumbir, y eso una Berzosa nunca lo haría. Hizo su entrada en la ciudad de Mahón tamborileando en el volante; así acompañaba al director. Era magia pura. Con el ánimo ascendente y dispuesta a dar batalla. Aún no había terminado. La venganza acababa de empezar.

21

A menudo, Bertha se acercaba en bicicleta hasta los alrededores del aeropuerto. Solía detenerse en el punto más cercano al aterrizaje de los aviones. Le gustaba contemplar la aproximación de las naves y distinguir cada modelo, el roce de las ruedas traseras con la pista y el aparato rodando, reduciendo la velocidad y deteniéndose. Bertha, tumbada durante horas sobre una manta extendida en el suelo, llegó a conocer con exactitud el horario de los vuelos. Algún día el avión procedente de Palma retrasaba su llegada y aterrizaba pasadas las cuatro, provocando también su despegue tardío. Pero los ojos de Bertha, como de costumbre, acompañaban su ascenso, impactada cuando la nave se alzaba hacia el firmamento y se hacía cada vez más pequeña hasta desaparecer. Mientras tanto, avanzaban las obras de ampliación del aeropuerto para dar cabida a los nuevos DC-4 a los que Bertha anhelaba subirse.

Sin embargo, ella no podía evitar sentirse atrapada en la isla. Y eso pese a que por momentos había conseguido creerse la suplantación de identidad de su prima, acostumbrada al aislamiento isleño. Bertha ya no era Bertha, eso estaba claro. No al menos la que había sido la mayor parte de su vida, la escrupulosa, la ordenada, la recta, la mojigata. Había aprendido a improvisar, a ser fría y calculadora, a desconfiar y a pensar más en sí misma. Ahora tenía ambición. Pero incluso siendo alguien distinto, ni su yo anterior ni el actual consiguieron superar la sensación de retiro. En el fondo se sentía sola y perdida. Aquel no era su sitio. ¿Lo volvería a ser Barcelona alguna vez?

El 10 de diciembre, día del cumpleaños de Miguel, había decidido volver a su ciudad natal; llevaba semanas planificando el viaje. Ay, Miguel, ¡cuántas ganas tenía de verlo! Debía llamarlo sin falta cuanto antes; no había dado señales de vida desde que había puesto los pies en Mahón, y de eso hacía ya varios meses. Pero, haciendo honor a la verdad, no se había atrevido. Lo último que anhelaba, después de haberlo implicado en sus aventuras en el juzgado, era hacerlo partícipe de su personal descenso a los infiernos. La vida de Benigna había resultado ser una caja de sorpresas, y aún le costaba hacerse a la idea de que su prima se trajera entre manos chanchullos con narcotraficantes. Por no hablar de su relación, intensa y extensa, con Luis, claro. Que ese impresentable las hubiera utilizado a las dos era el colmo. Y tornaba de nuevo a los mismos interrogantes. ¿Estaría Benigna implicada también en el robo? Bertha sospechaba tanto una cosa como la contraria; se veía a sí misma convencida de que su prima escondía algo más, tal y como había descubierto, para en otras ocasiones sentirse culpable y negarse a creerlo. ¿Cómo iba su prima a hacerle algo así?

Una noche Bertha se concentró en el sentir de Miguel al no tener noticias suyas; ese pensamiento la desmoronó, le produjo un profundo malestar y precisó de ciertos rituales para volver a la normalidad. Cogió la botella de Macallan, reservada para las grandes ocasiones; un vaso de tubo; hielo y agua. En el sillón orejero, con una música suave de fondo —el mismo vinilo de la última vez que había usado el tocadiscos; ni recordaba la melodía, cualquiera se acoplaba a la ocasión—, esperó hasta que el corazón recobró poco a poco su ritmo normal. La música, el aroma y el sabor del whisky los asociaba a la soledad del consuelo. Marcó el número de Miguel, se lo sabía de memoria. No es que hubieran sido muchas las veces que lo había llamado, pero tampoco había tantos números por recordar. El de su prima —ahora el suyo, esa ventaja tenía de llevarlo aprendido—; el de Miguel y ninguno más. Ella misma se escandalizó de la corta agenda que manejaba. Tras un solo tono, oyó la inconfundible y añorada voz de su fiel amigo.

—¿Diga?

—Miguel, ¿eres tú? Soy Bertha... —articuló su nombre haciéndolo casi inaudible.

Era la primera vez en muchos meses que lo mencionaba. Le costaba hasta pronunciarlo, casi casi lo había borrado de su conciencia.

A un primer instante de silencio, le siguió una exclamación.

—Bertha, ¡Dios mío! Cuánto tiempo esperando esta llamada. La de veces que me he angustiado pensando en ti. ¿Por qué no has llamado antes? ¿Dónde estás? Te he recordado cada día desde que te fuiste; Dios, por un lado, no oír nada de ti en las noticias significaba que no te habían descubierto, pero por otro... ¿Estás bien? —exclamó Miguel en un tono de voz más elevado de lo habitual, pero apesadumbrado, abatido, consternado e incluso un poco enojado.

Bertha se imaginaba el rostro encendido de su antiguo compañero —y superior, y maestro—. No le parecía justa la deliberada ausencia de ella. En otras circunstancias y teniéndola delante la hubiera reprendido como un padre habría hecho con la hija que parte a un viaje y tarda en llamar más de la cuenta. ¿No intuía su padecimiento? ¿No imaginó las angustiosas noches cavilando sobre su paradero? Bertha se sentía culpable, pero también presentía el temprano indulto de Miguel.

—¡Ay, mi Miguel! Estoy bien, tranquilo. Te llamo, entre otras cosas, para darte una alegría. En un par de meses iré a verte y te contaré todo con pelos y señales, te lo prometo.

—Bertha, no puedes asomar por aquí. Estás muerta. Y esa es tu mejor situación. Don Abundio ha endurecido sus penas. El juzgado está mucho peor de lo que tú recuerdas. Tu expediente, como podrás deducir, lo han archivado por fallecimiento del autor, y eso nos conviene a todos. Es peligroso que aparezcas.

En el tono advertía preocupación e inquietud. Miguel conocía bien estas situaciones, era muy consciente de que podría incluso salpicarle.

—Todo está controlado, Miguel, no padezcas. Estoy en Mahón y soy otra persona. No te preocupes, te pondré al día cuando nos veamos. No debes estar inquieto por mí. Aquí estoy segura.

—¡Santo Dios! Oír eso me tranquiliza. Sabrás que celebramos tu funeral y dos misas en tu memoria, una auspiciada por mí y la otra por don Abundio; no imaginas cómo lloraba en tu ceremonia. Te aprecia de veras, se alegraría de saber buenas noticias tuyas. En el fondo, es una buena persona obligada a adaptarse a los principios del régimen y a seguir sus directrices. Tú bien lo sabes, Bertha: o estás con ellos y aseguras trabajo y tranquilidad, o estás contra ellos y arriesgas tu futuro. Son capaces de hacerte la vida imposible, no hay término medio. Ten mucho cuidado, Bertha, por favor; protégete mucho.

—Así lo hago, Miguel. Pero estoy en una encrucijada y necesito tu ayuda. Entre otras cosas para gestionar mi herencia. Menos mal que hice testamento gracias a tu recomendación y a la de mi pobre Cesáreo. Bueno, y a la de otra persona que no viene a cuento. Por discreción deberíamos acudir a un notario de pueblo, alguno nuevo en la plaza, que no me conozca de nada. Aunque, cuando vea mis apellidos, con toda seguridad me relacionará con mi hermano; bueno, con mi primo.

—¿Con tu primo? ¿Qué quieres decir, Bertha? —preguntó Miguel con extrañeza, bajando aún más el tono. Ni siquiera su hermana, que pululaba por la casa, podía ser testigo de la conversación.

—Olvídalo, Miguel, ya te lo precisaré. Ahora, solo te adelanto que respondo al nombre de Benigna Berzosa Vivas, por si tienes que preguntar por mí en el vuelo o me muero de verdad y ves mi esquela.

Y, en un intento de relajar la conversación, soltó una sonora carcajada que extrañó a Miguel.

—¿No te habrás echado un novio menorquín? Mira que, si es así, te quedas en la isla de por vida. —La pregunta de Miguel provocó una nueva risotada en Bertha y una respuesta ingeniosa.

—A estas alturas, Miguel, con el único hombre que me casaría sería contigo. Necesito ahora, más que nunca, confiar en las personas que me rodean.

Esa última conclusión le hizo replantearse la relación con sus allegados. ¿Podría confiar en todos?

Para entonces, se prodigaban sus encuentros con Julio y, a pesar de una complicidad creciente entre ambos, de reírse, conversar e ilusionarse con proyectos comunes, Bertha no tenía claro que la relación pudiera ir más allá de una buena amistad. Tal vez una amistad intensa, más íntima de lo habitual —no le venía mal despreocuparse, desmelenarse de vez en cuando—, pero tenía claro que su meta era diferente a la de Julio. Aunque, en cierto modo, tampoco le interesaba hacerlo muy patente. Ahora le tocaba a ella jugar, si bien, por muy malvada y perversa que fuera hacia sus enemigos, era incapaz de dañar los sentimientos de un amigo. Debía navegar entre dos aguas. Ceder y refrenar, como si estuviera domando a un caballo desbocado. Porque Julio tenía la intención irrefrenable de pasar por el altar, cuestión que a Bertha la repelía. No tanto por la institución en sí; el matrimonio la atraía, pero no ocurría lo mismo con Julio, al que nunca había dejado de ver como a un buen amigo. Es más, entre los amigos causaba asombro que nunca mostraran ni la más mínima desavenencia ni una discusión de esas tontas e intrascendentes. La ilusión de Bertha se reflejaba en el esmero al escoger su ropa, adaptándola a los gustos de Julio, tanto cuando acudía a verlo a Ciudadela como cuando se citaban en Mahón. Asimismo, dedicaba un tiempo a la preparación intelectual de los encuentros; le gustaba sorprenderlo y hacer gala de estar a la última en todas las novedades: algún libro de reciente publicación, un nuevo disco o el conocimiento pormenorizado de algún asunto de actualidad. Pero de eso a convertirlo en su marido, o peor aún, en el potencial padre de sus hijos, había un abismo. Aunque, sin duda, los halagos de Julio la hacían sentirse querida, valorada, respetada…, y eso tenía un precio que, de vez en cuando, debía abonar.

No obstante, a medida que pasaban los días, la divertía menos su compañía y ciertos comportamientos la despistaban. Julio mostraba actitudes muy contradictorias; en público no escondía su amor, sus roces juguetones, sus gestos de enamorado, y Bertha se dejaba llevar porque sabía que esa actitud no iba a más. Jamás le propuso intimar en soledad. ¿Fallaba la química? A ella, su desapego sexual, su falta de sensualidad, la desconcertaba. No encontraba explicación. No estaba enamorada, pero él, en apariencia, sí, y mucho. ¿A qué se debía entonces? Cuando estaba claro que ella, más independiente, desenvuelta y liberal hubiera aceptado sexo sin compromiso alguno. ¿Sería un exceso de respeto a las creencias religiosas?, ¿inapetencia?, ¿desinterés?

Fue en una de aquellas citas cuando Bertha se desconcertó al oír una proposición atrevida, casi indecente, de la boca de Julio: hacer un viaje romántico de fin de semana fuera de la isla, a Roma y de tapadillo, por supuesto. Cualquier evidencia pública de haber tenido relaciones antes del matrimonio podría dar al traste con su buena reputación. Para organizar bien la marcha, Julio contaba con la excusa de asistir a algún congreso médico y Bertha con la de realizar gestiones de su prima en Barcelona. «La escapada será una buena oportunidad para intimar», añadió Julio, quien incluso apostilló: «Es una buena forma de averiguar con qué humor nos levantamos, nuestros gustos en el desayuno, nuestras preferencias culturales...». Con todo y con eso, no llegaban a concretar una fecha y, cuando Bertha proponía alguna, Julio la desechaba ya fuera por motivos laborales o por razones familiares. No señalaba día por un claro motivo: porque ese viaje nunca se haría, y él lo sabía. Sin embargo, continuaba con el paripé con unos y con otros, incluida su propia familia.

Otro de aquellos viernes dedicados a pasar el día en Ciudadela, Bertha llegó a la ciudad con más tiempo del previsto, pero la aglomeración de la zona del Molino le impidió ver a Julio. Era día de mercado y había mucha animación, la gente pululaba por los puestos con sus bolsas de redecillas. En vista de ello, se sentó en un bar cercano, desde el que, por fin, alcanzó a verlo. Estaba en una esquina, sonriente, mirándola, portando un pequeño ramo de rosas rojas y acompañado de una mujer de cierta edad que Bertha enseguida identificó como su madre. Una cara de sorpresa y unos cándidos besos en la mejilla sellaron la presentación oficial. «¡Ya era hora de que os conocierais! Esta vez será un café para tres», exclamó Julio alborozado. Bien podría haberla advertido de la presencia de doña Pepita. Bertha, no obstante, se las arregló para desplegar todos sus encantos con el fin de hacer quedar bien a Julio y de conseguir —sin saber muy bien con qué finalidad— el beneplácito de aquella señora. Era una mujer de unos cincuenta años, con buen aspecto y, a todas luces, de carácter abierto, pero que la escudriñaba de arriba abajo. Pues, por mucho que su hijo hubiera alabado las múltiples virtudes de su amiga, las palabras de un enamorado son siempre hiperbólicas.

Cuando sirvieron tres cafés solos, largos, en taza pequeña, Bertha puso los ojos como platos. ¿Y el café con leche en vaso de Julio? Se refrenó de hacer comentario alguno. Los tres se miraron con complicidad y entablaron una charla amena. Julio recordó anécdotas de cuando estudiaba su carrera de Medicina en Barcelona, en tanto que Bertha no paraba de enumerar las bondades y atractivos de la isla. La madre, por su parte, añoraba su juventud, pero daba gracias a Dios de vivir libre de la penuria y el sufrimiento de la guerra, pues la contienda española del 36 era un tema recurrente en las personas que habían vivido aquella atrocidad. Para doña Pepita era algo cercano, mientras que para Julio y Bertha era una historia de sus mayores.

Sin dejar de hablar, tal y como Julio, por su cuenta y riesgo, había planeado, emprendieron el camino hacia la casa y, aunque la madre estaba más pendiente de escuchar las opiniones de los jóvenes que de intervenir, comprobó con agrado cierta afinidad con la amiga especial de su hijo. Entraron alegres, despreocupados, pero cada uno con una idea distinta en la mente. La madre dudaba si aprobar a Bertha como nuera, Julio intentaba dar cumplimiento a lo socialmente establecido, formar una familia, y Bertha se dejaba querer, pero, más claro que el agua, sin compromiso alguno, ni presente ni futuro. Y así, cada uno dando vueltas a su tema, rodearon la mesa camilla. A la media hora de llegar, se oyó una llave y el ruido de una puerta. Era Marta, advertida por su madre del encuentro con una posible candidata a nuera y cuñada. En ese instante el aroma de un sabroso *fumet* inundaba la estancia. La elaboración del manjar, arroz caldoso de pescado, suponía todo un acontecimiento en cualquier hogar. Durante el almuerzo, la tertulia disparó la imaginación de Bertha, a quien horripilaba cualquier escena relacionada con una posible boda. Y lo cierto era que esa idea flotaba en el ambiente, pues también Marta la percibía como una cuñada, no digamos la futura suegra, quien, a medida que pasaba el tiempo y la conocía más, solo tenía buenas palabras para la posible nuera. Julio se congratulaba de la buena armonía entre sus tres mujeres. Y Bertha, sin comprender cómo había terminado en semejante situación, se sintió objeto de una encerrona.

No se sabe cómo fue, pero la charla derivó hacia cuestiones personales, y a todos les sorprendió escuchar a Julio planificar en voz alta, sin esperar otra respuesta que no fuera la aquiescencia.

—Si Benigna está más cómoda en Mahón, yo pediría el traslado allí. En realidad, estaríamos a solo tres kilómetros de Marta, y a ti, madre, te vendríamos a ver cada semana o podrías bajar a Mahón cuando quisieras. Aunque, bien mirado, Benigna, tal vez te guste vivir en Ciudadela, donde el ambiente es distinto, ni mejor ni peor. Pero, tranquila, no tienes de qué preocuparte; si después de estar viviendo aquí unos meses no te sientes a gusto, pediría el traslado a Mahón. Vivir en esa ciudad también tiene sus ventajas.

Bertha no salía de su asombro. ¿Qué habría dado pie a semejantes comentarios de Julio? Estaba rodeada de un beneplácito de la madre y la hermana a las palabras de este. No era momento de poner las cosas en su sitio, pero tampoco de aceptar una propuesta de matrimonio. Así. Allí. Sin más. Y Julio continuaba, ante el pasmo cada vez mayor de Bertha.

—En ese caso, Marta estaría cerca y nos ayudaría en el futuro con los niños, y, si a madre le apetece, podría vivir con nosotros —dijo de pronto Julio, pensando en voz alta y añadió—: No tendríais problema a la hora de hacernos el café.

Al decir estas palabras, Julio se dio cuenta de que había ido demasiado lejos, pero ya estaba dicho.

—¡Bueno, bueno, no nos precipitemos! Es una decisión muy seria que debe ser muy meditada —contestó Bertha a Julio, aturdida aún por la ristra de cavilaciones y deseando desviar la charla hacia otros derroteros.

De todos modos, los planes de Julio parecían incuestionables. Ella ni asintió ni hizo ningún gesto de desaprobación, porque en ese momento no podía. ¡Menos mal! Julio trajo a colación las próximas fiestas de Ciudadela. Para él participar al lado de Benigna sería una buena coyuntura para presentarla a sus amistades. Eso pensaba, sin ser consciente de que tal decisión no entraba en los planes de Bertha. Aquel año, especial por añadidura, Julio era el *Caixer Senyor* y su caballo debía danzar al son de «El jaleo», composición de 1856 inspirada en la «Jota estudiantina» de la zarzuela *El postillón de La Rioja*. No sería la primera vez que Bertha saltaba y palmeaba al son de «El jaleo», ni que disfrutaba de esas fiestas, a las que siempre había acudido como una menorquina más acompañada por su prima. Julio ya se veía enseñándole cómo preparar la «pomada» menorquina, aquella mezcla de ginebra y limón natural que Bertha conocía y elaboraba a la perfección. Intentando, como siempre hacía ella, encontrar lugares en los que la limonada no fuera embotellada. Aunque en fiestas esa tarea era difícil. Con la pomada los lugareños solían refrescarse y alegrarse esos días. Su consumo era de miles de litros, demasiados para tener el esmero, el tiempo y la sensibilidad de elaborarla litro a litro exprimiendo cientos y cientos de kilos de limones. La reunión, casi familiar, se desenvolvió sin que nadie se percatara de la hora.

Al regresar a su casa, un tanto aturdida por tan insólito encuentro, Bertha observó los billetes para volar a Barcelona sobre la mesa del recibidor, donde los había dejado. Ese no era cualquier viaje, una mezcla de angustia e ilusión la invadía cada vez que lo imaginaba; no podía olvidar llevar su carnet de identidad, bueno, el de Benigna, cuya foto era casi un calco de la suya; entonces cayó en la cuenta: dentro de un año tocaba renovarlo. ¿Qué haría? ¿Cómo podría disimular sus huellas? Eran imposibles de imitar o de llevar a engaño al funcionario. «Las crestas papilares no las puedo suplantar. Una solución sería quemarme la yema del índice y usar otro dedo. Cuestión extremadamente dolorosa, pero más lo es la cárcel», se decía con desasosiego.

Esa mañana, a primera hora, Bertha se encontraba plácidamente en la ducha cuando el timbre del teléfono la sorprendió mientras se enjabonaba. Se disponía a secarse cuando sonó de nuevo, y, ante la insistencia, se envolvió en una toalla y descolgó el auricular. Sin casi tiempo a terminar el habitual «dígame», escucho una retahíla de frases encadenadas.

—Benigna, querida, ¿cómo estás? Soy Carlos, vuelvo a Menorca la próxima semana. Ahora, escúchame con atención: voy a darte una gran alegría. Auguraste dos circunstancias: una, que no me iba a hacer con los sellos y, otra, que no se iban a vender tan caros. Pues bien, lo primero ya lo sabes, y ahora he logrado lo segundo.

Bertha, perpleja, se quedó sin energía para sostener el auricular. Era la voz del *gentleman*. Solo acertó a farfullar, emulando la voz de Benigna, tantas veces imitada en juegos con su prima:

—Oh, Carlos, me has pillado en la ducha, aún medio dormida... No termino de entender...

—Hemos conseguido ochenta y cuatro mil pesetas por los sellos. No está nada mal, ¿verdad?, ¿ves como llevaba razón? «Nadie pagaría tanto», dijiste. ¿Lo recuerdas? Te debo treinta y ocho mil, descontando tu parte de la comisión del vendedor.

Bertha no sabía qué responder; estaba pálida, con la piel de gallina todavía húmeda y los labios temblorosos. Allí estaba, por fin, la verdad desnuda ante ella.

—Benigna, ¿me oyes?, ¿se ha cortado?, ¿sigues ahí?

Bertha permanecía en shock, pero se las ingenió para coger aire y poner la mente en blanco al contestar. Fingió toser, hablar con dificultad.

—Disculpa, querido, he estado enferma y...

—Vaya —contestó él con sequedad e indiferencia—. Pues anímate y recupérate pronto, porque hemos de celebrarlo. ¿No tienes ganas? ¿Has visto lo bien que nos ha salido nuestro plan? Nos deshicimos de tu asqueroso y degenerado primo Cesáreo. Ya sé que matarlo no formaba parte del plan, pero reconoce que nos puso en bandeja llegar a la estúpida de tu prima en sus momentos más bajos.

Bertha tragó saliva y ahogó el llanto.

—Claro...

—Y luego nos hicimos con los sellos, y les hemos sacado además un buen pellizco casi sin esfuerzo, y, encima, tu repelente prima ha pasado a mejor vida. No tendremos que preocuparnos ni siquiera de que me busque o de que te caliente la cabeza con sus estupideces o de que vaya a la policía a denunciar el robo. ¡Guardar los sellos en una cacerola, habrase visto! Ya hay que ser tonta para dejarse embaucar como lo hizo y enseñarle el tesoro de su familia al primer hombre que pasa por su vida. Ella sola se fue al hoyo. Tiene merecido lo que le pasó; siempre tan prepotente, con ese aire de superioridad, de perdonavidas. Si no se hubiera muerto, la habría matado yo mismo con mis propias manos. Ya te has librado de ella y, para colmo de bienes, eres su heredera, ¿verdad?

Una mezcla de más inquina y más furia inundó las sienes de Bertha, que sujetó el auricular con fuerza y se contuvo al contestar.

—Sí, así es. Es poco lo que tenía, pero la detestaba tanto que no anhelo tener nada suyo. Por fortuna, se quemó todo.

—Sin embargo, salvamos los sellos, lo único que merecía la pena. Por cierto, Benigna, algo ha ocurrido en el banco o con los fondos. Se han interrumpido los ingresos y los abonos. ¿Has modificado los contratos con nuestro banco? Quizá ha sido cosa de la sucursal, no sé, pero el caso es que...

Bertha volvió a carraspear y lo interrumpió, cambiando el tono, haciéndolo más amable.

—Claro, había olvidado mencionártelo… ¿Qué te parece si nos vemos? Así te explico novedades en nuestras cuentas.

—Pues sí. Porque mi mujer está que trina; lleva tiempo pendiente de la transferencia. Yo he intentado sacar dinero y tampoco me lo han dado. Estoy esperando a estar en España para aclararlo todo. ¿Quedamos el miércoles? Nos podríamos ver en la Cova d'en Xoroi.

—Me parece una idea estupenda. A las ocho, y así vemos atardecer, como en los viejos tiempos —dijo mientras recordaba que Benigna en alguna ocasión le había descrito veladas en la cueva, y ahora comprendía que probablemente las había pasado acompañada de Carlos.

«¿Existirán vidas corrientes o esconderán todas recovecos tan tristes y terribles como la mía?», aventuraba Bertha. Y eso decía desconociendo los macabros detalles. Porque Benigna siempre había añorado la presencia en su vida de un hermano mayor y, encima, notario, coyuntura que acrecentaba más aún su inquina hacia la prima. En aquellas cartas que Bertha había encontrado en la casa de Ciudadela, y en concreto en las que había conseguido leer entonces, Benigna explicitaba con suma claridad muchas circunstancias de la vida afortunada de Bertha que la habían encolerizado. Le hubiera gustado tener como padres a sus tíos; aprobar una oposición, como había hecho su prima; tener un carácter más afable, abierto y social, como era el de Bertha; y, en definitiva, ocupar su lugar en la vida. Luego, después de la llamada de Carlos, y haciendo de tripas corazón, Bertha prosiguió con la lectura del resto de las cartas. No salía de su estupor, que aumentaba a medida que avanzaba. En ellas se constataba la ira al enterarse de que su primo había aprobado notarías. Fue en ese momento cuando tomó la firme decisión de contratar a un detective. El propósito: buscar y rebuscar algún fallo, defecto, descuido, error o equivocación que pudiera poner en evidencia su profesión o su persona y torturarlo con ello. Primero lo intentó en su trabajo, procurando convencerlo para firmar alguna escritura que falseara la fecha o la identidad de los otorgantes, a cambio de dinero, de mucho dinero. No lo consiguieron. La integridad de Cesáreo estaba por encima de cualquier suma millonaria. Por ese motivo, los gritos de Cesáreo al echarlos de su notaría bajo la amenaza de llamar inmediatamente a la policía aún resonaban en la mente de los empleados. Luego rastrearon su vida personal, y ahí sí. Ahí sí encontraron un punto débil, siempre disimulado en público, silenciado al resto del mundo, camuflado bajo un halo de inexistente masculinidad. No le gustaba el fútbol, pero seguía al Deportivo Español. Tampoco disfrutaba con el whisky, pero se tragaba rápido y sin saborear los chupitos. No gozaba hablando de mujeres, pero era inevitable en las reuniones con sus compañeros notarios. Por supuesto, con el comentario machista de alguno de ellos, que el resto seguía con sorna: «He contratado para la recepción a una chica solo para mirarle las tetas cada mañana. Pago demasiado, pero me anima el día». Y todos reían la ocurrencia, incluido Cesáreo, claro está, que debía esforzarse en aparentar lo que no era, y así lo hacía. Pues sí, fue fácil. Toparon con rapidez con el flanco por donde penetrar la depravación de la prima. No hacía falta mucho esfuerzo. El pobre Cesáreo no era previsor ni maquiavélico en la práctica de sus inclinaciones más elementales. Siempre pensó que estaba rodeado de personas limpias y puras como él.

En una de las cartas, en la que explicaba su propósito a Carlos, Benigna lo dejó bien claro. Una vez que tuvo el informe y las fotos que acreditaban la homosexualidad del primo —nada le fue más fácil de obtener al avezado detective—, solo faltaba confabularse con el indeseable. El primo debía recibir una lección por su perversión —las vetustas creencias de Benigna conllevaban ese tipo de valoraciones—. Y así fue como Carlos pasó a llamarse Luis, a instalarse en un pueblo cercano y a acudir a la notaría fingiendo un problema hereditario. Primero fue un café a media mañana para seguir narrándole sus problemas jurídicos. Después vinieron los tropiezos fortuitos —en apariencia— a la salida de la notaría. Y, más tarde, lo sedujo, lo enamoró con astucia hasta conducirlo a una famosa sauna de Barcelona donde acudían hombres con similar predilección. No fue un cometido difícil para Carlos. Joven, apuesto, fuerte, bien plantado y con pinta de satisfacer la libido de quien cayera en sus redes. Y esa fachada de donjuán, de amor tropero, cuantas veo, tantas quiero. No podía ser más atractivo para un hombre al que le atraía su mismo sexo.

Posteriormente, con ayuda de otras personas, hicieron las fotos. Unas besándose en la sauna rodeados por el vapor; otra los dos desnudos, abrazados y masturbándose en la zona de relax; otra en la que se despedían en actitud cariñosa en una esquina. Hasta el día en el que Carlos apareció de nuevo, de forma sorpresiva, en la notaría, en actitud de macho, muy macho, con sonrisa socarrona, mostrándole las fotos a distancia y diciendo: «¿Las ves? ¿De verdad creíste mi enamoramiento? Soy un artista seduciendo». Cesáreo no daba crédito, incluso por un momento pensó en una broma de muy mal gusto. Pero las instantáneas estaban ahí, delante de él, como un león hambriento, donde no tienes otra escapatoria que dejarte devorar en el periodo más corto posible. A Cesáreo no le salían las palabras, tan solo pronunció muy flojito, como si alguien estuviera en la puerta escuchando o espiando por alguna de las rendijas de las ventanas que daban a la calle: «¿Qué quieres?». Carlos respondió: «Tu dinero. Solo eso, tu dinero. De momento pasaré cada semana a cobrar cinco mil pesetas, luego ya veremos. Te avisaré cuando me parezca bastante».

Y así tuvo el malvado al cándido notario durante un par de meses, aumentando la cantidad semana a semana. A Benigna esta situación le parecía demasiado benévola y ordenó solicitar a su primo una cantidad importante con la excusa de entregarle las fotografías y los carretes, y, de paso, darle una paliza considerable, con secuela de recuerdo.

22

Aquel miércoles no iba a ser un día cualquiera. Bertha tenía una cita con Carlos y presentía algo crucial. El picaporte de la puerta le recordó la llegada de Tomasa y lo inoportuno de su visita. No recordaba haber quedado con ella y, además, no era el momento. Con la excusa de un repentino dolor de cabeza, zanjó el pretendido encuentro. Debía centrarse en cada detalle, en cada paso, en cada fragmento de esa velada. Tanto tiempo imaginando un nuevo encuentro con el indeseable y, finalmente, había llegado el día, o mejor dicho la noche. Sí, mejor la madrugada, con sus luces y sus sombras, con sus tinieblas y negruras. Necesitaba horas para preparar un encuentro, no podía dejar ni un cabo suelto. Pero a esas alturas Bertha ya poseía la confianza y el aplomo para salir airosa de cualquier imprevisto. Esa no era una cita más, sino el encuentro más esperado. La posibilidad de hacer efectiva su venganza. De darle su merecido. Quería verlo sufrir, pero lentamente, *poc a poc*, en versión menorquina. Estaba hecha un flan, a pesar de los minuciosos preparativos que muy de mañana había empezado a llevar a cabo. Además, ese día era 24 de octubre, santa Benigna. Una forma indirecta de que ella, desde el más allá, presenciara el escarmiento.

Al comprobar que se acercaba la hora, la inquietud la asaltó; sentía pavor al recordar la cita con Carlos. Quién sabe cómo reaccionaría. Tenía miedo a ser descubierta o a que le diera un ataque de ira. Si bien había cuidado hasta el mínimo detalle tanto externo, ese día se esmeró más de lo habitual, como interno, también ella necesitó un buen trago de whisky antes de salir de casa. Incluso, en previsión de daños mayores, aplastó cuatro ansiolíticos y depositó su polvo en un pastillero. Por si acaso, por si lo pudiera necesitar; mejor regresar con ellos en el bolso que precisarlos y no hallarlos, había que prever cualquier lance. Faltaba solo una hora para el temido encuentro. Muy poco tiempo para terminar de arreglarse y «benignarse» al cien por cien. Sin dejar nada al azar, pulverizó unas cuantas gotas de más del perfume preferido de Benigna, y, además, cuanto más oscureciera, mejor: más inadvertidos pasarían sus rasgos. Era el momento de iniciar la ejecución del plan trazado. Esperó hasta las ocho y cinco, y marcó el teléfono de la Cova d'en Xoroi. Al preguntar por Carlos Pons, el camarero, sin ningún dato más, le pasó de inmediato el auricular, y Bertha adoptó el tono más convincente que consiguió interpretar.

—Carlos, perdona, después de comer me he sentido indispuesta, me he echado un rato y me he adormilado. En una hora estoy ahí. Tómate un buen whisky mientras me esperas, invito yo, hoy es mi santo, ¿no lo habrás olvidado?

Al otro lado, sobre el rumor de las conversaciones de los parroquianos, la voz de Carlos sonó segura y confiada:

—Mi querida Benigna, cómo me voy a olvidar de tu santo. Aquí tengo tu regalo. No te preocupes por el retraso, he encontrado a unos amigos y ya estoy terminando la primera copa. Te haré caso, pasaré pronto a la segunda con la mejor reserva de la casa, un Lagavulin que tira de espaldas. Te voy a salir caro esta noche, querida mía…

Entre risas se despidieron.

Cuando el reloj marcaba las nueve y media, ella franqueó la entrada del famoso establecimiento: se divisaban grupos de amigos en mesas circulares, bebiendo y riendo. En una de ellas distinguió a Carlos, a Luis, en definitiva, al *gentleman*. Al verlo clavó en él la mirada; así estuvo varios segundos, apreciando sus movimientos, sus gestos, su forma de coger el vaso y beber. Al instante se le encogió el estómago, le subió un nudo hasta la garganta. Pero no dudó en acercarse poco a poco. Se encontraba de espaldas, con el pelo más corto de lo habitual. Pudo volver a repasar las vértebras de su cuello una a una. Por un segundo le vino a la memoria el primer día, su nuca alzándose desde el asiento del metro. Un mareo repentino la obligó a buscar apoyo en la pared más cercana, cerró los ojos y resopló profundamente en un intento de renovar el aire y recobrar el equilibrio. «Yo puedo con esto y con lo que se tercie; sufrí la pérdida de mi padre, la falta de madre en momentos clave de mi vida y, como colofón, resistí la despedida prematura e injusta de Cesáreo y ahora... Ahora con este despreciable no me voy a achantar», se dijo Bertha de seguido, sin tregua entre un sufrimiento y el siguiente. Ese hombre que ahora carcajeaba ebrio y vivo, tan vivo como merecía estar su hermano, era el responsable de parte de su orfandad. Por las sienes le resbalaban gotas de sudor que hacían peligrar el maquillaje, esa máscara elaborada a conciencia para una noche muy especial; sacó el pañuelo y se recompuso. Una vez presta de cuerpo y alma, atravesó el laberinto de mesas, lámparas y sofisticadas plantas tropicales hasta situarse ante la espalda de Carlos. Se apoyó ligeramente en su hombro con mucha suavidad, como quien va a acariciar a un recién nacido, y le dio un beso detrás de la oreja.

—Mi Benigna, tu perfume es inconfundible —dijo él girándose hacia ella y admirándola de cerca, casi con voracidad—. Ven aquí, vamos a tomarnos una copa juntos. Yo ya te he cogido la delantera...

Rodeó con un brazo sus caderas y la acompañó hasta la mesa reservada.

—Qué alegría verte, Carlos —murmuró ella mientras se acomodaba, sin atreverse a un cruce penetrante de miradas—. Por cierto, ¿dónde está mi regalo?

Carlos hizo un gesto de arrogancia y se inclinó sobre la mesa.

—Enseguida te lo doy, no sufras. Pero, dime, para dejar ese tema aparcado, porque Catalina me tiene harto. ¿Qué hay de las transferencias mensuales? Mi mujer lleva dos meses sin ellas.

»Si tú no has modificado nada, alguien se está inmiscuyendo y dando instrucciones al banco. ¿Crees que puede ser otro familiar? ¿O quizá la policía...?

Bertha, por primera vez, observó a Luis compungido. Vio que la bebida había surtido efecto; era un borracho angustiado. Ella, por el contrario, manejaba con facilidad la situación. Tenía la sartén por el mango. Puso cara de perplejidad y hasta hizo un mohín haciéndose la inocente.

—No lo entiendo... Me dejas a cuadros. Serán problemas internos del banco, por descontado. No tienes de qué preocuparte. Mañana mismo me acerco o vamos los dos, como prefieras, y lo dejamos solucionado. Es la primera noticia que tengo, pero, aparte de ese traspié, cuéntame, ¿cómo está tu mujer?

Carlos respiró hondo, aliviado, y le dio otro trago a la copa.

—Catalina está bien, ya sabes, cuidando de nuestros hijos en Palma y pidiéndome dinero, como siempre, aunque esta vez con razón. Cada mes disponía del ingreso y abonaba los gastos del colegio, de la vivienda, la comida, y ahora lleva dos meses con las facturas pendientes. Pero bueno, me dejas más tranquilo, será algún error administrativo...

—Por supuesto —lo animó ella—. Y además tenemos muchas cosas que celebrar, ¿no es así?

Los ojos de Carlos brillaron llenos de avaricia.

—Nuestro negocio va viento en popa, la mercancía se vende bien y día a día ampliamos nuestro mercado. Pronto le haré un nuevo pedido a Susan; tengo remanente solo para un mes. Por cierto, he intentado localizarla, sin éxito. Además, me han dicho que el barco, Medusín, ya no está en el puerto. ¿Sabes qué ha podido ocurrir? ¿Te has enterado de algo? Quizá alguna redada sorpresa…

Bertha volvió a hacerse la ingenua e ignorante y cameló a Carlos por su buen hacer con su prima en Barcelona. Ante las alabanzas, este infló el pecho y se dio aires de superioridad.

—A ver cuándo me das las gracias, querida… Cesáreo y Bertha criando malvas, como era tu deseo. De hecho, tu prima solita fabricó su propia mortaja, la muy imbécil. ¡Qué ilusa! La noche en que me llevé los sellos lo noté. Se había enamorado de mí. Era una soberbia. El destino nos ahorró acabar con su vida. Nos sale todo redondo, ya has visto cómo se han vendido los sellos. Puse ese precio y, en poco tiempo, una caprichosa con dinero los compró. Por cierto, ya te he ingresado la mitad, descontando la comisión del dependiente de la librería, como te dije. El pobre no daba crédito, comentó que los había comprado una mujer joven, de buen aspecto y que no parecía de la isla. Pero qué más da quién fuera, lo importante es que se vendieron, ¿no crees, Benigna? —dijo mientras soltaba una estruendosa carcajada provocada por la felicidad y la embriaguez.

El estupor de Bertha crecía por momentos.

—¡Celebremos, pues! Brindaremos por que el espectro de Bertha se pudra en los infiernos, ¿qué te apetece?, ¿pido otro Lagavulin? Voy a traer dos, uno para ti y otro para mí; vuelvo enseguida.

Bertha caminó decidida hacia la barra, que rebosaba de gente joven pidiendo bebidas. Por fin consiguió las dos copas y buscó un lugar discreto donde, oculta, vació los polvos del pastillero en una de ellas. De vuelta a la mesa, sonrió enérgica.

—Aquí tienes tu copa, más cargadita de lo normal y con menos hielo. Un macho como tú lo aguanta todo. Por cierto, nunca te he confesado que en algún momento me sentí celosa; fuiste muy cortés y caballeroso con mi prima Bertha, no sé si en demasía...

—¿Cortés yo? No hacía más que representar bien mi papel, y no era un trabajo fácil. ¿Tú sabes lo que me costaba tratar con esa insoportable, acostarme con ella y encima leer a Lafargue? Poco me pagaste para tanto sacrificio.

Bertha acumuló un esfuerzo inmenso para no tirarle la copa a la cara. La alzó y sonrió con brío.

—Brindemos, Carlos, ¡por nosotros! —Entrechocaron los vasos y bebieron juntos; Bertha, no obstante, apenas rozó el líquido con los labios—. El Lagavulin este es bueno, ¿eh? ¡Qué poco acostumbrada estoy! Ya siento el sofoco en las mejillas. Y a ti también se te nota, ¿eh? Mira, el mar, maravilloso, podríamos acercarnos a verlo...

A Bertha no le costó demasiado convencer al beodo de Carlos de aproximarse a una de las balconadas cuyas pasarelas de madera desaparecían pronto en favor de la roca de los acantilados y el mar. Armados con las copas y despejados por la brisa fresca, fueron hasta donde los comensales de la terraza no pudieran oírlos.

—Aquí empieza el mar —dijo Bertha, fingiendo estar ebria—, justo debajo de nosotros, y sigue, sigue y sigue hasta perderse en... Voy a enseñarte un juego, dame tu cartera.

Carlos hipó e hizo un guiño de extrañeza.

—¿Mi cartera? Si está seca como arena del desierto —balbuceó, riendo y entregándosela a Bertha.

—Mira la prominencia de ese risco, ¿lo ves? Ahí voy a colocarla.

Y, con un pequeño y certero lanzamiento, la cartera de Carlos voló hasta un extremo de la piedra, al que era imposible llegar sin atravesar un peligroso amasijo de rocas en delicado equilibrio.

—¡Será posible! —rio Carlos, asombrado por esa desconocida y nueva faceta de Benigna—. Conque te gusta jugar, ¿eh?

—¡Venga, Carlos, cógela! —lo incitó muerta de risa—. Atrévete, yo te agarro. Anda, extiende el brazo. ¡Si casi la alcanzas!

No muy lejos otras risas se sumaban a las suyas. Bertha lo asía del pantalón y Carlos se asomaba sin medir el peligro. El amago de atrapar su cartera era un divertimento más, y cada intento le provocaba un ataque de risa incontrolable, rememorando la montaña rusa de Montjuic, donde había estado con Benigna el año anterior. Razón no le faltaba, pues ascendía y descendía quedando cada vez más suspendido. Bertha lo tironeaba al tiempo que le exhortaba:

—Un poco más, casi llegas; sigue, no vas a permitir que tu cartera te abandone para siempre, ¿dónde meterás si no el premio ganado a costa de mi estúpida prima?

Carlos, alterado, cada vez más intoxicado, veía doble, dos carteras, dos lunas, hasta el punto de que en un determinado momento le costó articular las palabras que vomitaba su pensamiento. ¿Qué le pasaba? Ni siquiera podía agarrarse bien a la roca. ¿Y qué demonios hacía allí?

—¡Veo dos Benignas!, ¿eres una sola o te has duplicado? Mira, una está aquí. —Y señaló el mar a la derecha de Bertha—. Y otra aquí —dijo, esa vez dirigiendo su brazo hacia una pared rocosa.

—Pues ni aquí ni allá —contestó Bertha señalando a su derecha y a su izquierda—. Estoy aquí —confirmó, cogiéndole la mano y llevándosela a su corazón, mientras veía cómo la cabeza de Carlos se inclinaba hacia su pecho—. Carlos, no desistas, prueba una vez más.

Guiado por Bertha, se asomó al acantilado y alargó la mano hacia el vacío; ella simulaba sostenerle por el pantalón, pero lo que hacía en realidad era empujarlo. Cuando llegó el momento oportuno, puso cara de espanto y gritó a pleno pulmón:

—Carlos, ¡no; no lo hagas!, ¡no te asomes! ¡Que alguien me ayude, por favor!

Varios comensales cercanos se giraron y vieron la escena justo cuando Carlos resbaló y cayó al vacío por su propio pie. Allí quedó la cartera, y Bertha, estupefacta, se tapó la boca con una mano, rompió a llorar y se desmayó.

23

Al ver a Bertha desvanecida en el suelo el jefe de sala llamó a una ambulancia. En cuestión de minutos se formó un gran barullo. Agentes de la Guardia Civil interrogaban a los testigos, y de camino navegaba una barcaza con un equipo de buceadores. Tras hablar con más de una docena de personas, los agentes concluyeron que aquello se trataba de un estúpido y fatal accidente, como tantos otros en los que se conjugan la alta mar, el alcohol y la bravuconería masculina. Una voz suave intentó despertarla, pero aún tardó un rato largo en volver en sí. Dos batas blancas con una cruz roja bordada en el pecho fueron su primera visión. Luego reparó en una de las enfermeras tomándole el pulso mientras otra, inclinada, con la boca pegada a la oreja de Bertha, repetía reposada:

—Señorita Benigna, ¿me oye?, ¿me está escuchando?; responda, por favor.

—¿Qué me ha pasado?, ¿dónde está Carlos? —farfulló Bertha con los ojos vahídos, sin recordar con nitidez lo ocurrido, por más que, en medio de la confusión, solo deseara que le confirmaran la muerte de su odiado *gentleman*.

«Un personaje de esa catadura no merece vivir», pensó nada más despertar.

—Señorita, tranquila, están buscando a su amigo; tenga, tómese esta pastilla, le calmará los nervios. Me temo que hay muy pocas probabilidades de encontrar con vida a su compañero. Es prácticamente imposible que haya sobrevivido a la caída… Lo lamento muchísimo… —le comentó un sanitario mientras sostenía su cabeza y demandaba a las personas que se apartasen para que corriera el aire.

Bertha no lo sentía. Tardó un rato más en recuperar la tensión, el color y la calma. Al surtir efecto la medicación, suplicó a la Guardia Civil volver al acantilado para buscar a su querido amigo… Al asomarse, temerosa, comprobó que la cartera seguía en el mismo punto, esperando que alguien la rescatara o que las inclemencias del tiempo la arrojaran al fondo del mar. Ante un nuevo temblor en las piernas, un agente se acercó y, cogiéndola del brazo, la sacó del recinto intentando, de la mejor manera posible, relatarle el siniestro.

—Acompáñeme, señorita Benigna; ha sido un accidente fatal de los que nos afligen con frecuencia en nuestro trabajo. No se culpe por ello. Todos los presentes coinciden en que nada ni nadie hubiera podido evitarlo. Su amigo bebió más de lo recomendable y, es probable, cuando tengamos el resultado de la autopsia se confirmará, que añadiera al alcohol otras sustancias. No era dueño de sus actos y se precipitó al agua cuando intentaba atrapar su cartera. Los testigos la oyeron gritar, intentaron socorrerla, ayudarla a sujetar a su amigo, mas todo esfuerzo fue inútil.

—No puede ser, no puede ser… —balbuceaba ella una y otra vez mientras el agente continuaba su perorata.

—Estos acantilados son tremendamente escarpados, con multitud de cuevas inaccesibles. Nuestro equipo de buceadores ya se encuentra en el mar con dos esquifes, aunque a estas horas de la noche la búsqueda resulta complicada y hasta mañana temprano no contarán con una patrulla de apoyo. Si en dos o tres días no damos con su paradero, habrá que suspender la operación y olvidar toda esperanza, por el momento, de recuperar el cuerpo.

Primero transcurrieron tres días y después se sucedieron muchos más. Bertha miraba a menudo por la ventana de su casa, esperando de alguna forma la visita de la policía para, quién sabe, comunicarle que habían hallado el cuerpo, hecho la autopsia, descubierto fármacos en su organismo o para interrogarla, para preguntarle por los asuntos de su cuenta corriente, por las transferencias a la mujer del fallecido, etcétera. Era como si nunca fuera a librarse del todo de la sombra de la sospecha o de la culpa. Quizá de la culpa sí, se decía, porque, de hecho, no sentía pena por Carlos o por Benigna. Ambos habían acabado encontrando la crueldad que habían demostrado en vida contra los más vulnerables, contra personas que no habían hecho ningún mal, como Cesáreo o como ella misma.

Una de esas mañanas, sonó el timbre. «¿Será hoy, por fin?», se preguntó Bertha mientras se ponía una chaquetilla y acudía a abrir. La mujer al otro lado del umbral le era desconocida. Aunque, luego, de pronto, tuvo una intuición. Era una joven pálida, de ojos tristes y enrojecidos, con el pelo recogido en una coleta tirante que le daba un aire aún más juvenil. Un sencillo vestido a juego con las sandalias completaba un aspecto distinguido. En cada mano agarraba con fuerza a un niño, ambos con los ojos abiertos como platos y clavados en Bertha, como si esperaran el permiso para entrar.

Bertha miró al pequeño; no llegaba a los dos años y se le pasó por la cabeza que podría tener otro igual. A pesar de su corta edad, los dos desprendían una expresión vivaz, sobre todo el mayor, que no superaría los diez años. Los invitó a pasar con un gesto cordial de bienvenida. La madre se lo agradeció, aunque, antes de cruzar la puerta, carraspeó y la miró con abatimiento.

—Me alegro de verte de nuevo, Benigna... ¿Recuerdas a mis hijos? A Bruno no lo conoces, a Carlos sí, claro; cada vez se parece más a su padre...

Bertha se limitó a sonreír, entró en la casa y sacó a los niños un puzle para que se entretuvieran armándolo en el suelo mientras las mujeres adultas se sentaban alrededor de la mesa camilla y compartían un café. Catalina tenía una mirada limpia y transparente que ni el *gentleman* había conseguido enturbiar. Una mujer sin estudios ni trabajo, cuyo único afán era sacar adelante a sus hijos sin grandes pretensiones. No obstante, el objetivo perentorio de la viuda era tramitar los papeles de la muerte de su marido.

Catalina le contó a Bertha cuanto sabía del engranaje de las sociedades y le mostró un testamento; en él figuraban sus hijos como únicos herederos. Sin embargo, la viuda no sabía nada de la sociedad más rentable, la opaca, a nombre de un testaferro y con una dirección en el extranjero que resultó ficticia. Catalina siguió explicándole que habían aflorado unas deudas de juego, reclamadas por unos tipos violentos que habían amenazado con hacer daño a sus hijos. Presa del pánico, había pensado en acudir allí, no sabía adónde más hacerlo, para pedir ayuda a la persona en quien Carlos más confiaba: Benigna.

—Yo me ocuparé —dijo Bertha—. En primer lugar, abonaremos las deudas; esa gente puede ser peligrosa. Luego, aceptaréis la herencia y comenzaremos por legalizar el inmueble de Ciudadela. La mejor opción será alquilarlo; para vosotros es demasiado grande. De esta forma, contaréis con un ingreso adicional. Luego, podríamos comprar el piso en el que estáis viviendo y ahorrar el alquiler. ¿Tú sabes si lo venderían?

—De hecho, creo recordar que el dueño y Carlos lo hablaron una vez..., pero, Benigna, ¿cómo voy a agradecerte toda esta ayuda?, yo no puedo pagarte, yo... ¿Cuál era la relación que tenías con mi marido? —inquirió así, de sopetón, como si llevara años haciéndose la misma pregunta y se hallara ante el momento preciso de formularla.

Bertha suspiró y cogió de las manos a aquella mujer.

—Qué más da, Catalina, eso es irrelevante. Éramos buenos amigos sin más y compartíamos algún negocio. Ahora lo importante son los niños, asegurarles un futuro, que se formen y tengan acceso a una vida digna.

Catalina la miró con los ojos humedecidos, brillantes. Le faltaba el canto de un duro para echarse a llorar.

—No sé qué decir, Benigna...

—Pues no digas nada. Ahora mismo ambas estamos igual, sin familia. En tu caso, tienes a tus hijos y eso es lo primordial. Tras la muerte de mi prima no me queda nadie. Vosotros seréis mi familia y yo vuestra protectora. Compraré la vivienda de Palma y la pondré a nombre de tus hijos, o mejor aún, ellos solo tendrán la nuda propiedad y tú el usufructo. De esta manera, nos aseguramos de que ninguna nuera indeseable convenza a su marido para echarte de tu propia casa. Ya habrá tiempo; cuando fallezcas, la plena propiedad será de Bruno y de Carlos, pero, mientras vivas, tú tendrás el uso y disfrute. No tiene sentido arriesgarse a que un hijo te defraude o se comprometa con la persona inadecuada, le llene la cabeza de malos pensamientos y te obligue a abandonar tu casa —explicó Bertha, concienzuda, como si fuera el abogado defensor de la familia—. ¿Y sabes qué? Haremos otro tanto con el inmueble de Ciudadela.

La mujer no daba crédito a sus oídos.

—Benigna, te agradezco inmensamente tu ayuda.

—Y, además, escucha bien lo que te digo: eres muy joven para ser una viuda el resto de tus días; debes agudizar y mostrar tus encantos. Eres agraciada de cara, disfrutas de un cuerpo esbelto, eres buena, educada y hacendosa. Cualquier hombre de bien querría tener a su lado una mujer como tú. Hazme caso, Catalina: intenta encontrar a un buen hombre que te ayude a criar a estos maravillosos niños.

Por unos instantes, ambas mujeres sintieron una complicidad que traslucía el conocimiento de los actos inconfesables de Carlos. Después de ese encuentro, Bertha comprendió que ella, cándida, más ingenua que un cubo boca abajo, había sido engañada por un sinvergüenza, por un asesino al que solo le preocupaban el dinero y las apariencias, el qué dirán. Catalina se fue de casa de Benigna convencida de que había estado con la amante de su marido, cosa que sospechaba, pero se negaba a admitir. Y los niños emprendieron la marcha asumiendo que no volverían a ver a un padre que conocían solo de refilón.

Con el paso del tiempo, muy pocos de los proyectos previstos en aquel encuentro terminaron cumpliéndose. La madre y los hijos se fueron a vivir a Mahón con Bertha. Fue una buena decisión para conseguir atenuar levemente los nefastos recuerdos de aquella casa. Los niños llenaban de alegría el hogar y la relación entre Catalina y Bertha era noble y sincera. Bertha se convirtió en algo así como una tía para los dos hermanos, en una madrina: los llevaba al cine, les contaba cuentos, les compraba bicicletas, patines, los acompañaba a jugar al fútbol. Los quería, a fin de cuentas. No se merecían menos.

Bertha se centró un tiempo en su nueva vida. El ajetreo se llevó por delante a Julio y colaboró en que olvidara el mal rato cuando le confesó su falta de amor y su propósito de ser únicamente amigos y no tan íntimos. Julio desechó esa posibilidad, ofendido, y a continuación pasó a negarle hasta el saludo. Bertha siempre percibió en Julio un infundado e inoportuno orgullo. Pero tampoco le importaba demasiado. «¡Santo Dios! ¿No habrá hombres dignos en esta tierra?», se preguntaba.

24

Bertha subió a un avión por primera vez y, como por inercia, al tiempo que la nave ascendía examinaba el mar por si, casualmente, pudiera aparecer en aquella inmensidad de agua un bulto flotante y, al fin, las patrullas de la Guardia Civil hubieran encontrado a su odiado Luis, que luego fue Carlos y que ella había apodado el *gentleman*. Por más que intentaba convertir al desaparecido en una vaga reminiscencia, los temores de que los buceadores lo encontraran, incluso sin vida, la acechaban día y noche en una pesadilla constante. No era inusual un despertar nocturno con la respiración agitada, angustiada y la imagen del infecto acurrucado en una de las cuevas del acantilado. Allí, vivo, al acecho, esperando el momento oportuno para volver a derramar el terror a su alrededor, la miseria más infame. Allí, escondido, como en la fábula del moro en la Cova d'en Xoroi. Al instante se daba cuenta de que era otra vez esa incesante alucinación y aún ese ruin alojado en un recodo de su cabeza. Aún...

En ese viaje para encontrarse con su viejo amigo del alma, su segundo padre y su compañero Miguel, a Bertha todo le resultaba novedoso: la cabina, las bebidas con frutos secos servidos por elegantes azafatas, hasta los partes detallados emitidos por el comandante de la nave: «Señores pasajeros, buenos días, les habla el comandante Hernández. En nombre de Aviaco y su tripulación, les damos la bienvenida a bordo de este avión DC-4 con destino a Barcelona. La duración aproximada del vuelo será de unos cincuenta minutos; la temperatura en el destino es de veinte grados centígrados y el cielo está despejado».

Desde la ventanilla, a la que Bertha tenía la nariz pegada, veía el dibujo de la isla cada vez más difuminado, las calas recónditas, los acantilados, el monte Toro, el puerto de Mahón… Tras una leve cabezada vislumbró cada vez más próximo el perfil de la Ciudad Condal. Un aterrizaje suave y la nave rodando por la pista hicieron que Bertha despertara de una vez. Al descender del avión tuvo que aferrarse a la barandilla; el viento azotaba con ímpetu. Entre el gentío de amigos y familiares esperando a los pasajeros, enseguida divisó, a lo lejos, la silueta de su inconfundible Miguel. Un silencioso abrazo selló el reencuentro. Bertha extrajo del bolso un pañuelo de hilo blanco con sus iniciales al tiempo que se reprochaba:

—No debí maquillarme esta mañana. Voy un momento a recomponerme la cara —le dijo a Miguel, quien quedó allí plantado como un pasmarote en medio de la terminal del aeropuerto y con el abrazo a la mitad.

«¡Menos mal!», pensó Miguel, pues, al cabo de unos minutos, Bertha regresó compuesta y sin rastro de humedad en los ojos. Tuvo ese momento de debilidad que había intentado evitar por todos los medios. Uno de sus firmes propósitos era no llorar delante de Miguel. Casi lo consiguió. Juntos fueron a recoger el equipaje.

—¿Qué tal el viaje? ¿Estás muy cansada? —dijo Miguel en un intento de otorgar normalidad a un encuentro tan extraordinario, tan deseado, tan insólito si lo hubieran imaginado un par de años antes. En definitiva, tan prodigioso. ¡Cuántas cosas habían tenido que ocurrir para estar allí! Así, los dos, sin más.

—Mucho, Miguel, demasiado. Pero no del viaje, sino de la vida. Debo recomponer toda mi existencia y para ello cuento

contigo. ¿Qué haría yo sin ti, Miguel? Pero ahora estoy aturdida y me cuesta hablar. —Y continuó con un detalle importante—: Miguel, a partir de ahora debes olvidar mi nombre anterior. Recuerda, me llamo Benigna —dijo a la vez que lo agarraba fuerte del brazo con las dos manos y una leve agitación, como si con el vaivén, al mover también la cabeza, intentara hacer en ella un gran hueco para Benigna.
—Calma. ¡Vamos a tropezar con tanto zarandeo! —la conminó cogiéndole las manos con la suya, y, tratando de apaciguar el traqueteo, añadió—: ¡Uy! Qué nombre más feo, mi niña. Si no te parece mal, te llamaré Bebe. Los dos nombres empiezan por Be. Así acorto y no sigo. Evitaré meter la pata.

Bajaron los dos por el paseo de Gracia, con las caras irradiando felicidad, cogidos del brazo, en silencio; buscando, sin decírselo, aquella cafetería en la que se habían despedido sin fecha. Pidieron los consabidos cafés: Miguel uno cortado y Bertha uno solo, largo, en taza pequeña; ese día aún le supo más a gloria.
—¡Ay, Miguel!, mi salvador, mi paz se centra en gozarte a mi lado, en alargar el brazo y encontrar el tuyo, invariable, ahí, extendido con la mano boca arriba, esperando estrechar la mía y escuchar: «¡Ven, mi niña, aquí siempre estarás segura!».
—Miguel sonrió dichoso, afortunado, gratamente sorprendido de la magnitud del sentimiento de Bertha. Pero no le dio tiempo a pespuntear más pensamiento, Bertha prosiguió—: Y ahora voy a pedirte otro gran favor, y ojalá sea el último. Me consta tu amistad con un comisario de policía alejado, como nosotros, de las ideas del régimen, que, en algún delicado momento, hizo la vista gorda con algún detenido. ¿Es cierto?
—Sí, Bebe, claro que sí. Es un buen amigo y una gran persona, ha evitado más de una vez que un inocente pise la prisión, y también ha intercedido con mano izquierda en pro de hom-

bres justos e insensatos que se limitaban a cometer pequeños hurtos o escándalos públicos, delitos que veíamos a menudo en nuestro juzgado. Sí, sí, te refieres al inspector Cabezas; acaba de ascender y ocupa el cargo de comisario jefe de Barcelona.

El comisario Cabezas era mucho más amigo de lo que Bertha podía sospechar. Cualquier favor era muy fácil para Miguel si en él intervenía el inspector Cabezas.

—Y, Miguel, ¿en la comisaría de ese inspector amigo tuyo se renueva el documento nacional de identidad?

—Sí, precisamente ese el principal cometido de la comisaría. Pero ¿por qué me lo preguntas?, ¿por qué tienes ese interés repentino por mi amigo?

—Porque necesito alguien de confianza. Preciso un nuevo documento de identidad y otro pasaporte, y estoy agobiada. Miguel, piensa conmigo, ayúdame a reflexionar: legalmente estoy muerta y, por tanto, mis huellas estarán en un archivo distinto al de los vivos; ¿es así, Miguel?

—Aunque nunca me he ocupado de esos menesteres, es muy probable que sea tal y como tú lo dices —aseguró él mientras cogía una servilleta de papel y la iba doblando en trozos cada vez más pequeños. Hasta sus manos expresaban preocupación.

—Entonces, la solución es sencilla si contamos con quien nos ayude desde dentro. Una persona fiable toma mis huellas y las sustituye por las de Benigna. Como te comenté, tengo las fotocopias legitimadas de la documentación de mi prima y, en versión oficial, extravié la original. Estoy bien provista, me hice las fotos preceptivas del carnet de identidad y el pasaporte, y también solicité en Mahón un certificado de empadronamiento y otro de buena conducta. ¡En qué líos te meto, Miguel!

—Mi Bebe, tus dificultades y tus cuitas son las mías y será así hasta mi muerte, ¿lo entiendes? Déjame, voy a hacer una llamada y tal vez consiga lo que requieres.

Miguel se dirigió a la barra, puso unas monedas en el teléfono y marcó un número. Bertha lo seguía atenta con la mirada. De repente, Miguel se giró y le dio la espalda, como si no quisiera a ninguna persona, incluida Bertha, testigo de esa acción. Al cabo de un rato continuaba hablando, pero esta vez sonreía complacido. Bertha permanecía con la mirada clavada en él cuando al cabo de unos segundos, sin soltar el teléfono, le hizo el signo de la victoria con la mano. A Bertha se le iluminó el semblante.

El Ritz de la Gran Vía era el elegido por Bertha para hospedarse y hasta allí la acompañó Miguel, quien nunca había pisado ese hotel. Ella lo sabía y le propuso invitarle a otro café.
—No, muchas gracias, me da no sé qué. No llevo la ropa apropiada. Tú estás acostumbrada a una vida lujosa; yo no, sigo igual que cuando me dejaste, aunque con un traje más nuevo; lo cambié el año pasado. —Y una sonrisa cómplice acompañó la apreciación.
Entre otros muchos asuntos, Miguel le propuso ir a ver su antigua casa del pasaje Vintro. Sin embargo, Bertha desechó la idea de inmediato alegando cierta incapacidad para volver al lugar del incendio. Mas súbitamente le vino a la cabeza las veces que Miguel se había lamentado del precio del alquiler de su casa y de su lejanía para ir y venir de los juzgados. Al residir en Santa Coloma de Gramanet, donde no llega el metro, tomaba el autobús cuatro veces al día; eso implicaba madrugar más de la cuenta y permanecer más tiempo del necesario en el tránsito de su casa al trabajo. Sobre todo al mediodía: para comer con su hermana y estar allí durante una hora permanecería dos sentado en el autocar. A pesar de que Miguel no lamentaba su situación, al contrario, tal coyuntura le servía para devorar varios libros al mes, a Bertha sí la afligía. Y valoraba y recibía de buen grado la posibilidad de contribuir a mejorar

cualquier aspecto en la vida de Miguel. Por tanto, bajo esas premisas, Bertha propuso alquilarle la vivienda siniestrada por una renta puramente testimonial, acorde con su presupuesto. Miguel, satisfecho y crecido por el ofrecimiento, se atrevió sin disimulo a fisgonear el vestíbulo del hotel, que le pareció soberbio, aunque demasiado suntuoso para su gusto. Prefería imaginarse en su pisito del pasaje Vintro, leyendo en una butaca junto al balcón.

Bertha tampoco se había hospedado antes en ningún hotel superior a una pensión de tres estrellas, y ahora, en el Ritz, todos los detalles la deslumbraban: el portero con levita y sombrero de copa, las alfombras gruesas y mullidas, los recepcionistas impecablemente uniformados, el llavero con la bola dorada junto al número de la habitación, la amabilidad del ascensorista. Y, como no podía ser menos, el disfrute de un desayuno opulento: platos fríos, calientes, cruasanes de mantequilla crujientes, tostadas, zumos, frutas, mermelada inglesa de naranja amarga —la preferida de Bertha—, un cocinero para cualquier capricho del cliente y, naturalmente, un café exquisito. Después de gozar de tan suculentos manjares, Bertha salió al encuentro de Miguel. La cita era en un pequeño bar, situado en la parte trasera de los juzgados, donde con certeza no se encontrarían a ningún funcionario.

—Bebe, tengo buenas noticias para tus inquietudes. Aquí tienes el nombre del comisario y la dirección de la comisaría —le dijo entregándole una nota—. Te esperan en una hora, así tendrás el carnet y el pasaporte esta misma mañana. Primero tomarán tu denuncia y les he informado de tu regreso hoy a Menorca; es posible que te pidan los billetes. Sé cauta; cuanto menos preguntes y hables, mejor. Nada más llegar comunica tu intención de denunciar el extravío de tu documentación en el aeropuerto de El Prat. Esa es la consigna. A partir de ahí, te dejas llevar por los agentes. —Mientras informaba a Bertha, Miguel radiaba felicidad y orgullo. Feliz por ayudar a su amiga del alma y, por otro lado, orgulloso de sus logros.

—¡Ay, mi Miguel!, cuánto te lo agradezco. Me salvas la vida, como siempre. Espero que salga todo bien; en caso contrario, me llevarán a los calabozos de tu juzgado y no quiero ni pensar en entrar allí por una puerta distinta a la habitual. —El comentario provocó una carcajada en Miguel.

—Pero, Bebe, ¿crees que pondría en peligro tu seguridad? Bertha en ese momento se emocionó. Unas lágrimas cayeron por sus mejillas. Miguel la abrazó mientras susurraba:

—Mi querida Bertha, ha llegado el momento, ahora debes conocer a fondo la farmacia Prat. En cuanto puedas, recuerda, siempre en jueves, vendrás conmigo.

—¡Pero, Miguel! Si aún no he aprendido a jugar al dominó —manifestó sorprendida secándose los ojos humedecidos.

—No te preocupes. Allí te enseñarán a jugar al dominó y a hacer realidad tus anhelos, a impartir justicia de la buena, a velar por los más desfavorecidos, a calmar tu conciencia —sentenció Miguel.

—Pero, Miguel, jamás pensé que el dominó fuera un juego tan completo —comentó Bertha, sin dar importancia al glosario de citas de Miguel.

Ahora, se había iniciado la partida de otro juego fundamental en su vida. Y debía ocupar todo el espacio de su mente. Ni un desliz, ni un error, ni un descuido, ni una flaqueza, ni una debilidad... Los cinco sentidos instalados en su cita con el inspector.

Bertha, pensativa y un tanto turbada, encaminó con lentitud sus pasos hacia la comisaría, sin poder reprimir un azoramiento en todo el cuerpo, desde el cabello hasta la uña del dedo gordo de los pies. Vestía para la ocasión lo más sencilla y austera posible. No debía llamar la atención ni por su comportamiento ni por su indumentaria ni por ningún otro signo externo que pudiera controlar. Su cara de espanto, su mirada descollada, sus manos temblorosas y su voz intermitente, eso no lo podía disimular. Pero hizo sus previos y practicados ejercicios de respiración, inhaló, exhaló, blandió su cuerpo, estiró su cuello hasta el cielo y entró. Nada más cruzar el portal, después del protocolario saludo al policía de la entrada, le comunicó la consigna: quería denunciar la pérdida de su documentación en el aeropuerto de El Prat. El policía, que estaba sobre aviso, preguntó:

—¿Es usted la señorita Berzosa?

—Sí, yo misma.

—Pues pase al despacho del fondo, por favor; el comisario está a la espera.

—Buenos días, comisario, ¿da usted su permiso?

—Adelante, por favor. He hablado con Miguel y estoy al corriente. Usted necesita tramitar un DNI y pasaporte nuevos porque ha perdido los originales. ¿Es así? —Bertha afirmó con un leve movimiento de barbilla—. Muy bien, primero elaboraremos la denuncia del extravío. Mi compañero, el oficial Suárez, la ayudará a redactarla; si hay algo incorrecto, nos lo dice.

Y, después de volver a asentir con la cabeza, Bertha describió el percance lo más calmada y sosegada que su cuerpo fue capaz de expresar.

—Me encontraba en el aeropuerto de El Prat, sobre las diez de la mañana; venía de Menorca. Al aterrizar y revisar mi bolso, eché en falta una pequeña bolsa de piel de color rojo con cremallera que contenía mi documentación, DNI y pasaporte. En ningún momento noté que nadie me abriera el bolso y tampoco sé con certeza dónde la perdí.

Después de escribir la denuncia, el policía la leyó, preguntándole si estaba de acuerdo.

—Sí, agente, es correcto.

—Muy bien, pues firme aquí, por favor; deme las fotografías y acompáñeme, el subinspector García le tomará las huellas.

Aunque la angustia no la abandonaba, Bertha se sentía protegida y siguió con diligencia lo ordenado. Cuando terminó, tal y como le habían indicado, se sentó en una de las sillas del pasillo, embargada aún por cierta inquietud. Anhelaba tener la documentación y abandonar el lugar; no quería imaginar lo que podría ocurrir si, por casualidad, algo fallaba. De pronto, fue interrumpida en medio de su zozobra por el comisario, que, con un ademán de la mano, sin pronunciar palabra alguna y en un silencio que a Bertha se le antojó sepulcral, la condujo hasta su despacho. La cara del comisario expresaba demasiada seriedad; era un hombre al que le costaba sonreír. Bertha lo notó nada más pronunciar sus primeras palabras, pero su papel de gran policía-jefe tampoco se prestaba a mucha algarabía. De todos modos, esa vez ella consideró un celo excesivo, tal vez provocado por la tensión del momento y el devenir de sus sentidos. Cuando llegaron al despacho del comisario, este cerró la puerta con cierta brusquedad y, por unos instantes, fijó la mirada en el suelo. Bertha interpretó que todo había terminado, que habrían descubierto su engaño y que la conducirían directamente al juzgado de don Abundio. Suspiró. Por fin el comisario habló.

—Siéntese aquí, por favor; estará más cómoda, espere un momento.

Salió del despacho dejando a Bertha acompañada de su angustiosa penumbra. En ese lapso la histeria se instaló en su mente; quiso no haber entrado nunca en esas dependencias, esconderse en algún lugar donde nadie la encontrara jamás. También se le pasó por la cabeza huir, mas era imposible: solo había una ventana demasiado alta y una puerta que comunicaba con las dependencias comunes. Su retina siguió bailando por toda la estancia en un intento por encontrar una escapatoria… En medio de ese tormento, la entrada del comisario frustró bruscamente su plan de fuga.

—Bueno, ya están listos. Aquí tiene su DNI y su pasaporte, señorita Benigna. —Bertha abrió los ojos con tanta magnitud que el comisario pudo percibir su perplejidad—. Tal vez esté usted sorprendida de mi actitud, pero lo entenderá enseguida, en cuanto le haga una secreta confesión. ¿Me da su palabra de confidencialidad?

Bertha, visiblemente sorprendida, sin entender bien el motivo, concluyó:

—Sí, claro, comisario, seré una tumba.

—Usted en alguna ocasión le hizo un favor inmenso a mi hijo, Félix Cabezas, y desde entonces contraje una gran deuda con usted. Ahora, por fin, he logrado saldarla. Le deseo mucha suerte en su nueva vida.

Y así, sin más palabras, remató el comisario su cometido. A modo de despedida apretó fuerte la mano de Bertha más tiempo del ordinario, en un deseo contenido de abrazarla. Pero faltó la licencia del lugar. El comisario tampoco era consciente de hasta qué punto a partir de ese instante la vida de Bertha sería nueva, como él le deseó. Nueva, muy nueva.

Bertha descubrió otra Barcelona, ignorada hasta entonces. Una ciudad cosmopolita, luchadora, libre en sus entretelas. Y así fue como aquella ingenua funcionaria abarrotada de buenas intenciones mutó en una activista revolucionaria llena de brío, coraje y tesón. Su fin, conseguir un mundo más justo, romper con las coordenadas franquistas y luchar por los derechos de los más débiles. Sabía que no era un sendero fácil ni falto de riesgo, pero la sola imagen fugaz, de milésimas de segundo, del *gentleman* y de Benigna era estímulo suficiente para disipar miedos, desvanecer recelos y evaporar cobardías. Sentía vértigo, sí. Pavor también. Incluso terror a ser descubierta. Pero la imposibilidad de frenar una condena, de poner a salvo a un camarada, de dar tregua a una detención... le daba la valentía necesaria para reanudar el combate.

Y, como no podía ser de otra manera, Bertha recorrió esa Barcelona de la mano de Miguel. Entre otras actividades, cada jueves por la tarde acudía a la farmacia Prat, en la calle Conde del Asalto. Allí, en la rebotica, jugaba un poco al dominó; bueno, la verdad, solo hacía el intento. Pero esa diversión no era lo importante, sino más bien una excusa para todo lo demás. Bertha allí se reunía con Sebastián, el farmacéutico; su hijo; por supuesto, Miguel, y el resto de los camaradas del PSUC. Todos, a pecho partido, contra el régimen establecido. Al principio, muy al inicio, Bertha observaba, tomaba nota y aprendía; sobre todo hacía suya la jerga, tan extraña en su léxico. Que si las brigadas político-sociales; que si este pertenecía a Bandera Roja; que si Solé Tura ha dicho tal; que si aquí sus cuadros, allá sus militantes; que si una movilización universitaria; que si se había formado otra célula en la Escuela de Arquitectura; que si una lectura del *Mundo Obrero*; que si al día siguiente se lanzaban panfletos; que si se acudía a un mitin; que si la Junta de Delegados; que si venía de la Asamblea Libre de Estudiantes de la Universidad de Barcelona; que si la huelga en la SEAT y en La Maquinista; que si la huelga de hambre; que había asamblea, propaganda… Pero luego, a los pocos meses, se embutió hasta el cogollo, como si la Pasionaria hubiera mecido su cuna. Así, se convirtió en pieza útil y eficiente para el contrasistema. Ella, que explicaba con orgullo las hazañas de su prima en el Juzgado de Vagos y Maleantes, fue asumiendo más tareas, más funciones, más cometidos. Y era lógico: tenía tiempo, ganas, entusiasmo por la misión y una claridad meridiana evaluando riesgos y certezas. Que si esta reunión aquí no es posible porque puede haber un topo; que si este panfleto se distribuiría esa noche por la Rambla, ¡preparados para desaparecer en cuanto aparezcan los grises!, que si hay que entablar relación con fulano en Francia y con mengano en Italia. Ventajas ya tenía, con el francés era casi bilingüe y en italiano se defendía. Además, la acompañaba en sus quehaceres su aspecto, nada sospechoso, el de una joven burguesa católica practicante. Y sí. Ahí estaba la nueva Bertha, conocida por todos como Benigna, instruyendo a los jóvenes camaradas, imprimiendo octavillas, organizando manifestaciones clandestinas. Y, además, con una misión muy especial entre ceja y ceja: buscar. Y buscó. Buscó hasta encontrarlo. Allí lo halló, por casualidad, un día de tantos, a punto de entrar en una librería. Ella se presentó como la prima de Bertha. A Félix Cabezas le resultó familiar. Sin saber muy bien ni cómo ni por qué, terminaron sentados en una cafetería, Bertha delante de su café solo largo en taza pequeña y Félix con su café con leche en vaso. En esta ocasión Bertha calló, aguantó con aplomo el tufo a la odiada mezcla. Y charlaron de lo uno y de lo otro un rato largo, muy largo. Desde aquel momento, sus presencias quedaron entrelazadas de por vida. Bertha se convirtió en su guía, en su escudera, en la hermana que nunca tuvo, en su protectora. Consiguió matricularlo con ella en la Facultad de Derecho, protegiéndolo siempre de alguna burla de profesores o compañeros despiadados. Bertha obtuvo la licenciatura en tres años. Y ejerció. Vaya si ejerció, y mucho, en defensa de los más débiles, de los más desfavorecidos, de los marginados: alcohólicos, homosexuales, vagos habituales, gitanos, hampones, golfos, parásitos, gamberros, expresidiarios, mendigos, prostitutas e incluso algún rufián. En numerosas ocasiones se desplazaba hasta La Bisbal, donde, para ser considerado «vago habitual», bastaba con estar tres días naturales —domingos y festivos incluidos— sin trabajar.

Y nunca faltó a las manifestaciones, algunas convocadas por ella misma. Entonces, corría delante de los grises y se la oía gritar: «¡Libertad, amnistía y estatuto de autonomía!».

Nota de la autora

Una ley, un submarino y una rendición, además del anhelo de justicia, entretejen esta novela.

Por ello, bien merecen que les dediquemos una breve crónica a la Ley de Vagos y Maleantes que la protagonista, Bertha, debe aplicar a diario como funcionaria; al submarino C-4 donde el capitán Berzosa, su padre, sirvió y falleció en acto de servicio, y a la isla de Menorca, su refugio y cuya insólita rendición cautivó a Bertha.

La Ley de Vagos y Maleantes, «la Gandula»

El 4 de agosto de 1933 entró en vigor la Ley de Vagos y Maleantes, también conocida como «la Gandula». En aquellos tiempos se quiso diferenciar entre «peligrosidad sin delito», aplicable a «vagos habituales, rufianes y proxenetas, mendigos profesionales, explotadores de juegos prohibidos, ebrios y toxicómanos...», y «peligrosidad criminal», en cuyo caso se aplicaba directamente el Código Penal.

El primer proyecto de ley lo presentó el Gobierno de Manuel Azaña, y, ante las reticencias suscitadas, se elaboró un segundo, esta vez redactado por Mariano Ruiz-Funes y Luis Jiménez de Asúa.

La ley la aprobó un parlamento con mayoría de izquierdas que buscó el apoyo de la derecha para conseguir la unanimidad.

El reglamento, publicado en 1935, se amplió con el tiempo para incluir conceptos que iban en contra de la naturaleza de la norma y otorgaban poder a los ejecutores para aplicarla con gran albedrío. Esto motivó el rechazo tanto de uno de sus redactores, el propio Jiménez de Asúa, como de gran parte de la sociedad progresista.

Tras la victoria del Frente Popular, el corto periodo transcurrido entre las elecciones y el estallido de la Guerra Civil imposibilitó que la ley se reformara; paradójicamente, fue la izquierda del primer bienio republicano la que sentó las bases que dieron lugar a la dura represión que se vivió durante el franquismo.

Posteriormente, el 15 de julio de 1954, se modificó para incluir a los homosexuales.

En 1970, la Ley de Vagos y Maleantes se derogó y sustituyó por la Ley sobre Peligrosidad y Rehabilitación Social, que endureció las penas para los homosexuales, calificados como «invertidos sexuales» y divididos entre los «genuinos» (de nacimiento) y los «ocasionales» (o «viciosos»). Se implantaron dos penales, uno en Badajoz y otro en Huelva, donde se enviaba a los pasivos y a los activos, respectivamente.

Fue el 26 de diciembre de 1978 cuando el Gobierno de Adolfo Suárez despenalizó la mendicidad, la homosexualidad, el consumo de drogas, la venta de pornografía y el ejercicio de la prostitución. A pesar de ello, la ley siguió vigente diecisiete años más, hasta que la derogaron por completo el 23 de noviembre de 1995.

El submarino C-4

El C-4 era el cuarto submarino de los seis que formaron la llamada Serie C. Como sus cinco hermanos, se construyó en las instalaciones de la antigua Sociedad Española de Construcción Naval, hoy Navantia, en su factoría de Cartagena.

Eran unos submarinos muy avanzados para la época. Su construcción se inició en el citado astillero el 9 de febrero de 1924, y fue puesto a flote el 6 de febrero de 1929.

Cuando estalló la Guerra Civil, el C-4 formaba parte de los recursos del bando republicano, al que sirvió durante toda la contienda. De hecho, en agosto de 1938 hizo la famosa travesía Barcelona-Mahón con lo que se denominó el «correo submarino» y consiguió que en la isla entraran divisas y se rompieran el bloqueo y el consecuente aislamiento a los que estaba sometida la Menorca republicana. Werner Kell, un corresponsal de guerra de *The Saturday Evening Post* que fue a bordo durante toda la expedición, dio más tarde fe de lo ocurrido en una extensa crónica que publicó el periódico.

El submarino logró sobrevivir a la Guerra Civil junto con otras unidades de la flota republicana que, como él, habían salido huyendo de Cartagena cuando los nacionales se hicieron con ella. En 1939, se internó en Bizerta (Túnez) y, al poco, fue recuperado para la nueva Armada, lo que le supuso servir bajo tres banderas, pues navegó arbolando la de la monarquía de Alfonso XIII, después la tricolor de la República y por último la de la España de Franco.

El submarino se hundió finalmente en el puerto de Sóller durante unas maniobras navales, tras colisionar con el destructor Lepanto mientras emergía. Aunque el accidente se produjo el 27 de junio de 1946, su baja oficial no tuvo lugar hasta el 7 de febrero de 1947, según publicó el Diario Oficial de la Marina en el n.º 34 del citado año.

Actualmente, el C-4 y su tripulación reposan en el lecho marino del norte de la isla de Mallorca, a 1500 metros de profundidad.

La rendición de Menorca

Menorca, con una población de 45.000 habitantes, de los cuales unos 10.000 eran militares, se mantuvo fiel al Frente Popular hasta el final de la guerra. Los británicos, en esa época, mostraban un interés especial por la isla, recordando tal vez los setenta años de ocupación que vivieron en el siglo xviii.

Las negociaciones para que se rindieran tuvieron lugar entre el 4 y el 9 de febrero de 1939, cuando el gobernador militar de la isla y jefe de la base naval de Mahón, el capitán de corbeta Luis González de Ubieta, accedió a entregarle la isla a un representante franquista gracias a la mediación de un emisario británico.

Fue el segundo jefe de Estado mayor de la armada franquista, Salvador Moreno, quien comunicó al comandante del HMS Devonshire, enviado para recoger a los mandos militares y autoridades del Frente Popular, que Franco permitía que los evacuasen a Marsella.

El 9 de febrero, a las 05:00, el crucero británico zarpó de la bocana del puerto de Mahón con 450 refugiados republicanos a bordo, rumbo a Marsella. Al mando iba el prestigioso jefe de la marina republicana, el contraalmirante Luis González de Ubieta.

Agradecimientos

A mi marido, Enrique Bardají, por haber soportado estoicamente mis horas dedicadas a la escritura y por procurarme documentación sobre el contexto social y político que vivieron los jóvenes antisistema en la Barcelona de principios de los setenta.

A mis hijos y nietos, por su amor incondicional.

A los funcionarios de justicia jubilados que desempolvaron sus comienzos en las oficinas judiciales; son demasiado numerosos para citarlos a todos sin olvidar ningún nombre.

A Diego Quevedo, alférez de navío de la armada, submarinista, apasionado como yo de las hazañas del submarino C-4 y solidario conmigo en la tristeza por su fatal destino.

A Concha D'Olhaberriague, mi tutora y consultora de lengua y literatura, por su sabiduría y por las miles de horas escrutando cientos de bibliotecas.

A mis amigos, Gustavo Valverde, Mercedes Hervás, Pilar Timoner y Blanca Lozano, por leer el primer borrador y hacer aportaciones inestimables.

Y, por último, un agradecimiento especial a mi editor, Alberto Marcos, por su paciencia y por sus siempre acertadas recomendaciones. Él y Aurora Mena han formado un equipo esencial para que este libro viera la luz.

«Para viajar lejos no hay mejor nave que un libro».
Emily Dickinson

Gracias por tu lectura de este libro.

En **penguinlibros.club** encontrarás las mejores recomendaciones de lectura.

Únete a nuestra comunidad y viaja con nosotros.

penguinlibros.club